散文集美于一身

有的字字珠玑，给人以语言之美

有的博大深沉，给人以思想之美

读一篇优美的散文

就是和一颗至纯的心灵晤谈

更是和一位高尚的哲人交流

人间的天使在门口

王　彦◎编著

西苑出版社

图书在版编目（CIP）数据

让小学生学会感恩的精美散文：人间的天使在门口；牵拉着大手的小手 / 王彦编著. — 北京：西苑出版社，2011. 5

ISBN 978-7-5151-0026-5（2017.2重印）

Ⅰ. ①让… Ⅱ. ①王… Ⅲ. ①儿童文学－散文集－世界 Ⅳ. ①I18

中国版本图书馆CIP数据核字（2011）第099266号

让小学生学会感恩的精美散文

编　　著 王　彦
责任编辑 王秋月
开　　本 710mm × 1000mm　1/16
印　　张 28
字　　数 420千字
版　　次 2011年9月第1版　2017年2月第2次印刷
印　　刷 北京龙跃印务有限公司
书　　号 ISBN 978-7-5151-0026-5
定　　价 70.00元（两册）

出版发行 西苑出版社　北京市朝阳区利泽东二路3号　邮编：100102
发 行 部 （010）84254364
编 辑 部 （010）84250838
总 编 室 （010）64228516
网　　址 http://www.jccb.com.cn
电子邮箱 jinchengchuban@163.com
法律顾问 陈鹰律师事务所　（010）64970501

前言

这是一套为孩子精心打造的有关感恩的丛书。

它们像一片菜园，里面挂满闪着紫光的茄子，坠着牛角般沉甸甸的丝瓜，还有脸颊红润的害羞番茄……鲜绿的叶子，清淡的小花，辛勤的蜜蜂，沉醉的蝴蝶，若有若无的花香，渐近渐远的虫鸣，这里是充满生机的多彩世界。眼前的一切美好，都从某一处延伸而来，它就是我们应该感恩的大地。

懂得感恩，才能虔诚。对人类虔诚，才能有一颗博爱之心；对社会虔诚，才能有脚踏实地的步伐；对自然虔诚，才能有一副开阔的胸襟。

懂得感恩，才能尊重。尊重真爱，真爱亦能升华；尊重他人，他人回馈你尊重；尊重自然，自然带你走进花香更深处。

懂得感恩，才能热爱。热爱真情，才能流露真情；热爱生活，才能珍惜生活；热爱自然，才能享受自然。

古希腊哲人苏格拉底说：“我只知道一件事情，那就是我一无所知。”他认为，认识到无知，是求知的开始。那么，懂得感恩，是施恩的开始。感恩是一切美好的源泉。

感恩是一曲曲深情的赞歌，感恩是一个个温暖的故

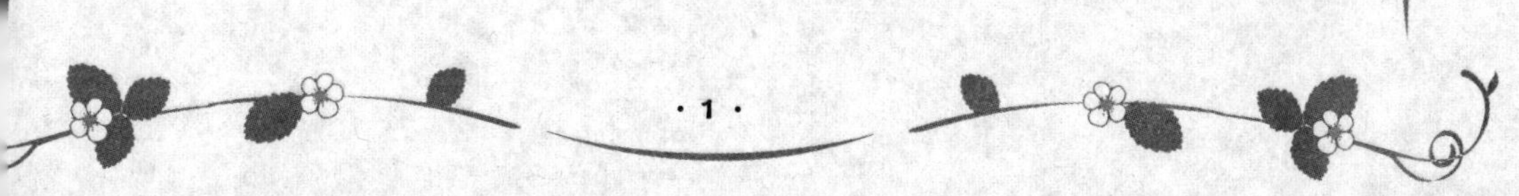

事，感恩是在爱的原野上徜徉。采一朵深情的小花，追一只美丽的蝴蝶，看一棵沧桑的老树，听一曲欢快的溪歌，留一串散漫的脚印。不知不觉中，孩子已经长大！成了饱含深情的小巨人！成了顶天立地的伟丈夫！

本丛书借助散文文字优美、行文自由等特点，精选二百余篇最打动家长最打动孩子的真情散文，全力为家长与孩子诠释感恩的真谛。所选篇目既有知名儿童文学家的力作，又有文坛新秀的经典，选编时，充分考虑孩子的理解能力和心理特征，用近乎百里挑一的谨慎态度著成此书。

无微不至的父母之爱，纯真烂漫的孩子之爱，演绎奇迹的亲人之爱，无比温馨的生活之爱，触动心灵的社会之爱……一个个真情故事将孩子置身于爱的海洋。

精益求精的负责态度，精挑细选的科学方式，拨动心弦的真情故事，优美流畅的儿童语言，倾力打造孩子最爱读的真情散文，家长最爱讲的感恩故事。

编 者

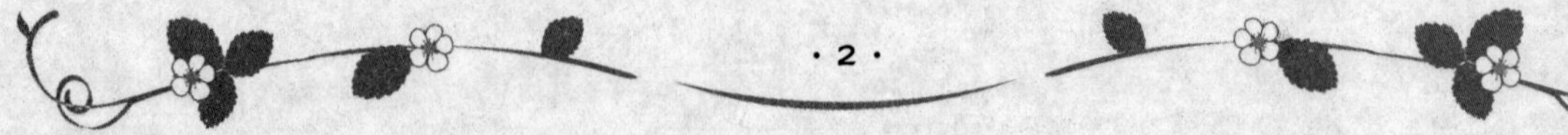

目录

我的傻瓜妈妈

可以活着的眼睛

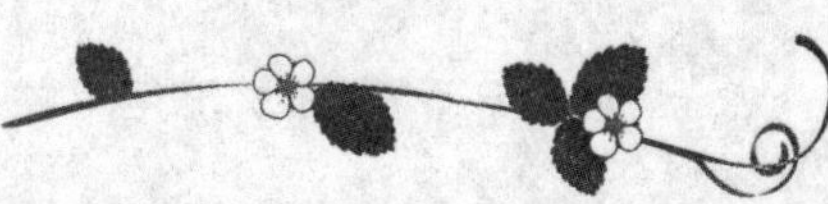

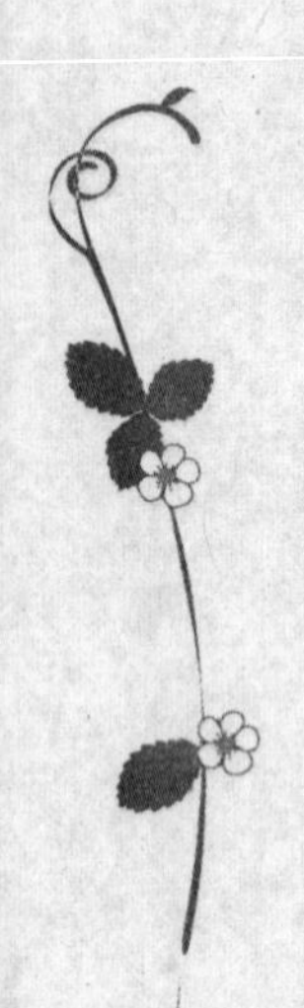

一朵云一朵云地找你

天使穿了我的衣服

一个鱼头七种味

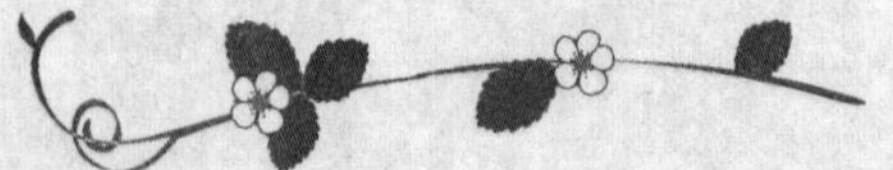

改变我生活的是一扇门

善良的种子会开花

我曾在月光下奔跑

父母都在乡下过

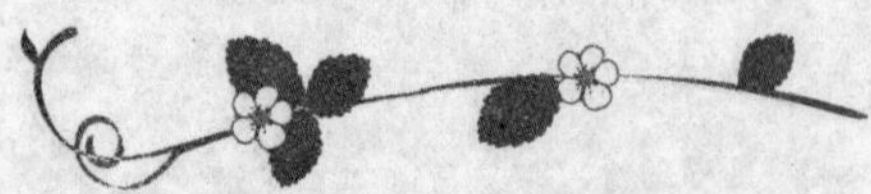

我的傻瓜妈妈

我的傻瓜妈妈

——朱建勋

某报社记者王先生外出，适逢一所小学有一个作文比赛入选作品发表会，就顺便采访。第二天，将采访的精彩片断及感想刊了出来：国小一至六年级的学生，每人都写了一篇题为《母亲》的作文。昨天，礼堂中挤满了孩子们的家长。获奖的小朋友——上台朗读自己的文章。

刚开始的时候，总是听到孩子们朗诵“我的妈妈是天下最伟大、最好的妈妈”，千篇一律的内容真使人想打瞌睡。我心中盘算，再听几位小朋友朗读，就先行离去。不料，下一位上台的女孩开口的头一句话，便使我大吃一惊。

她首先以清脆悦耳的声音高声地念出作文题目，并做自我介绍——《我的妈妈是傻瓜》（爆笑）。我的妈妈是真正的傻瓜，她经常做错事，妈妈经常同时洗衣服和烧饭，有好几次，妈妈做菜做到一半又去晒衣服，结果锅里的汤汁都溢了出来，她为了把火关掉，一紧张，就把还没有挂上竹竿的衣服全丢在地上。结果衣服弄脏了，锅子也被她弄翻了，两边都是一塌糊涂。

这时我的傻瓜妈妈就会以滑稽的表情，红着脸向我爸爸道歉："我真差劲，对不起呀，下次我会注意啊！"而爸爸就会笑着回答说："你真蠢。"

不过我认为说这话的爸爸也一样是傻瓜爸爸（大笑）。有一天早上，大家正在吃早饭的时候，爸爸突然慌慌张张地从房间里奔出来，他一边穿上衣、打领带，一边找公事包，找到以后说了声："啊！糟啦，来不及了。"就奔出大门。

"放心，他一会儿就会回来。"妈妈倒是相当镇静。

果然不出所料，爸爸没多久就走回来，而且很不好意思地挠着头说："你们看，我空忙了一场，竟然忘了今天是星期天呢！哈哈……"这就是我说爸爸也是傻瓜的原因。

由这种爸爸和妈妈所生下的我，当然不可能是聪明的，弟弟也一样是傻瓜，我家里每一个人都是傻瓜（笑）。可是我……（全场突然安静下来）。

我非常喜欢我的傻瓜妈妈，我比世界上任何一个人都还要喜欢她（观众席中许多母亲不禁拿出手帕来擦眼泪）。

我长大以后，也要变成像傻瓜妈妈一样的女人，和像我的傻瓜爸爸一样的男人结婚、生小孩，然后抚养像我一样的傻瓜姐姐，和像弟弟一样的傻瓜弟弟，变成像我现在的家一样温暖又快乐的家庭。请傻瓜妈妈一定要保持健康等到那时候（大家纷纷流泪）。

等到这个小女孩朗诵结束以后，我才看清楚原来是一位身穿学生服、外罩红毛衣、扎着两条小辫子的女学生。她在泪水、笑容和鼓掌声中步下讲台，表情带着惊讶，然后跑向因高兴而流泪的"傻瓜妈妈"身边。

奔跑的小狮子

——佚名

她常回忆起八岁以前的日子：风吹得轻轻的，花开得漫漫的，天蓝得像大海。妈妈给她梳漂亮的小辫子，辫梢上扎蝴蝶结，大红，粉紫，鹅黄。给她穿漂亮的裙，裙摆上镶一圈白色的滚边儿，还有鞋头上缀着花朵的红皮鞋。妈妈带她去动物园，看猴子爬树，给鸟喂食。妈妈给她讲童话故事，讲公主一睁开眼睛，就看到王子了。她问妈妈，我也是公主吗？妈妈答，是的，你是妈妈的小公主。

可是有一天，她睁开眼睛，一切全变了样。妈妈一脸严肃地对她说，从现在开始，你是大孩子了，要学着做事。妈妈给她端来一个小脸盆，脸盆里，泡着她换下来的衣裳。妈妈说，自己的衣裳，以后要自己洗。

正是大冬天，水冰凉彻骨，她瑟缩着小手，不肯伸到水里。妈妈在一边，毫不留情地把她的小手，按到水里面。

妈妈也不再给她梳漂亮的小辫子了，而是让她自己胡乱地用皮筋扎成一束，蓬松着。她去学校，别的小朋友都笑她，叫她小刺猬。她回家对妈妈哭，妈妈只淡淡说了一句，慢慢就会梳好了。

她不再有金色童年。她被妈妈逼着做事，洗衣，扫地，做饭，甚至买菜。第一次去买菜，她攥着妈妈给的钱，胆怯地站在菜市场门口。别的孩子，牵着妈妈的手，一蹦一跳地走过，那么的快乐。她想，我肯定不是妈妈亲生的。

她回去问妈妈，妈妈没有说是，也没有说不是。只是埋头挑拣着她买回来的菜，说，买黄瓜，要买有刺的，有刺的才新鲜，明白吗？

她流着泪点头，第一次懂得了悲凉的滋味。她心里对自己说，我要快快长大，长大了去找亲妈妈。

几个月的时间，她学会了烧饭、炒菜、洗衣裳。她也学会，一分钱一分钱地算账，能辨认出，哪些蔬菜不新鲜。她还学会，钉纽扣。

一天，妈妈对她说，妈妈要出趟远门。妈妈说这话时，表情淡淡的。她点了一下头，转身跑开。等她放学回家，果然不见了妈妈。她自己给自己梳漂亮的小辫子，自己做饭给自己吃，日子一如寻常。偶尔地，她也会想一想妈妈，只觉得，很遥远。

再后来的一天，妈妈成了照片上的一个人。大家告诉她，妈妈得病死了。她听了，木木的，并不觉得特别难过。

半年后，父亲再娶。继母对她不好。这对她影响不大，基本的生存本领，她早已学会，她把自己打理得很好。如岩缝中的一棵小草，顽强长大。

她是在看电视里的《动物世界》时，流下热泪的，那个时候，她已嫁得好夫婿，日子安稳。动物世界中，一头母狮子拼命踢咬一头小狮子，直到它奔跑起来为止。她就在那会儿，想起妈妈，当年，妈妈重病在身，不得不硬起心肠对她，原是要让她，迅速成为一头奔跑的小狮子，好让她在漫漫人生路上，能够很好地活下来。

便当里的头发

——佚名

在那个贫困的年代里，很多同学往往连带个像样的便当都不太可能，我邻座的同学就是如此。他的饭菜永远是黑黑的豆豉，我的便当却经常装着火腿和荷包蛋，两者有着天壤之别。而且这个同学，每次都会先从便当里捡出头发之后，再若无其事地吃。这个令人浑身不舒服的细节一直持续着。“可见他妈妈有多邋遢，饭里面经常有头发。”同学们私底下议论着。

有一天学校放学之后，那同学叫住了我：“如果没什么事就去我家玩吧。”虽然心中不太愿意，不过自从同班以来，他第一次开口邀请我到家里玩，所以我不好意思拒绝他。随朋友来到了位于城市中最陡峭地形的某个贫民村。“妈，我带朋友来了。”听到同学兴奋的声音之后，房门打开了。他年迈的母亲出现在门口。“我儿子的朋友来啦，让我看看。”但是走出房门的同学母亲，只是用手摸着房门外的梁柱。原来她是双眼失明的盲人。我感觉到一阵鼻酸，一句话都说不出来。同学的便当菜虽然每天如常都是豆豉，却是眼睛看不到的母亲小心翼翼帮他装的，那不只是一顿午餐，更是母亲满满的爱心，甚至连掺杂在里面的头发，也一样是母亲的爱。

因为爱你

——佚名

一天放学时，班主任朱老师说本周六上午开家长会，每位家长都必须到会。每次期中考试之后，朱老师都要召开一次家长会。家长会当然要公布每一位同学的成绩。但小琴怕开家长会，不是她考得不好，而是这次家长会她爸爸不能来。朱老师问："谁的家长不能来，请举手。"没人举手，小琴犹豫再三后，还是把手举了起来。老师问："前几次你爸爸不是来了吗？为什么这次不能来？""我爸爸工作去了。""那叫你妈妈来吧！""不，不。"小琴有些急了，"我妈不能来，因为……她从未参加过这样的会议。"老师笑了，说："这不是理由，叫你妈妈来！"

小琴回到家，妈妈正在做晚饭，尽管她忙得不可开交，但还是向小琴做了个"我爱你"的手语。以前小琴会高兴地给妈妈一个吻，或者说"我也爱你"。可是这时，小琴只看了妈妈一眼，目光就慌忙地躲开了，一句话也没有说就低着头走进了自己的房间。

小琴的妈妈是个哑巴，所以每次都用手势来表示她很爱小琴。小琴是爱学习的女孩，平时只要坐下来就投入到课本中去。可是这天她一个字也

看不进去，看见书上的字就像密密麻麻的蚂蚁，心里乱极了。“咚咚”，是妈妈在敲门，小琴忙收回心思，开门见妈妈做了个吃饭的手势，就起身来到饭桌边。妈妈做了很多小琴喜欢吃的菜，可小琴一口也吃不下，妈妈见状摸了摸她的头，小琴忙说：“没事，只是心里有点不舒服。”妈妈没太在意。小琴看着妈妈，妈妈长得很漂亮。听爸爸说，妈妈生下小琴后得了重病，以后就再也不能说话了。

小琴轻轻叹了口气，在心里对妈妈说：过两天就要开家长会了。我多么想让您参加，可又不能让您去。如果同学们知道您是一个哑巴，会怎样看我呢？更重要的是，不能让您受到伤害——我们班的同学最会取笑人了。

到了周六的上午，家长们按时来到教室，坐到自己孩子的座位上。规定的时间到了，朱老师走上讲台说：“各位家长，再耽误你们几分钟，还有一位家长没到。”小琴趁等待的时间数了一下，有49位家长到了，班上有50位同学。朱老师说的莫非是……小琴想到这儿不由得紧张起来。就在她忐忑不安时，教室门口出现了一位漂亮的中年女子。妈妈！站在门口的是妈妈。她怎么会来？小琴压根儿就没告诉妈妈今天开家长会。

“赵琴同学，请把你妈妈领到你的座位上去。”朱老师说道。小琴面红耳赤地向妈妈走去，妈妈向大家打了个手势。

“赵琴，请把你妈妈的手语翻译一下。”小琴先是一愣，然后说：“我妈妈向大家问好并道歉，她迟到了一会儿。”大家立即明白这是位哑巴妈妈，都报以友好的微笑，还热烈地鼓掌欢迎，小琴走到妈妈面前，轻轻说：“您怎么来了？”妈妈脸一红，做了一个手语，“因为爱你！”小琴的眼眶一下子潮湿了，怕流下眼泪忙转过身去，牵着妈妈的手走向那唯一的空位。

月光下的蛙鸣

——查一路

一直以来，我坚信有一种爱，能唤起一个人内心潜在的力量，帮助你去战胜一切困难。

那是十几年前的一个寻常夏天，在高考一个月前的预考中，我意外地遭到惨败。

母亲见我面容憔悴，很心疼。为了给我增加营养，那段时间里，她杀光了家中三十几只仔鸡，想让我恢复以前的体质。

然而，我还是日复一日地消瘦下去。我房间的后窗正对着一方池塘，燥热的夜晚，一池塘的青蛙，唧唧呱呱，呼朋引伴，紧紧缠住我一双不幸的耳朵，此伏彼起地一次又一次将我惊醒。

母亲想尽了一切办法。

渐渐地，蛙声不再吵闹了，每夜都有香甜的梦。但是，母亲却变了，日日坐在椅子上打盹。一天，隔壁的大妈偷偷地拉住我，悄悄跟我说，你母亲为了让你睡好觉，夜夜替你赶青蛙呢。

我将信将疑。但是，第二天夜里，在月光下的塘埂上，我真的看见了

我的母亲。

母亲手拿一根长长的竹竿，绕着池塘一圈圈小心地走着，一遍遍用竹竿仔细地敲打着每一处草丛，做得认真又虔诚。有时她停下来，站一会儿，轻轻地咳嗽几声，用手捶捶背。月光把她的白发漂得很白。“母亲！母亲！”我大声喊。母亲听不见。她全神贯注于手中的竹竿，生怕遗漏一处蛙声。

这一年高考，我以高分被一所很好的大学录取了。

很多年已经过去，蛙声也一点点远逝。可是，我又觉得它时时都在我的枕边。一声声，像不倦的提醒和教诲。给我许多的人生激励。

看不见的爱

——佚名

夏季的一个傍晚，天色很好。我出去散步，在一片空地上，看见一个10岁左右的小男孩和一位妇女。那孩子正用一只做得很粗糙的弹弓打一只立在地上、离他有七八米远的玻璃瓶。

那孩子有时能把弹丸打偏一米，而且忽高忽低。我便站在他身后不远，看他打那瓶子，因为我还没有见过打弹弓这么差的孩子。那位妇女坐在草地上，从一堆石子中捡起一颗，轻轻递到孩子手中，安详地微笑着。那孩子便把石子放在皮套里，打出去，然后再接过一颗。从那妇女的眼神中可以看出，她是那孩子的母亲。

那孩子很认真，屏住气，瞄很久，才打出一弹。但我站在旁边都可以看出他这一弹一定打不中，可是他还在不停地打。

我走上前去，对那母亲说：

“让我教他怎样打好吗？”

男孩停住了，但还是看着瓶子的方向。

他母亲对我笑了一笑。“谢谢，不用！”她顿了一下，望着那孩子，轻轻地说，“他看不见。”

我怔住了。

半晌，我喃喃地说：“噢……对不起！但为什么？”

“别的孩子都这么玩儿。”

“呃……”我说，“可是他……怎么能打中呢？”

“我告诉他，总会打中的。”母亲平静地说，“关键是他做了没有。”

我沉默了。

过了很久，那男孩的频率逐渐慢了下来，他已经累了。

他母亲并没有说什么，还是很安详地捡着石子儿，微笑着，只是递的节奏也慢了下来。

我慢慢发现，这孩子打得很有规律，他打一弹，向一边移一点，打一弹，再转点，然后再慢慢移回来。

他只知道大致方向啊！

夜风轻轻袭来，蛐蛐在草丛中轻唱起来，天幕上已有了疏朗的星星。那由皮条发出的“噼啪”声和石子崩在地上的“砰砰”声仍在单调地重复着。对于那孩子来说，黑夜和白天并没有什么区别。

又过了很久，夜色笼罩下来，我已看不清那瓶子的轮廓了。

看来今天他打不中了，我想。犹豫了一下，对他们说声“再见”，便转身走去。

走出不远，身后传来一声清脆的瓶子的碎裂声。

52米高台上的母爱

——佚名

她给电视台栏目组写信，前前后后共写了16封。她说，她想参加蹦极比赛，一定要参加！电视台的工作人员被她打动了，可还是客气地一一回绝。她的条件，离参赛要求太远。

她又将电话打进去，一次又一次，第21次时，电视台的人终于不再忍心拒绝她。可那却并不代表他们不会担忧。51岁，他们的节目播出史上年纪最大的参赛选手，一位看上去弱不禁风的老妈妈，却要同那些一二十岁的年轻人一样，挑战身体与心理的极限。

2009年2月15日，湖南卫视《勇往直前》节目现场，她一出现，围观者一片哗然。走路都已略显蹒跚的她，在工作人员的帮助下，一点点向52米的高度靠近。大家听到了她的气喘，也明显看到随着高度的增加，她的双腿在打颤。“阿姨，如果现在您后悔，要求退赛，还来得及！”热心的主持人一遍又一遍地提醒她。她长长吁了一口气，坚定地向着52米高台的边缘走去……

“孩子，你看看妈妈，已替你站在高台上了，妈妈去替你完成心愿，

孩子，你听到了吗？”那近乎凄怆又满怀热切的呼喊，是她站在高台边缘时冲着流云和风喊的。眼泪淌满了她的脸。

奇迹，也在那一刻发生。千里之外的病房里，电视机前面的病床上，那位昏睡了一千多个日夜的年轻女孩，她听到了妈妈的呼唤。她的眼睑微动，继而又费了好大的力，试图努力去睁开……她的喉咙里发出“咕嘟”声，两行清清的泪，缓缓地顺着她的脸颊流下。

女孩叫青果，是高台上那位老妈妈最心爱的女儿。三年前，青果还是命运的宠儿，18岁的花样年华，就拿到了让人无比羡慕的出国护照。她成了去澳大利亚的公费留学生。可那场意外，来得太让人措手不及。就在青果出国前夕，一场车祸夺走了那个家庭所有的幸福。经过一番抢救，青果的命保住了，却意外地把自己的过往全部丢失。她患了癫痫性失忆症。面对与自己朝夕相处的妈妈，她一遍又一遍无助地问：“你是谁？为什么会在我家里？”曾经聪明乖巧的女儿不见了。她不得不逼着自己接受这个残酷的现实。从零开始，翻找与女儿生活的点点滴滴，不断启发她，可面对她一遍又一遍耐心的提示，女儿眼里仍一片茫然，直到那个人的出现。

那天，女儿同往常一样坐在电视机前，电视中播出的是一档挑战极限的蹦极运动，当那个年轻的小伙子从高台上大声呼喊着“妈妈，我来了”，继而像一只小鸟一样从高空飞下来时，沉默多日的女儿忽然兴奋了：“妈妈，我想起来了，我知道他在做什么。”也就是从那天起，她才知道，去高台上挑战自己，一直是女儿心底的愿望。

就这样她开始关注这项运动，她买了好多关于蹦极的片子，一遍遍陪着女儿看，期待命运之神再次垂青。可她的梦很快被现实打碎。女儿再次

发病，之后不能看电视，也不能同她讲话。无论她趴在女儿的床边，呢喃上千万声“宝贝”，沉睡的女儿都不回应。可她不愿放弃，她试了所有办法，却毫无效果。

去蹦极，便成了她为赢回女儿的一个赌注。年龄太大，身体状况也不符，心脏不好，血压也高，还有致命的恐高症，更没有时间去接受严格的赛前训练，她就那么赤手空拳地要求上阵，16封信，21通电话，她终于如愿以偿，站在了高台上。

这段比赛背后的故事，让现场的观众动容，一颗颗心也紧绷起来。“只要孩子能醒，就算搭上老命，我也愿意！”主持人最后一次询问是否退赛，她已蒙上眼罩，勇敢地走向高台的边缘。

“一、二、三……”随着主持人的计数，比赛现场却出现了让所有人意外的一幕。随着那声“三”字的尘埃落定，她忽然轻轻地向后倒下去……竟是主持人故意将她轻轻推倒在地的。

节目的最后，主持人含着眼泪说：“我们不想让这位伟大的母亲去冒险，因为我们相信，就算她没有跳下去，她的女儿，包括我们所有的人，也已感受到了那份52米高台上的母爱！

妈妈的坟墓

——佚名

一个下着鹅毛大雪的冬天，山势又高又险的某个小山沟里来了两个人。年龄大的那个是美国人，年轻的那个是韩国人。走了整整一天后，他们来到了山沟里的某个坟墓前。

坟上积了厚厚的雪，墓碑看起来非常简陋。年长的美国人对年轻人说："这就是你妈妈的坟墓，鞠个躬吧……"

年轻人"扑通"一声跪倒在雪地上。

这个故事发生在1952年。那时，韩国由于朝鲜战争的摧残，已经成了不毛之地，为了挽救败局，韩国为"联合国军"增援了一批士兵，韦尔森就是其中一员。当时最激烈的一次战斗就发生在这个小山沟里，夜以继日的血战已经持续了好几天。

人民军的强烈攻势使得"联合国军"节节败退，撤退途中，韦尔森离大部队越来越远。于是他决定一个人到另外一个集结地去，就在这时，他突然听到了奇怪的声音。

仔细一听，是婴儿的哭声。韦尔森顺着哭声走过去，原来是一个雪窟

窿里发出来的。他本能地扒开积雪，顿时被眼前的景象惊呆了。

在一个母亲的怀里，婴儿大声地哭着。更令人吃惊的是，母亲一丝不挂。面对眼前的景象，韦尔森无法做出判断。原来，是一位母亲背着孩子避难的时候，被困在了这个山沟中。这里前不着村，后不着店，又下起了大雪，为了救活自己的孩子，母亲把自己所有的衣服都给了孩子。然后把孩子紧紧抱在自己的怀里，虽然赤裸的母亲已经死去，但她怀中的孩子却活了下来。

韦尔森被这意外的景象深深感动了，无法就这样默然转身。他用野战工具在冰冻三尺的雪地上挖了坑，把这位母亲埋葬了，然后抱着大哭的婴儿追随大部队去了。战争结束后，他领养了这个孩子，并把他带到美国去抚养。孩子慢慢长大了，长成了仪表堂堂的年轻人，韦尔森把当年发生的事告诉了孩子，于是他们来到了山沟里找妈妈。

跪在坟墓前的年轻人的泪水像断了线的珍珠一样。

过了一会儿，年轻人站起身开始拨开坟墓上的积雪，他大汗淋漓地把周围的积雪都清理完了，然后把衣服一件件脱下来，盖在了坟墓上。然后扑到坟墓上，把长久以来藏在心里的话说了出来：

“妈妈，这么多年你多冷啊！”

母亲的承诺

——佚名

黎明即将来临，整个城市沦陷了。城里炮火轰鸣，难民汹涌，很多溃逃的士兵也加入到逃难的队伍。从士兵的口中得知，城市已落入敌人之手，逃难的人们变得更加恐慌了，此时，一名妇女却逆着人流，匆忙地往城里赶。

人们都以为她疯了，她不顾一切地向人流冲去，却一次次被冲倒，甚至被踩踏……终于，奔逃的人流都过去了，她才加快了赶路的脚步。

就在她快到城里的时候，一排荷枪实弹的士兵远远地鸣枪警告，示意她不要再靠近。可是，她并没有停下脚步，而是大声地呼喊着什么，士兵没有听清楚，把一排子弹射向她的脚前。她在原地停了一会儿，然后又边喊边用手比划起来。为了不让对方怀疑自己是人弹，她索性把全身的衣服都脱光了，双手高高举过头顶，继续往前走。

这回，士兵没有开枪，而是用惊讶的目光看着她。她被带到了指挥官那里。一路上她不停地呼喊着："求求你们快放了我吧，我还有重要的事，等我办完了，你们再抓我也不迟！"

她有什么企图？在质疑下，她说她叫撒坦尼，是城里的居民。

原来，空袭持续半个月后，撒坦尼和3岁的儿子已经快两天没吃东西了。儿子就要病倒了。作为母亲，撒坦尼越想越担心，后半夜2点钟左右的时候，她猛然坐起身来。看着熟睡的儿子小脚正露在外面，她轻手轻脚地把被子往下掖了掖，然后低下头温柔地吻了吻宝贝儿的额头。就在这时，儿子突然睁开了惺忪的睡眼，不安地望着她："妈妈，为什么外面总是轰轰地响？"撒坦尼哽咽了一下，解释说："别怕，没事的，那只是上帝放了几个响屁！"儿子听后，眼泪汪汪地说："妈妈，我饿！"撒坦尼赶紧用双手抚摸着儿子的脸颊，安慰道："宝贝儿，快睡吧。别怕，妈妈早起去给你排队领面包。你放心，等到天亮你睁开眼睛的时候，我就会回来！"听了妈妈肯定地回答，儿子才安心地合上了眼睛。

撒坦尼喝了口凉水后，就向市中心的国际救助站赶去。虽然外面很黑，还依稀可见很多荷枪实弹的武装人员正在聚集和奔跑，她却没有半点儿胆怯，依旧快步向前赶着路。

从家到国际救助站要走两个多小时，就在她走到中途的时候，突然被一股汹涌的人潮推搡着辨不清了方向。当她弄明白发生了什么事情之后，已经随着逃难的人流来到了城外。因此，她开始快步往回赶，因为她答应过儿子："等到天亮你睁开眼睛的时候，我就会回来。"

听完她的叙述，空气凝固住了，指挥官放了撒旦尼。

最后一句话

——佚名

他有丢三落四的毛病。早晨洗脸，会忘了关水龙头。用高压锅煮粥，最后粥成了炭。最危险的一次，高压锅炸了，击碎了油烟机。这个消息被他的母亲知道了，母亲一大早赶到城里，一开门便问："人伤着没有？"

母亲只有他一个儿子，从小很宠。娶了老婆后，母亲总是交待他的媳妇，他不吃辣，晚上睡觉喜欢把手伸出来，不能吃太油腻的东西等等，为这些，他的媳妇和母亲关系搞得很僵。老太太也知趣，一般不来城里。想儿子了，才会到儿子在城里的家，坐一会，看看儿子，平平淡淡地交待几句就回乡下了。

有段时间，他听说母亲的腹部经常隐隐作痛，但他一直没在意。最后他父亲打电话来说，母亲因为疼痛已经整夜整夜地睡不着觉了，他才感觉到事态严重。他租了车，把母亲拉到医院检查，结果十分残酷，母亲得的是绝症。

母亲似乎知道了结果，很淡然。她说："活了六十六，我也该知足了。"他听了，说："妈，您怎能这样说呢？"随即，泪就下来了。

一个星期后，他的母亲做手术。麻醉前，她突然想起一件事，对护士说："叫我儿子进来。"医生劝道："现在除了医生其他人是不能随便进手术室的了。"

她一听，在手术室大喊大叫起来。医生没辙，只好让他穿好防护衣进了手术室。母亲说："儿子啊，以后自己烧饭的时候，千万别忘了关煤气，要么以后不要用高压锅了，或者就吃快餐。"他走出手术室后，一直在垂泪。

手术进行了两个小时，手术结果比预料的更糟。母亲推出来后，已经不能说话。医生说："情况真的很糟。"两天后，他的母亲走了。

8元5角钱的震撼

——佚名

一天中午，一个捡破烂的妇女，把捡来的破烂物品送到废品收购站卖掉后，骑着三轮车往回走，经过一条无人的小巷时，从小巷的拐角处，猛地窜出一个歹徒来。这歹徒手里拿着一把刀，他用刀抵住妇女的胸部，凶狠地命令妇女将身上的钱全部交出来。妇女吓傻了，站在那儿一动不动。

歹徒便开始搜身，他从妇女的衣袋里搜出一个塑料袋，塑料袋里包着一沓钞票。

歹徒拿着那沓钞票，转身就走。这时，那位妇女反应过来，立即扑上前去，劈手夺下了塑料袋。歹徒用刀对着妇女，作势要捅她，威胁她放手。妇女却双手紧紧地攥住装钱的袋子，死活不松手。

妇女一面死死地护住袋子，一面拼命呼救，呼救声惊动了小巷子里的居民，人们闻声赶来，合力逮住了歹徒。

众人押着歹徒搀着妇女走进了附近的派出所，一位民警接待了他们。审讯时，歹徒对抢劫一事供认不讳。而那位妇女站在那儿直打哆嗦，脸上冷汗直冒。民警便安慰她："你不必害怕。"妇女回答说："我好疼，我

的手指被他掰断了。”说着抬起右手，人们这才发现，她右手的食指软绵绵地耷拉着。

宁可手指被掰断也不松手放掉钱袋子，可见那钱袋的数目和分量。民警打开那包着钞票的塑料袋，顿时，在场的人都惊呆了，那袋子里总共只有8块5毛钱，全是一毛和两毛的零钞。为8块5毛钱，一个断了手指，一个沦为罪犯，真是太不值得了。一时，小城哗然。

民警迷惑了：是什么力量在支撑着这位妇女，使她能在折断手指的剧痛中仍不放弃这区区的8块5毛钱呢？他决定探个究竟。所以，在妇女治疗完以后，他就尾随在妇女的身后，以期找到问题的答案。

但令人惊讶的是，妇女走出医院大门不久，就在一个水果摊上挑起了水果，而且挑得那么认真。她用8块5毛钱买了一个梨子、一个苹果、一个

橘子、一个香蕉、一节甘蔗、一枚草莓，凡是水果摊上有的水果，她每样都挑一个，直到将8块5毛钱花得一分不剩。

民警吃惊地张大了嘴巴。难道不惜牺牲一根手指才保住的8块5毛钱，竟是为了买一点水果尝尝？

妇女提了一袋子水果，径直出了城，来到郊外的公墓。民警发现，妇女走到一个僻静处，那里有一座新墓。妇女在新墓前伫立良久，脸上似乎有了欣慰的笑意。然后她将袋子倚着墓碑，喃喃自语："儿啊，妈妈对不起你。妈没本事，没办法治好你的病，竟让你刚13岁时就早早地离开了人世。还记得吗？你临去的时候，妈问你最大的心愿是什么，你说：我从来没吃过完好的水果，要是能吃一个好水果该多好呀。妈愧对你呀，竟连你最后的愿望都不能满足，为了给你治病，家里已经连买一个水果的钱都没有了。可是，孩子，到昨天，妈妈终于将为你治病借下的债都还清了。妈今天又挣了8块5毛钱，孩子，妈可以买到水果了，你看，有橘子、有梨、有苹果，还有香蕉……都是好的。都是妈花钱给你买的完好的水果，一点都没烂，妈一个一个仔细挑过的，你吃吧，孩子，你尝尝吧……"

可以活着的眼睛

给儿子一个干净的后背

——戚祥浩

他是那种来一阵风都能被吹走的小老头，可工地还没开工，他便三番五次找到我，花生、番薯提来了一袋又一袋，还开出了村里的特困证明，让我无论如何给他一样活儿干。我拗不过他，只好将负责看管搅拌机的差事交给他。

他对我连声道谢，然后扭头跑回村子。那时候，我正打算向他介绍搅拌机的操作方法，他居然不听我一声解说就走掉了。正在我气恼时，他又回来了，身后还拖着个脸蛋红扑扑的小男孩，老远便指着我身边的搅拌机大喊：这是爸爸要开的机器！

我大吃一惊：这老头居然有个这么小的儿子！但很快想到这是在农村，晚年得子的现象多着呢，何况农民都显老，看起来像个小老头的他说不定只有四十来岁。

小男孩不知什么时候窜到搅拌机边，将整个脑袋探进搅拌机内。我惊出一身冷汗，大声斥责孩子。孩子躲到一边后，我又开始训斥小老头，怎么能把孩子带到工地上来，要知道工地上处处充满危险！他跟他儿子一起

低下了头，好半天才嗫嚅道：我只想让儿子开心一下，爸爸终于找到工作了。我懒得听他解释，冲他摆摆手说，我来教你怎样开搅拌机吧。

他很快就学会了操作搅拌机。在机器的轰鸣声中，他的儿子挥舞着小手喊："爸爸好厉害！"我看见他笑了，脸上的皱纹拧成一块一块，还露出蜡黄的牙齿。距离开工还有两三天，可他次日一大早就来到工地上，拿着一块抹布，一点点抹去搅拌机上的水泥灰，有些硬块抹不去，他就用指甲一点一点抠去。我说，搅拌机上的水泥灰就不要弄了，反正一开工就会脏回去的。他却嘿嘿笑着说，他要给儿子一个惊喜：昨天还很旧的机器，今天就变新了。望着认认真真清洗搅拌机的他，我忽然不知说什么才好。

工地开工那天，他竟然穿了件崭新的衣服。启动搅拌机没多久，四处飞扬的水泥灰就在他的新衣服上厚厚蒙了一层。一转眼，他就跟其他工友没什么区别了。他显然发现了这一点，赶紧腾出一只手拍打身上的灰尘。我从工地的一侧转到另一侧，回来时，看到他那只手还在拍打身上的水泥灰。

紧挨着工地的是一所小学，尽管隔了用铁片搭成的围墙，校园里的嘈杂声还是能够清晰传来。每当上下课的铃声响起，他都要情不自禁用手拍打身上的尘土，手起手落，拍得很是紧促。看管搅拌机，原本挺轻松的活，他却累得满头大汗。我知道他是不停拍土给累的——既然怕弄脏新衣服，为什么还非要穿着它来工地？衣服脏了洗洗就可以了，这样不间断地拍打，再好的衣服也容易坏呀！

铃声又一次响起，工地外面传来孩子放学的嬉笑打闹声。他忽然触电般脱下新衣服，使劲甩了两下，然后迅速穿回到身上。那件被抖落灰尘的

衣服，看起来又跟新的一样了。然后，我听见一个甜甜的童音传来：那个穿最漂亮衣服的人，是我爸爸！接着又传来另一个孩子的声音：你爸爸是不是这里官最大的？循声望去，两片铁片的缝隙中，探着两个小脑袋，其中一个，正是他的儿子。

我看见笑意漾满了他的嘴角。原来，他用一个上午的时间拍打衣服上的水泥灰，只是想留给儿子一个干净的后背，只是想让他的儿子在小伙伴面前能多少拥有些骄傲！

孩子唱着歌走远后，他才像忽然记起了什么，赶紧用另一只手去揉那只拍打衣服的手，一边揉还一边“吁吁”地喘气。我忍不住说，你儿子真可爱。他忽然涨红了脸，说，儿子其实是抱养的，可小家伙一定要喊他爸爸，怎么教都改不了口。他又接着说：“我上了年纪，干不了重活，以后你这边负责看管搅拌机的活都交给我做好不好？我多少要给儿子留些钱啊！”

我想说什么，声音却哽在喉咙里，只好使劲点头。然后，我连忙背过身，那一刻，眼泪不可遏止地落下来……

父亲的眼睛

——佚名

有一个男孩，他与父亲相依为命，父子感情特别深。

男孩喜欢橄榄球，虽然在球场上常常是板凳队员，但他的父亲仍然场场不落地前来观看，每次比赛都在看台上为儿子鼓劲。

整个中学时期，男孩没有误过一场训练或者比赛，但他仍然是一个板凳队员，而他的父亲也一直在鼓励着他。

当男孩进了大学，他参加了学校橄榄球队的选拔赛。能进入球队，哪怕是跑龙套他也愿意。人们都以为他不行，可这次他成功了——教练挑选了他是因为他永远都那么用心地训练，同时还不断给别的同伴打气。

但男孩在大学的球队里，还是一直没有上场的机会。转眼就快毕业了，这是男孩在学校球队的最后一个赛季了，一场大赛即将来临。

那天男孩小跑着来到训练场，教练递给他一封电报，男孩看完电报，突然变得死一般沉默。他拼命忍住哭泣，对教练说："我父亲今天早上去世了，我今天可以不参加训练吗？"教练温和地搂住男孩的肩膀，说："这一周你都可以不来，孩子，星期六的比赛也可以不来。"

星期六到了，那场球赛打得十分艰难。当比赛进行到3/4的时候，男孩所在的队已经输了10分。就在这时，一个沉默的年轻人悄悄地跑进空无一人的更衣间，换上了他的球衣。当他跑上球场边线，教练和场外的队员们都惊异地看着这个满脸自信的队友。

“教练，请允许我上场，就今天。”男孩央求道。教练假装没有听见。今天的比赛太重要了，差不多可以决定本赛季的胜负，他当然没有理由让最差的队员上场。但是男孩不停地央求，教练终于让步了，觉得再不让他上场实在有点对不住这孩子。“好吧，”教练说，“你上去吧。”

很快，这个身材瘦小、籍籍无名、从未上过场的球员，在场上奔跑，过人，拦住对方带球的队员，简直就像球星一样。他所在的球队开始转败为胜，很快比分打成了平局。就在比赛结束前的几秒钟，男孩一路狂奔冲向底线，得分！赢了！男孩的队友们高高地把他抛起来，看台上球迷的欢呼声如山洪暴发！

当看台上的人们渐渐走空，队员们沐浴过后一一离开了更衣间，教练注意到，男孩安静地独自一人坐在球场的一角。教练走近他，说：“孩子，我简直不能相信，你简直是个奇迹！告诉我你是怎么做到的？”

男孩看着教练，泪水盈满了他的眼睛。他说：“你知道我父亲去世了，但是你知道吗？我父亲根本就看不见，他是瞎的！”

“父亲在天上，他第一次能真正地看见我比赛了！所以我想让他知道，我能行！”

父爱如禅

——佚名

那一天的情景，在我困倦、懈怠的时候，在寂寞的午夜，如电影中的慢镜头，清晰地浮现在眼前……

1991年秋天，大学新生报到的日子。清晨4点钟，父亲轻轻叫醒我说他要走了。我懵懂着爬起身，其他的新同学都在甜美地酣睡着，此刻他们该都在美好而幸福的梦中。而我由于心脏病，学校坚持必须经过医院专家组的严格体检方能接收。前途未卜，世路茫茫，一种被整个世界抛弃了的感觉包围着我，心里一片荒芜与凄苦。待了许久，我带着哭腔说，你不能等我体检后再回去吗？父亲抽出支烟，却怎么也点不着。我说你拿倒了，父亲苦笑，重新点燃，狠狠吸了两口。我突然发现地下一堆烟头，才知道半夜冻醒时那闪闪灭灭的烟头不是梦境，父亲大概一夜未睡吧！

沉默。同学们一片鼾声。

“你知道的，我工作忙。”父亲拿烟的手有些颤抖，一脸的愧疚，“我没有7天时间陪你等专家组的。”

又沉默了好久，烟烧到了尽头，父亲却浑然不觉。我说您走吧。

父亲在前，我在后，谁也不说话，下楼梯的时候，明亮灯光下父亲头上的白发赫然刺痛了我的眼睛。一夜之间，父亲苍老了许多。

白天热闹的城市此时一片冷清，路上一个行人也没有，只有我们父子俩。一些不知名的虫子躲在角落里哀怨地怪叫着。

到了十字路口，父亲突然站住，回过头仔细看了我一眼，努力地一笑，又轻轻地拍了拍我的肩头："你回去吧！"然后转过身走了。

我大脑里一片茫然，只是呆呆地看着他一步步离去，努力地捕捉着路灯下父亲的身影。我希望父亲回一下头，再看看不曾离开他半步、他最喜爱的儿子。却只看见父亲的脚步有些犹豫，有些踉跄，甚至有一霎那，父亲停了一下，然而倔强的父亲始终再没转过身。又不知过了多久，我才发现父亲早已在我的视线里消失，转身回去的一瞬间，泪水突然夺眶而出。

7日后体检顺利通过，我兴奋地打电话告诉父亲，父亲却淡淡地说："那是一定的。"

只是后来母亲凄然地告诉我，在等待体检的那些日子里，平日雷厉风行、干练的父亲变得婆婆妈妈，半夜里会突然惊醒大叫着我的乳名，吃饭时会猛然问母亲我在那个城市里是否水土不服，每天坐在电视机前目不转睛地看我所在城市的天气预报……听着听着，我的泪又出来了……

这些事父亲没有提起过，我也从没主动问及过。我明白，人世间的痛苦与劫难，有些是不能用语言交流的，即便是父子之间。父爱如禅，不便问，不便说，只能悟。

一张忘取的汇款单

——安宁

工作后，我极少打电话给父亲，只是在每月领了工资后，寄500块钱回家。每次到邮局，我总会想起大学时父亲寄钱的情景。四年来，他每月都要将收废品挣到的一大把卷了角的零钱，在服务人员鄙夷的目光中，谦卑地放到柜台上……

而今，我以同样的方式，每月给父亲寄钱。邮局的人，已经跟我相熟，总是说，半年寄一次多方便，或者你给父亲办个卡，直接转账，就不必如此繁琐地一次次填地址了。每一次，我只是笑笑，他们不会明白，这是我给予父亲的一个虚荣。当载着绿色邮包的邮递员，在门口高喊着父亲的名字，让他签收汇款单的时候，左邻右舍都会探出头来，一脸羡慕地看着他完成这一“庄严”的程序。

父亲会在汇款来到的前几天，就焦虑而又幸福地等待着。去镇上邮局取钱的这天，他会像出席重要会议一样，穿上最整洁的衣服，徒步走去。一路上，总会有人问，干什么去啊？他每次都扬扬手里的汇款单，说，儿子寄钱来了，去邮局取钱。对于父亲，这应当是一次幸福的旅程吧。别人

的每次问话，都让他的幸福加深一次，而那足够他一月花费的500元钱，反而变得微不足道了。

汇款单上的附言一栏里，我和父亲当年一样，总是任其空着。我曾经试图在上面写过一些话，让父亲注意身体，或者晚上早点休息，但每一次写完，我又撕掉了。邮局的女孩子总是笑着问我：写得这么好，你爸看到会开心的，为什么要去掉呢？我依然笑笑，不做解释。这不是我们彼此表达关爱的习惯。

只有一次，邮局的女孩特意提醒我，说：建议你这一次在附言里至少写上一句话。我一怔。她继续说：等你父亲收到汇款的时候，差不多就到父亲节了，这句话，可是比你这500块钱重要多了。或许整个小镇上的人，都没有听说过父亲节，这样一个略带矫情的节日，只属于城市。但我很顺从地依照她的话，在附言栏里一笔一画写下：祝父亲节快乐。

但正是这张汇款单，父亲不知为何，竟忘了去取钱。两个月后，钱给退了回来。我打电话去问他。他说：忘了。我有些恼怒，因为自己写下了祝福，他不仅没有一句回话，竟是连钱也忘了取。去邮局补寄的时候，我气咻咻地讲给女孩子听。她凝神听了一会儿，插话道：我觉得未必是你父亲忘了，说不定他是想要将这张有祝福的汇款单留下做纪念呢。我愣住了，随即摆手，说，怎么可能呢，他从来都不是这样细心的人。

但父亲，的确是这样细心的人。而且，这个秘密，他自始至终对谁都没有讲过。那年春节，我无意中拉开父亲的抽屉，才看见了那张被他放入收藏盒中的汇款单。那句短短的祝福，父亲早已看到，且以这样的方式，藏进了心底。

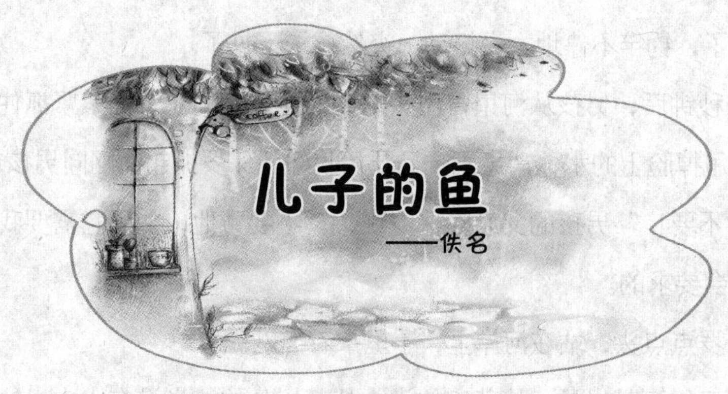

儿子的鱼

——佚名

我环顾周围的钓鱼者，一对父子引起我的注意。他们在自己的水域一声不响地钓鱼。父亲钓到、接着又放走了两条足以让我们欢呼雀跃的大鱼。儿子大概是12岁左右，穿着高筒橡胶防水靴站在寒冷的河水里。两次有鱼咬钩，但又都挣扎着跑脱了。突然，男孩的钓竿猛地一沉，差一点把他整个人拖倒，卷线轴飞快地转动，一瞬间鱼线被拉出很远。

看到那鱼跳出水面时，我吃惊得合不拢嘴。“他钓到了一条王鲑。个头儿不小。”伙伴保罗悄悄对我说，“相当罕见的品种。”

男孩冷静地和鱼进行拉锯战，但是强大的水流加上大鱼有力地挣扎，孩子渐渐地被拉到布满旋涡的下游深水区的边缘。我知道一但鲑鱼到达深水区就可以轻而易举地逃脱了。孩子的父亲虽然早把自己的钓竿丢在一旁，但一言不发，只是站在原地关注着儿子的一举一动。

一次、两次、三次，男孩儿试着收线，但每次都不成功，鲑鱼猛地向下游窜去，显然在尽全力向深水靠拢。十五分钟过去了，孩子开始支持不住了，即使站在远处，我也可以看到他发抖的双臂正使出最后的力气奋力抓紧钓竿。冰冷的河水马上就要漫过高筒防水靴的边缘。王鲑离深水区越来越近了，钓竿不停地左右扭动。突然孩子不见了。

一秒钟后，男孩从河里冒出头来，冻得发紫的双手仍紧紧抓住钓竿，他用力甩掉脸上的水，一声不吭又开始收线。保罗抓起渔网向男孩走去。

“不要！”男孩的父亲对保罗说，“不要帮他，如果它需要我们的帮助，他会要求的。”

保罗点点头，站在河岸上，手里拿着渔网。

不远的河对岸是一片茂密的灌木丛，树丛的一半没在水中。这时候鲑鱼突然改变方向，迳直窜入那片灌木丛。我们都预备着听到鱼线崩断时刺耳的响声。然而，说时迟那时快，男孩儿往前一扑，紧追着鲑鱼钻入稠密的灌木丛。

我们三个人都呆住了，男孩的父亲高声叫着儿子的名字，但他的声音被淹没在河水的怒吼声中。保罗涉水到达对岸示意我们鲑鱼被逮住了。他把枯树枝拨向一边，男孩儿紧抱着来之不易的鲑鱼从树丛里倒退着出来，努力保持着平衡。

他瘦小的身体由于寒冷和兴奋而战栗不已，双臂和前胸之间紧紧地夹着一条大约14公斤重的大鱼。他走几步停一下，掌握平衡后再往回走几步。就这样走走停停，孩子终于缓慢但安全地回到岸边。

父亲递给儿子一截绳子，等他把鱼绑结实后弯腰把儿子抱上岸。男孩躺在泥地上大口喘着粗气，但目光一刻也没有离开自己的战利品。保罗随身带着便携秤，出于好奇，他问孩子的父亲是否可以让他称称鲑鱼到底有多重。男孩的父亲毫不犹豫地说：“请问我儿子吧，这是他的鱼!”

可以活着的眼睛

——佚名

父亲得了癌症，晚期，自从他住进医院后，我就成了那里的常客。

我从没想过父亲会得这病。医生说，即使有再世华佗，可能也无济于事。听了医生的话，我感到眼前一片漆黑。

那段日子，所有的放疗、化疗都做了，父亲的病情却一点都没有好转。他的疼痛，已痛入骨髓，每次疼痛发作，他总是咬紧牙关，哪怕身体痛得打战，脸上冒汗，也不呻吟一声。我说："爸，如果你感到疼，你就喊出来。这样也许会好受些。"我每次这样和他说时，他总是轻轻地对我说："我又不是小弦子，再说，那样会影响别的病人。多不好！"

父亲说的别的病人指的是和父亲住在同一个病房里的一个年轻男孩。这个男孩刚17岁，患的是一种罕见的癌症，和父亲一样，已经救治无望。当父亲这样说时，我看到窗外的阳光，像天鹅绒一样，大朵大朵地落在那个男孩洁白的被单上。我一边温柔地抚摩着父亲那双枯瘦的大手，一边听他唠叨着他走后的事。我的泪，竟当着他的面潸然而下。

父亲就这样在痛苦中煎熬着，他的呼吸越来越急促，可那个男孩的病

情似乎比父亲更严重，已经几度出现昏迷了。一天，一个年轻的值班医生来到病房里，悄悄对我旁边男孩的父母说："在医院的眼科病房里，有一个女孩急需换眼角膜。你们商量一下，如果你们的孩子走了，你们能否自愿捐献出孩子的眼角膜？"

听说要捐献眼角膜，沉浸于悲伤的母亲，突然号啕大哭，她一边哭，一边推搡着医生，威胁说："谁敢动我的儿子，我就和谁拼命！"

看着被推搡的医生，我终于忍不住了，小声嘀咕说："如果你儿子治不好，把眼角膜捐给别人，让别人有一双明亮的眼睛，这不是好事吗？"

谁知，我刚说完，那位母亲就把矛头指向了我，大声吼道："你想

做好事，怎么不让你的父亲来捐？”看着奄奄一息的父亲，我突然目瞪口呆，哑口无言。

已是深夜，守在男孩身边的母亲，还在小声地抽泣着。我伏在父亲的床头打盹。睡梦中，我隐约听到父亲在唤着我的小名，我一睁眼，听见父亲吃力地说：“三子，明天你和医生说说，看看我的眼角膜，能不能捐给那个孩子？”

我怀疑我是不是听错了。在我印象中，父亲最讳忌的就是带着残缺离开这个世界！可父亲说的话很干脆，男孩的父母都听见了，我张大嘴巴，错愕地看着父亲。见我恍惚的样子，父亲盯着我看了半天，又用颤抖的声音一字一顿地对我说：“孩子，我还不想死，把我的眼角膜捐给别人吧，这样，我的眼睛还可以活着！”

不等父亲说完，我的眼泪瞬间像滔天巨浪一样翻涌奔腾，我不知道父亲接下来说了什么，我拔腿就跑，飞快打开房门，转身进了楼道里，听任泪水流下。

第二天，男孩的母亲，终于含着泪水，在捐献儿子眼角膜的自愿书上签了字。医生说，我父亲的年纪过大了，不是很适合。后来，那个女孩终于顺利完成了眼角膜手术，当记者采访这个男孩的母亲时，她说，她是被我父亲说的话感动了，她之所以这样做是因为她儿子的眼睛可以活着。

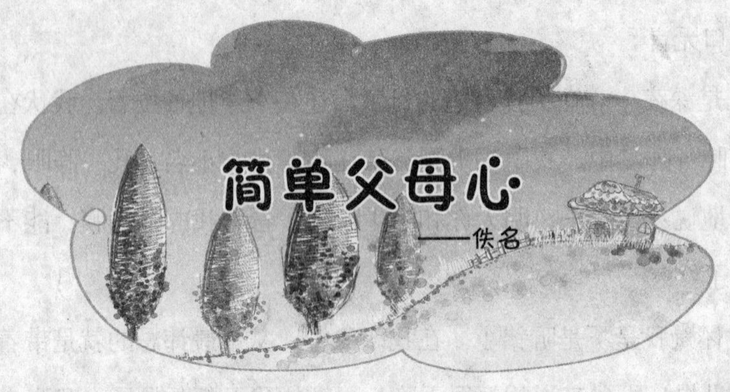

简单父母心

——佚名

火车开了30多个小时，到达贵阳的时候，天还未全亮。天空灰蒙蒙的，吹着刺骨的寒风，还下着冰冷的毛毛细雨，早已等了多时的父亲看见我，脸上荡漾着憨厚的笑容。一年没有回家了，父亲衰老了许多，白头发比原先多了，双手也因为干活太多，变得越来越粗糙了，关节都伸不直。

远远地望见家门的时候，母亲那瘦小的身影就映入了眼帘。我快步走上去，母亲拉着我的手，习惯性地拍了拍我衣服上的尘土，激动地说：“回来就好，回来就好！我家娃儿又长高了，长壮了，看，这身衣服都穿不得了。”

父亲已经进屋摆好了一桌子饭菜。母亲说：“我炖了只你爱吃的鹅，多吃点儿，补补身体。”其实，他们哪里知道，这最该补身体的，应该是他们才对呀！

坐在家中，看着这间十多平米的小屋，这就是我一直说的家。门窗简陋，堆满了各式各样的杂物，屋里生着火炉，摆着两张床，中间只用一块布象征性地隔了起来。父亲在这个繁华的都市里，从事着最低等的工

作——收破烂。父亲就是以这样简单的方式，挣钱供我念大学。

过年那天，一家人坐在一起吃年夜饭的时候。父亲突然严肃地问我："娃儿，研究生和大学生哪个的学历高？"父亲没有读过多少书，平生唯一的希望，就是想让我念完所有可以念的书，他总是说："你能读到什么程度，我们就供你到什么程度，钱不要紧，就算拼了我这条老命，我和你妈也会支持你的。一句话，只要你有出息，我们再苦再累都开心！"

我知道，如果我回答研究生比本科生的学历高，父亲无论如何也会让我本科毕业后，继续读研究生的。但是，看见他们日夜操劳，身体一日不如一日，我怎能忍心坐在校园里，继续拿着他们日晒雨淋，走街串巷，辛辛苦苦挣来的血汗钱读书呢？我真的一分一秒都不想耽搁了，我要早一刻报答他们的养育之恩呀！我撒了一个谎，说："爸，读完了大学，只有那些成绩不好的，为了找到好工作，才需要读研究生。我成绩还马马虎虎，就不用念了。"父亲严肃的面容终于舒展开来，说道："这就好，这就好，你娃儿还争气，不用'留级'读研究生了！"我心里像打翻了的五味瓶，什么滋味都有。要是有一天他知道我是在骗他，他该多么遗憾呀，因为这个不孝的儿子，没有实现他一生最大的愿望。

晚上看春节联欢晚会的时候，母亲拿出几个红薯来，说是要给我烤红薯吃。她一边烤红薯，一边说："你小时候最爱吃烤红薯，但那时家里实在是太穷，红薯得留着卖钱用，不能让你吃个够，你就哭呀闹呀，我一急，还打过你哩！"

烤红薯的芳香不一会儿就弥漫了整个屋子，看着此情此景，我仿佛又回到了十年前。在那个贫穷落后的黔北山区的小村子里，温暖的灯光下，趴在凳子上写作业的我，眼睛却死死盯着火炉上烤得香喷喷的红薯！记忆如此真实，仿佛就发生在眼前。我说："爸，妈，你们看，我把咱家的事都写了出来。我要让大家都知道，我有全天下最好的爸爸妈妈！"我拿出我那些发表过的散文，父亲看后，连声说："好，好，我们的儿子有孝心，爸妈高兴着哩！"为人父母的心思多简单呀，劳苦一生，却不图儿女的报答，只要儿女有出息，他们就已经十分满足了！

回学校的那天，父亲和母亲一起送我去了车站。路上，父亲说贵阳的生意不好做了，想换换地方。我听后，心里隐隐作痛，爸妈都快50岁的人了，还在为了我，过这种居无定所、四处漂泊的生活。我忍不住问："爸，那我下次回家，该回哪里呢?"父亲看出了我的心思，坚定地说："放心，只要有我和你妈在，这个家就不会散，我们在哪里，哪里就是你的家！"

回到西安，父亲打来电话，说："我和你妈现在已经不在贵阳了，在遵义，这里挣钱比贵阳容易些，你不要乱想，安心读书就成。将来有了出息，我们就高兴了！"母亲接过电话，不好意思地说："嘿，娃儿，还忘了一件事情，你回家来过年，都没有给你买一身新衣服！"听到这话，电话这头儿的我，已经哭得一塌糊涂了。

缴电话费的老人

——佚名

到电信大楼营业厅缴电话费，队伍排得老长，终于我是第二个了，在我前面的是位头发花白的老妇人，从步履神态上看好像已经年逾六旬。

“请问您的电话号码。”营业员问老妇人。老妇人脱口就说出一个电话号码。营业员在电脑上点出之后，又问：“是叫李捷吗？”老妇人说：“不是的，这是我儿子的名字！”然后她又说了一个电话号码，还是脱口而出，没有一点犹豫。营业员在电脑上点出之后，问：“是李敏吗？”老妇人说：“不是的，这是我女儿的名字！”营业员说：“对不起，阿姨！你们家的电话到底是什么号码？”老人歪着脑袋在柜台前想了足足有几分钟，就是想不起来。后面有人开始不耐烦了，叽叽喳喳有些骚动。

可能是她觉察到了后面的骚动，便转过身来，半是自言自语半是道歉地对大家说：“老了，忘事啦。孩子家的倒是记住了。”她刚想走，好像又想起了什么：“刚才那两个电话没缴费吧？”“没缴。”“那我给他们缴了吧，省得他们再跑一趟。”于是老人歉意地一笑，又排在了我前面。

这次，后面一片寂静。

长途跋涉的肉羹

——林清玄

在我读小学五年级的时候，有一次看见爸爸满头大汗从外地回来，手里提着一个用草绳绑着的全新的铁锅。

他一面走，一面召集我们："来，快来吃肉羹，这是爸爸吃过的最好吃的肉羹。"

他边解开草绳，边说起那一锅肉羹的来历。

爸爸到遥远的凤山去办农会的事，中午到市场吃肉羹，发现那摊肉羹非常的美味，他心里想着："但愿我的妻儿也可以吃到这么美味的肉羹呀！"

但是那个年代没有塑胶袋，要外带肉羹真是困难的事。爸爸随即到附近的五金行买了一个铁锅，并向店家要了一条草绳，然后转回肉羹摊，买了满满一锅肉羹，用草绳绑好，提着回家。

当时的交通不便，从凤山到旗山的道路颠簸不平，平时不提任何东西坐客运车都会昏头转向、灰头土脸，何况是提着满满一锅肉羹呢？

把整锅肉羹夹在双腿之间，坐客运车回家的爸爸，那种惊险的情状是

可以想见的。虽然他是这么小心翼翼，肉羹还是溢出不少，回到家，锅外和草绳上都已经沾满肉羹的汤汁了，甚至爸爸的长裤也湿了一大片。

锅子在我们的围观下打开，肉羹只剩下半锅。

妈妈为我们每个孩子添了半碗肉羹，也为自己添了半碗。

由于我们知道这肉羹是爸爸千辛万苦从凤山提回来的，吃的时候就有一种庄严、欢喜、期待的心情，一反我们平常狼吞虎咽的样子，一小口一小口地品尝那长途跋涉，饱含着爱，还有着爱的余温的肉羹。

爸爸开心地坐在一旁欣赏我们的吃相，露出他惯有的开朗的笑容。

妈妈边吃肉羹边说："这凤山提回来的肉羹确实真好吃！"

爸爸说："就是好吃，我才会费尽心机提这么远回来呀！这铁锅的价钱是肉羹的十倍呀！"

当爸爸这样说的时候，我感觉温馨的气息随着肉羹与香菜的味道，充

塞了整个饭厅。不，那时我们不叫饭厅，而是灶间。

那一年，在黝暗的灶间，在昏黄的烛光灯火下吃的肉羹是那么美味，经过三十几年了，我还没有吃过比那更好吃的肉羹。

因为那肉羹加了一种特别的作料，是爸爸充沛的爱以及长途跋涉的表达呀！这使我真实地体验到，光是充沛的爱还是不足的，与爱同等重要的是努力的实践与真实的表达，没有透过实践与表达的爱，是无形的、虚妄的。我想，这是爸爸妈妈那一代人，他们的爱那样丰盈真实，却从来不说“我爱你”，甚至终其一生没有说过一个“爱”字的理由吧！

爱是作料，要加在肉羹里，才会更美味。

自从吃了爸爸从凤山提回来的肉羹，每次我路过凤山，都有一种亲切之感。这凤山，是爸爸从前买肉羹的地方呢！

我的父母都是善于表达爱的人，因此，在我很幼年的时候，就知道再微小的事物，也可以作为感情的表达；而再贫苦的生活，也因为这种表达而显现出幸福的面貌。

幸福，常常是隐藏在平常的事物中，只要加一点用心，平常事物就会变得非凡、美好、庄严了。只要加一点心，凡俗的日子就会变得可爱、可亲、可想念了。

就像不管我的年岁如何增长、不论我在天涯海角，只要一想到爸爸从凤山提回来的那一锅肉羹，心中依然有三十年前的汹涌热潮在滚动。肉羹可能会冷，生命中的爱与祝愿，永远是热腾腾的；肉羹可能在动荡中会满溢出来，生活里被宝藏的真情蜜意，则永不逝去。

一朵云一朵云地找你

复活妈妈鱼

——赵文

那时，我们的生活很窘迫。儿子唐可一出生就住在乡下他姥姥那儿。

唐可3岁时，我们决定买房子。我和老公拼命工作，想将孩子接回来。

那些日子，反倒是母亲经常打电话过来，要求唐可在电话里和我们说话。大了一点的孩子有些羞涩，在姥姥的授意下叫了妈妈，就不说话了。我便照例问他，是否吃饭了，听姥姥话没……他一一回答，声音稚气，地方口音浓重。有次忍不住，我说："唐可，妈妈不是告诉你要讲普通话吗？"

他忽然不说话了。

电话那端的儿子，让我觉得陌生了。

唐可5岁多一点的时候，我们去接他。

唐可不肯跟我们走，不管姥姥怎么劝，他都紧紧扯着姥姥的手不肯松开。最后，姥姥陪着他一起来到我们的新家。

唐可的东西几乎都没有带，但他执意要带走鱼缸里的两条鱼。那是两

条很小的鱼，在比巴掌大不了多少的鱼缸里游来游去。它们总是不停地接吻，像一对亲密的爱人。

母亲说："这小子调皮得很，很会毁东西，就这两条鱼，宝贝得什么似的，自己喂食、换水，不让别人动。"

我替儿子把鱼缸捧起来，牵住他小小的手。小手在我掌心里挣扎了两下，不再抗拒。

母亲住了一个月后，在唐可去上学的一天早上，回了老家。唐可回来，没有哭，只是一直不说话。

母亲走后，我坚决制止唐可再说地方话，每次他张口，我就会纠正。他在乡下养成了诸多我觉得不好的习惯，比如在衣服上擦手，吃饭的时候捡饭桌上的饭粒，睡觉前不洗脚……我一看到，就对唐可说："宝贝，那样的习惯不好。"

这时候，他总扭着头不说话。虽然我很想好好地爱他，可是显然不那么容易，他和我，保持着距离。

6岁半的唐可读小学一年级了。他依旧不太爱说话。

唐可"失踪"的那天，我正在为一份出错的订单焦头烂额。学校打来电话说，唐可没有去上课，问我孩子是否生病了。

早上我是亲眼看着他进了校门的。我慌乱起来，放下手边的事跑回家，到处去找。

老公报警之后，我蹲在路边大哭起来。就在我们手足无措的时候，忽然我母亲打来电话，说唐可在医院里。

在医院门卫值班室，我看到唐可，一把抱住他，眼泪不住地流下来。

唐可呆呆地任我抱着。

一旁的护士说："这孩子，跑来给鱼看病呢。"

我才发现唐可手中提着一个小塑料袋，袋子里是一条小小的鱼。

我一把将袋子扯过来丢到地上，埋怨这孩子太不懂事。

唐可一把将我推开，弯腰用两只小手将鱼从一点点的水中捧起来，抬起头冲我喊："我恨你！"说完转身朝外跑去。

老公追出去，我愣了片刻也追出去，看着唐可跑进医院的楼内，一直跑到洗手间。追过去时，他正站在水池边，小脸上都是泪。他踮着脚，让水缓缓地流进他掌心，掌心里捧着的是那条小小的鱼。

那条鱼死掉了，其实一天前，它就已经奄奄一息。唐可逃学是为了送它去医院，碰上好心的护士将他留住，联系家人时，唐可记得的，只有姥姥的电话号码。

那天晚上，唐可一直哭。我跟他道歉，他不理我。我没办法，打电话给我母亲，把话筒递给儿子，说：“是姥姥。”

孩子擦擦眼泪，啜泣着把电话接过来，忽然说：“姥姥，妈妈鱼死了。”

那是第一次，我听儿子说这样三个字，他叫它“妈妈鱼”。

不知道母亲如何安慰他，过了片刻，孩子停止啜泣，放下电话，抱起鱼缸进了自己的小屋。鱼缸里，只剩下一条小鱼。

他对这两条鱼的感情，超出我的想象。

问母亲，母亲说：“那次带唐可去赶集，碰到卖鱼的，唐可对这两条鱼很好奇，因为两条鱼的嘴巴总是不停地碰来碰去。卖鱼的女孩跟他说，那是爸爸鱼和妈妈鱼。后来唐可执意要，就买了回来。”

母亲说：“你呀，怎么爱自己的儿子都不知道。我跟他说了，你会让他的妈妈鱼活过来。”

母亲的话让我心痛得无以复加。在儿子小小的心里，一直爱着他想象中的爸爸妈妈，却只能用两条鱼来替代。也许心目中的母亲不是我这个样子，是我爱他爱得不够好，是我在应该爱他的时候，没在他身边。

擦去睡着的儿子脸上的泪痕，我向他保证，会让他的妈妈鱼复活。

一朵云一朵云地找你

——佚名

三岁的翩翩第一次关心生死问题。一天正在卫生间开心地洗澡，她忽然担心地盯住我："妈妈，将来你老了的话，很快会死的。是吗？"

我安慰她："那还是很遥远很遥远的事呢！"

某天路过一个花圈店，她大为惊讶："这么多漂亮的花！"

我说这是花圈，是送给去世的人的。

她问："为什么人死了要送花圈呢？"

我作循循善诱状："因为大家都希望他快快乐乐地离开，鲜花会让他快乐。"

翩翩立即很有孝心地说："妈妈，有一天你不在了，别人来问，我就说我妈妈去世了，你们赶快多多地送些花圈来！好让你也快快乐乐的！"

说完还仰着头期待我的夸奖，我只得略带伤感地表示："好——吧。"

次日早晨刚一醒，她就忧心忡忡地环顾四周："妈妈，如果你死了，外公外婆也死了，我也死了……那这间屋子怎么办呢？不就空了吗？谁来

住呢？”我说：“你的宝宝可以住啊。”

她自鸣得意地举一反三：“哦，我知道了，等我的宝宝死了，我宝宝的宝宝还可以住！”我勉强地点了点头，她这才如释重负……

翩翩快快乐乐地成长着，好像忘掉了这个话题，到了5岁的时候，她又“旧话重提”。

那一天，我正开着车，翩翩兴奋地跟我谈《还珠格格》观后感：“看小燕子斗鸡，我的心哪，颤颤的。后来，绿毛输了，红毛赢了，我的肠子都要断掉了！”

“你是说你很伤心？——‘断肠’应该是很伤心很难过的意思。”

“妈妈，肠子真的会断掉吗？”

“这只是一种形容，一般来说不会的。”

“那就是说还是有可能的喽？”

“这个……也许有些严重的病什么的，会真的断肠，但这种情况很少。”

“如果人死了呢？肠子会断吗？”

“嗯……也不会吧。人死了，只是停止思想了，躯体里面并没有变化。”

“人死了，躯体会去哪里呢？”

“躯体入土，灵魂上天。”

“妈妈，那你死了先上天，等我死了也上天，就可以找到你了。”

“好吧。”

“妈妈，你是一朵灰色的云，我呢，是一朵白色的云。我们手拉手在天上玩，看鸟飞。”

“可是，妈妈上天后，你要过很久很久才上天，怎么找到我呢？”

“我会一朵云一朵云地敲门问：你是我的妈妈吗？你要是听到了，肯定不会不理我。”

我听得眼泪都要下来了，差点把不住方向盘，只能含糊地应着：“真好！”

可是这个小家伙还意犹未尽：“妈妈，要不我是白云，你是蓝天吧。蓝天很大很大，我一上去就在你怀里了！”

我实在忍不住了，一把将这个小丫头紧紧地搂在了怀里……

一个男孩的心愿

——佚名

1945年，12岁的男孩鲁本在一家商店橱窗里看到一样令他动心的东西，但那5美元的价钱远远超出了鲁本·厄尔的支付能力。5美元几乎是他家里一星期饭食的开销。

鲁本不能向父亲要钱。全家就靠父亲马克·厄尔在加拿大纽芬兰罗伯茨湾捕鱼维持生计，母亲多拉也终日为他们5个孩子的衣食操劳。

尽管如此，鲁本还是推开了商店那扇久经风雨的门走了进去。他穿着面粉袋改做的衬衫和洗得褪了色的裤子，自豪地站得笔直，告诉店主他想要的东西，并说："我现在还没有钱买它，能请您为我留一段时间吗？"

"我尽量吧，"店主微笑着说道。"这儿的人一般不花钱买这种东西，一时半会儿卖不出去。"

鲁本有礼貌地碰了碰他的破帽子，走出店外，沐浴在阳光下。清新的微风吹得罗伯茨湾的海水泛起阵阵涟漪。鲁本有所企盼地迈着大步。他要攒足那5美元，而且不告诉任何人。

听到小街传来的铁锤声，鲁本有了个主意。

他顺着那声音跑过去，来到一处建筑工地。罗伯茨湾的人喜欢自建房屋，用的钉子是从本地一家工厂买的，都装在麻袋里。有时干活一忙乱，麻袋就被随手丢弃了，而鲁本知道工厂按5分钱一个回收这种麻袋。

那天，他找到了两条麻袋，拿到杂乱的木建筑构件工厂，卖给了负责钉子装袋的人。

那孩子紧紧地攥着那两个5分的硬币，跑了两公里回家。

他家房子附近有个古老的谷仓，里面圈着山羊和小鸡。鲁本在那里找到一个生锈的小苏打铁罐，并把两枚硬币放了进去。然后，他爬上谷仓的阁楼，把钱罐藏在一堆散发出甜香味的干草下面。

晚饭时分，鲁本跨进家门。父亲正坐在厨房大饭桌旁摆弄渔网，母亲多拉在厨房炉边忙碌着，准备开饭。鲁本就在桌旁坐下了。

他微笑地看着妈妈。窗户透进的些许夕阳将她亚麻色的披肩长发染成了金色。修长、漂亮的母亲是这个家的中心，是凝聚这个家所有成员的黏合剂。

母亲的家务活永远也没个完。她要在那台旧的胜家牌脚踏缝纫机上为家人缝缝补补；要做饭和烤面包；要种草和照看菜园；要挤羊奶；还要用洗衣板搓洗脏衣服。可母亲是快乐的，家人和他们的幸福在她心目中是最重要的。

每天放学，做完家务事后，鲁本就在镇上搜寻和收集装钉子的麻袋。只有两间教室的学校开始放暑假了，鲁本比谁都高兴。因为现在他有更多时间完成他的任务了。

整整一个夏天，鲁本除了干家务——给菜园锄草、浇水、砍柴和打水外，始终为完成他那秘密使命而不懈努力。

时间飞逝，转眼菜园收获季节来到，蔬菜装罐腌制后储藏起来，学校也重新开学了。不久，树叶纷纷飘零，海湾刮来阵阵寒风。鲁本在街头四处逛荡，努力寻找着被他视为宝物的麻袋。

他经常又冷又累又饿，但是一想到商店橱窗里的那件东西，他就能坚持下去。有时妈妈会问："鲁本，你上哪儿啦？我们等你吃晚饭呢！"

"玩去啦，妈妈。对不起。"

多拉总会瞧着他的脸，无奈地摇摇头，心想男孩究竟是男孩。

春天终于来了，大地一下子变得一片绿油油，鲁本的精神也随之振奋起来。是时候了！他跑到谷仓，爬上草垛，打开铁罐，倒出所有硬币清点起来。

他又数了一遍，还差20美分。镇上还会有丢弃的麻袋吗？他必须在傍晚前找到4条去卖掉。

鲁本沿着沃特街走着。

天色渐暗，影子越拉越长，鲁本来到了工厂。收购麻袋的人正要锁门。

"先生！请先不要关门。"那人转过身来，看到了脏兮兮、汗涔涔的鲁本。

"明天再来吧，孩子。"

"求您了，先生。我必须现在把麻袋卖掉——求您啦。"那人听出了鲁本声音中的微颤，知道他快要哭了。

"你为什么这么急着要这点钱？"

“这是个秘密。”

那人接过麻袋，手伸进口袋，掏出4个硬币放在鲁本手里。鲁本轻声说了声“谢谢”就往回跑。

之后，他紧紧抱住钱罐，直奔那商店。

“我有钱啦！”他一本正经地告诉店主。

店主走向橱窗，取出鲁本梦寐以求的东西。

他掸去灰尘，用棕色厚纸把东西小心包好。然后，他把这个小包放到鲁本手中。

鲁本一路跑回家，冲进前门。妈妈正在厨房擦炉子。“瞧，妈妈！”鲁本一边跑向她一边大叫着。他把一个小盒子放在她因劳作而粗糙的手上。

为了省下那张包装纸，她小心翼翼地把它拆开。一个蓝色天鹅绒的首饰盒映入眼帘。多拉打开盒盖，泪水顿时模糊了双眼。

在一个小巧的扁桃状胸针上刻着金字：母亲。

那是1946年的母亲节。

多拉从未收到过这样的礼物，除了结婚戒指外，她没有别的饰物。她一时说不出话来，脸上洋溢着喜色，笑着把儿子揽入怀中。

女儿的礼盒

——佚名

一个母亲惩罚了自己5岁的女儿，因为她把一整卷精美而昂贵的包装纸剪坏了，是那种很少见的金色。当看到女儿用这卷包装纸包好的礼物盒放在圣诞树底下时，想起家里极不稳定的收入，这位母亲越发生气了。不管怎样，在圣诞节那天早晨，女儿还是把她精心用金色包装纸包好的礼物送给了妈妈：“妈妈，这是给您的礼物。”很显然，妈妈这时因为前一天生气的举动而十分尴尬，当她打开礼物时，却发现里面空空如也。

她非常生气，一把把女儿拽过来，皱着眉头高声说道：“难道你不知道，送别人礼物时应该在盒子里装上东西吗？”小姑娘很委屈，噙着眼泪对妈妈说：“不，妈妈，这个盒子不是空的。我把它包上之前，在里面装了满满的吻。”妈妈呆住了，她走近小女孩，慢慢蹲下身子，紧紧地把女儿抱在怀里，“对不起，原谅妈妈好吗？是妈妈错了。妈妈不该这么生气，这么粗鲁地对你。”

之后不久，一次可怕的事故夺去了小女孩的生命，而这位母亲一生都把这只金色的盒子摆在床头。每当面对非常棘手的问题或是缺乏勇气的时

候，她就会打开这只盒子，想象着接受女儿的吻。

事实上，我们每个人，都已经收到了这样一份礼物，有着非常珍贵的包装和内涵。这是我们的家庭、朋友给予的无私的爱和亲吻。世界上没有什么东西比爱更珍贵，更值得收藏。

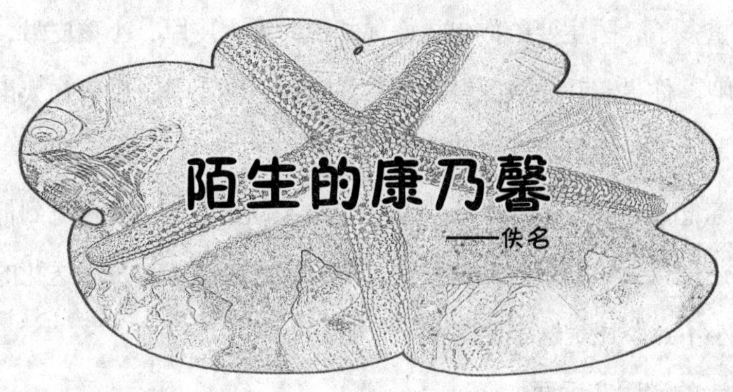

陌生的康乃馨

——佚名

母亲节的时候，母亲意外地收到了一个陌生人送来的一束康乃馨，里面夹着一封信，信皮上写着：妈妈收。

哦？这是你们俩谁出的鬼点子？母亲一边微笑着望着我和姐姐，一边好奇地打开了信封。

“您不知道我是谁，但请允许我这样称呼您，妈妈！

“我就是那个在您的小摊边上犹犹豫豫的小女孩，我手里攥着5毛钱，想买你的雪糕，可我的作业本用没了，这5毛钱还可以买两个本子的。我望着你的雪糕，舔着自己的嘴唇，不忍离开。你看到我了，给了我一个大大的雪糕，还催促我快点吃，说，再不吃，就都被太阳公公给吃了。我笑了，那个雪糕真甜啊，上面有暖暖的奶香。”

哦，原来是那个可怜的“小不点”。母亲说她最见不得孩了可怜的样子，让人心疼。母亲接着往下读，眉头却慢慢皱了起来，满是疑问。

“您不知道我是谁，但请允许我这样称呼您，妈妈！

“我就是那个在你的小摊边摔倒的淘小子。我在大街上溜旱冰，溜得太快了，不小心撞到了你。可你却赶紧把我扶起来，送到诊所去。你的伤比我严重多了，医生要给你包扎，你却说，大人皮厚，小孩皮嫩，先给孩子包扎吧。你摸着我的头，温柔地责怪我说，淘小子，以后在大街上可不许再溜旱冰了。撞到我算你好运，要是撞到汽车，小命就没了。”

母亲想起了这个淘小子，自从医院出来以后，就没有再见到他。“没想到他还记得我”，母亲自言自语，却愈发的糊涂了，那么送花的到底是那个“小不点”还是这个“愣小子”呢？

更大的谜团在后面。

“您不知道我是谁，但请允许我这样称呼您，妈妈！

“我就是那个断了双腿，只能爬着走路的小乞丐。那天，你不仅给了我钱，还递给我一个大大的饭盒……那是你的午餐。等我吃完这最香的一顿饭时，你还给了我一副套袖，里面絮着很厚很厚的棉花。那是你用一个中午的时间做成的，你说看到我的胳膊流血了，一定很疼。让我以后‘走路’的时候套上它，就不会再磨破胳膊了。”

“真的不是你们两个搞的鬼？”母亲望着我和姐姐，再一次问道。我和姐姐也被弄糊涂了，一个劲地摇头。此时此刻，我和姐姐除了疑问，更多的是愧疚。母亲节，怎么就忘了给母亲礼物呢？

那这个人到底是谁呢？他又是怎么知道我做过的这些事情呢？母亲忍不住接着往下看，真相渐渐浮出了水面。

“看着您每天忙忙碌碌的身影，像极了我的妈妈。所以，我就把您当成我的妈妈，每天能看到您，心里就会暖暖的。所以，请您替我收下它好吗？母亲节，我很想很想送给我的妈妈一束康乃馨。可是她去了天堂，

我不知道怎么给她。您那么喜欢帮助别人，您一定有办法转交给她。是吗？”

母亲一下子想到是谁了。那是母亲的“跟屁虫”，母亲走到哪里，她就跟在哪里。那是个坐着轮椅的爱看书的小姑娘。她的妈妈去世两年了，她活在忧伤的潮水里，不能自拔。母亲有空就和她聊天，逗她开心。时间长了，小姑娘开始依恋母亲了。

母亲做的那些事情，她都看在眼里，留在心中。

我和姐姐愈发地愧疚了，母亲做的这些事情，我们竟然一点都不知道。平日里我们只知道母亲很忙，忙得不可开交，忙得忘记了对我们说爱，以至于常常对母亲生出抱怨。殊不知，母亲是如此伟大，让我们自豪。她忙忙碌碌，是因为她是散播爱的天使啊。

我推开窗子，拿着那束康乃馨，对着正在院子里晒太阳的那个坐在轮椅里的小姑娘使劲地喊到：你的妈妈收到你的花了，你的妈妈让我告诉你，她爱你。

小姑娘笑了，很灿烂的笑，满世界姹紫嫣红。此时此刻，我和姐姐想对母亲说的话，竟然与那个小姑娘在信的末尾写的几乎一模一样：

“妈妈，如果世间真的有天使，那么我相信，您，一定就是圣母玛利亚。”

最美味的泡面

——佚名

他是个单亲爸爸，独自抚养一个七岁的小男孩。每当孩子和朋友玩耍受伤回来，他对过世妻子留下的缺憾，便感受尤深。

一次出差，因为要赶火车，没时间陪孩子吃早餐，他便匆匆离开了家。一路上担心孩子有没有吃饭，会不会哭，心老是放不下，不时打电话回家。可孩子总是很懂事地要他不要担心。然而因为心里牵挂不安，便草草处理完事情，踏上归途。回到家时孩子已经熟睡了，他这才松了一口气。旅途上的疲惫，让他全身无力。正准备就寝时，突然大吃一惊：棉被下面，竟然有一碗打翻了的泡面！“这孩子！”他在盛怒之下，朝熟睡中的儿子一阵狠打。“为什么不乖，惹爸爸生气？你这样调皮，棉被弄脏谁给洗？”

这是妻子过世之后，他第一次体罚孩子。

“我没有……”孩子抽咽着：“这……这是给爸爸留的晚餐。”

原来孩子为了让爸爸回家能吃上饭，特地泡了两碗泡面，一碗自己吃，另一碗给爸爸。因为怕爸爸那碗面凉掉，所以放进了棉被底下保温。

爸爸听了，紧紧抱住孩子，孩子啊，这是世上最最美味的泡面啊！

他不是你们说的那种坏孩子

——连谏

他9岁那年，父亲因为没管好自己的贪念进了监狱。虽然身边的小伙伴和同学们并没因此而疏远或嘲笑他，他却总觉得每一个认识他的人都在嘲笑自己是罪犯的儿子。自卑像颗有毒的种子，在他心里发了芽，他变得越来越沉默，对每一个走近他的人都充满了抵触性的戒备。那时，他最大的愿望是转学，搬到一个没人认识他也不熟悉他家庭背景的地方。为了弥补父亲犯下的罪过，母亲几乎把家卖光了，她起早贪黑地忙活在杂货摊上，赚到的钱，也就是维持母子两人的生计而已。

失望之余，他开始逃学，和街上的坏孩子混在一起，彻夜不归地上网玩游戏，没钱了就去偷。他不敢偷别人的，就偷母亲的，母亲发现后，打他骂他，让他保证以后不再这样了。他低着头一声不吭。后来，因为母亲防得太严偷不成了，他就和街上的坏孩子一起抢同学的钱，母亲去派出所领过他几次后，绝望了，决定把他送到远方的奶奶家。

他哭着闹着不肯去，母亲却铁了心，坐了一天一夜的火车又乘了半天公共汽车，再步行一个多小时，把他送到了大山深处的奶奶家。

母亲哭着对奶奶说了一切，说她管不了他了。

奶奶二话没说，收下了他。母亲走的时候，一步一回头，满脸是泪，他却漠然地踢着路边的石头，一副无所谓的样子。

在大山深处的村子只有几十户人家，去一趟镇上都要走一个半小时。奶奶家连电视都没有，他去三个伯父家看电视，能明显地感觉到自己不受欢迎。他们看他的眼神就像防贼，他脸皮厚，不在乎，顶着他们讨厌的眼神继续赖在人家家里看电视。直到有一天，他从街上回来，听见奶奶在和三伯母吵架，奶奶好像很愤怒，声音很大地骂三伯母：你们这些良心被狗吃了的坏东西！以前嘉嘉爸爸对你们多好你们忘了？他现在是犯了罪，但是嘉嘉是个好孩子！你有什么证据证明他拿了你们的钱？

温暖的山村阳光抚摸着他慢慢流下的眼泪，是啊，有多久没有人说他是个好孩子了？

其实，他真的偷拿了三伯父家的钱。他觉得伯父和伯母们都那么让人讨厌，不偷白不偷，他把钱塞进了围墙的一个裂缝里，用碎石头堵上，不想还回去。然后，跑到山上呆到很晚才回家。

奶奶没问他是不是真的偷了三伯父家的钱，而是气鼓鼓地说：嘉嘉，不管别人怎么说，奶奶相信你。

望着奶奶白花花的头发和浑浊而慈祥的眼神，他忽然有种想哭的感觉，但忍住了，假装无所谓的样子，耷拉着眼皮吃饭。

或许是三伯母说了什么，村里的人都对他避之不及，仿佛他就是灾星就是祸害。他很愤怒，又没办法，谁让他是个有劣迹的孩子呢？

只有奶奶，不仅不嫌弃他，还拿他当宝贝。她拄着拐杖颤巍巍地去学校求老师收下他这个插班生，颤巍巍地给他洗衣，给他做好吃的。在穷乡僻壤的山村，能有什么好吃的呢？何况奶奶那么老了，种不了庄稼了也养不了牲畜了。他常常坐在村头的土墙上想念城里的麦当劳，想得眼泪汪汪，想偷偷跑回去，在山里转悠了半天也没找到回城里的路。

因为嘴馋和村里人对他不好，他常常偷他们的鸡，摘他们树上的果子，为此，常常有人到奶奶家兴师问罪，每次兴师问罪的结果都是一样的，只要奶奶嚷上几嗓子，然后又嘀咕几句就收场了。

那时，他觉得奶奶太牛了，比他在城里跟的那个小混混头子还牛。

他从来不偷奶奶的钱，其一是因为奶奶几乎没什么钱，其二是奶奶是唯一一个说他不是个坏孩子的人，他不想用事实向奶奶证明他真的是个坏孩子。

他喜欢奶奶用粗糙的大手抚摸脑袋的感觉，喜欢她用信任的目光看着他讲他听了一万遍的说教故事。

一年过去了，乡下的寂寞单调快把他逼疯了，他想要个游戏机。据说镇上就有卖的，要差不多200元，他琢磨了很多办法还是没弄到钱。

有时他会看着奶奶手腕发呆，奶奶腕上有只很粗的银镯子，工艺古老，是爷爷给奶奶的聘礼，从戴上那天起，奶奶就没摘下来过。奶奶说过，死了也要戴着它，那是她和爷爷的接头信物，不然，怕去了阴间多年的爷爷认不出来她了。

说这些时，她浑浊的目光就会散发出清澈的光芒，仿佛她将要去的地方无限美好。

想得到一台游戏机的念头快把他弄疯了，有那么几次，他趁奶奶睡着

后去摘镯子，长年的操劳让奶奶手上的关节都变粗变大了，摘不下来。

他只好放弃了对镯子的念想，偷偷将邻居放在山上吃青草的山羊赶到镇上，用卖山羊的钱买回了他朝思暮想的游戏机。

他抱着游戏机小心翼翼地进门，却还是被奶奶看见了，奶奶问他多少钱？他闷着头，不说话，只顾打开包装盒，装上电池就玩了起来。

过了一会儿，他突然听见奶奶在院子里“呀”地叫了一声，那声音，像倒吸着冷气，正玩得上瘾，他懒得出去看。玩饿了，他大嚷：我饿了。

估计奶奶该把饭做好了，他出去找吃的，却见奶奶还在灶上灶下地用一只手忙活，好像另一只手不存在似的。他有些奇怪，就转过去看，这一看，他惊呆了，奶奶的左手包着一块从旧衣服上撕下来的布，她的手腕空了，银镯子不见了。

他捧着奶奶的手，端详了半天，问：奶奶，您的手怎么了？

奶奶笑笑说：老了，戴个镯子干活不方便，我往下拿时，不小心把手弄坏了。

他将信将疑地看着奶奶，什么都没说，那顿饭，不知道为什么，他吃得很慢很堵心。

第三天，奶奶发起了烧。为了摘镯子她把手骨弄断了，没及时治疗就引起了发炎，去镇上住了几天院才好了。

因为奶奶的住院费，三个伯母和奶奶吵了一架，从她们的大声呵责中，他终于明白，为什么那些因为被偷了鸡或果子气势汹汹找来的村民会被奶奶几句话摆平，那是因为奶奶小声告诉他们鸡和果子值多少钱她给，就当她买的，她请他们相信她的孙子是个好孩子，他因为受不了乡下生活

的寡淡才这样的。

那只弄折了手骨才摘下的镯子，是拿去赔人家山羊的。

三个伯母一致要求奶奶把他送走，理由是她们给奶奶的养老费全都因为他的劣迹赔给了人家，他们没有义务养这个坏孩子。

面对伯母们的指责，奶奶自始至终只有一句话：他不是你们说的那种坏孩子。

一直躲在角落里的他，突然跑出来，一头扑进奶奶怀里，嚎啕大哭。

后来，奶奶问他为什么哭，他说：我一定会做你说的那种好孩子。

他真的变好了，母亲把他接回城里继续上学。暑假里他去卖报纸，把赚来的钱寄给了奶奶，让她去赎镯子。

一年年过去，他读了中学，在他考取北京一所著名大学的秋天，奶奶走了，那么多年过去，他依然记得那个苍老而执著的声音，不停地向周围的人说明：他不是你们说的那种坏孩子。

人的成长，不只属于生理的，还有心灵。就像在生长过程中身体偶会患些病恙一样，心灵也会患病。药物是治疗身体病恙的，而医治心灵的良药是爱，那些用爱来医治心灵疾病的人，都是天使。

在他往地狱滑去的时候，奶奶就是那个固执地用一句话把他唤回阳光世界的天使。

打往天堂的电话

——佚名

一个周六的下午，报亭主人文叔正悠闲地翻阅着杂志，这时一个十五六岁模样的小女孩走到报亭前四处张望着，似乎有点不知所措，那忐忑不安的神情引起了文叔的注意，他抬头看了看小女孩并叫住了她："喂，小姑娘，你要买杂志吗？""不，叔叔，我想打电话。"

小女孩小心翼翼地拿起话筒，认真地拨着号码，电话终于打通了："妈妈！我是小菊，您好吗？妈，我随叔叔来到了桐乡，上个月发工资了，他给了我50块钱，我已经把钱放到了枕头下面，等我凑齐了500块，就寄回去给弟弟交学费，再给爸爸买化肥。"小女孩想了一下，又说："妈，我告诉您，我叔叔的工厂里每天都可以吃上肉呢，我都快吃胖了，妈妈您放心吧，我能够照顾自己的！哦，对了，妈妈，前天这里的一位阿姨给了我一条红裙子，现在我就是穿着这条裙子给您打电话的。妈妈，叔叔的工厂里还有电视看，我最喜欢看学校里小朋友读书！"突然，小女孩的语气变了，不停地用手抹着眼泪："妈，您的胃还经常痛吗？您那里的花开了吗？我好想家，想弟弟，想爸爸，也想您，妈，我真的真的好想您，做梦都经常梦到您呀！妈妈——”

女孩再也说不下去了，文叔爱怜地抬头看着她，女孩慌忙放下话筒，慌乱中话筒放了几次才放到电话机上。“叔叔，电话费多少钱呀？”“没有多少，你可以跟妈妈多说几句，我少收你一点钱。”文叔习惯性地往柜台上的电话机上望去，突然发现电话机上的电子显示屏上竟然没有收费显示，女孩的电话根本就没有打通！“哎呀！姑娘，真对不起！你得重新打，刚才呀，你的电话没有接通。”“嗯，我知道，叔叔！其实我们家乡根本没通电话。”文叔疑惑地问道：“那你刚才不是和你妈妈说话了吗？”小女孩终于哭出了声：“其实我根本就没有妈妈，我妈妈已经病逝4年多了——”听了小女孩这番话，文叔禁不住用手抹了抹老花镜后面的泪花。“好孩子别难过，你以后每星期都可以来，就在这里给你妈打电话，叔叔不收你钱。”

从此，每周六下午，文叔就在报亭等候小女孩，让女孩借助一根电话线和一个根本不存在的电话号码与想念的妈妈说上几句心里话。

那夜的烛光

——祝诗

临睡前，女儿赤脚站在我面前说："妈妈，我最喜欢台风了。"

我有点生气。这小捣蛋，简直不知人间疾苦，每刮一次大风，有多少屋顶被掀跑，有多少地方会淹水，铁路被冲断，家庭主妇望着几元一斤的小白菜生气……而这小女孩却说，她喜欢台风。

"为什么？"我尽力压住性子。

"因为有一次刮台风的时候停电了……"

"停电的时候，我就去找蜡烛。"

"蜡烛有什么特别的？"我的心渐渐柔和下来。

"我拿着蜡烛在屋里走来走去，你说我看起来像个小天使……"

那是许多年前的事了吧？我终于在惊讶中静穆下来，她一直记得我的一句话，而且因为喜欢自己在烛光中像天使的那份感觉，她竟附带地也喜欢了台风之夜。一句不经意的赞赏，竟使时光和周围情景都变得值得追忆起来。那夜，有个母亲在淡淡的称许中，创造了一个天使。

赞美的力量是巨大的。有时，一句赞美便足以改变一个人的一生。

拥你入怀

——黄孝阳

她病了，去医院诊断，是绝症。

医生要她务必及时入院治疗，否则顶多只能再活一年。她拒绝了。那笔庞大的治疗费足以压垮大多数中国家庭，更何况她还是一名单身母亲，每月挣的钱也是少得可怜。

她的女儿才8岁，念小学二年级，很聪明，读书也用功，上学期还拿了三好学生奖状，得了几支圆珠笔和一大摞作业本。

她回了家，女儿还未放学。她泪流满面。家里穷，相片还是女儿周岁时照的。那时女儿的父亲还在南方做生意，可一场突如其来的灾祸不仅埋葬了他，还在她肩上添了一大笔债务。这些年，她与女儿相依为命。

如今，她要走了，女儿还能指望谁？

她抹掉眼泪，出了门。寒风凛凛，她吐出一口痰，痰里有血。她买了很多菜，拎回家，做出满满一桌子好吃的，有鱼有肉，还有女儿最喜欢吃的小鸡炖蘑菇。女儿回来了，兴奋得大叫，忙问今天是什么好日子。

她心如刀绞，坐下来，不停地为女儿添菜。女儿吃得很开心，没有注意到隐藏在她眼角的泪。

这天晚上，她早早上床，把女儿搂入怀里，使劲儿地亲吻女儿的额头。她紧闭门窗，旋开了煤气阀。这种死法应该是最安静的吧。她默默想着，就听见女儿喊她，妈妈，妈妈。

怎么了？她问。

妈妈，我今天考试了，语文、数学都是一百分。女儿得意地说。

真乖。她差点哽咽出声。

妈妈，您上次说我考了一百分，您就答应我一个愿望。女儿仰起脸，一双眼睛因为期待而闪闪发亮。女儿撅起小嘴，妈妈，您不会耍赖吧？

妈妈不耍赖。她用枕巾挡住女儿的视线，并把毛巾一角塞入喉咙，身子痉挛。她已经无法控制泪水。

那您以后再也不准哭，好吗？女儿的声音不无迟疑。

妈妈不哭。她急急忙忙地用枕巾拭泪。

还有，妈妈，如果您实在想哭，忍不住，那也请等我长到能把您搂入怀里时，再哭泣好吗？女儿小声说道。

好的，妈妈一定做到。她“哇”地一下哭出了声。她松开女儿，下床，关了煤气，打开了窗子。

天使穿了我的衣服

弟弟的来信

——于心亮

中师毕业的弟弟高高兴兴地去清泉乡小学报到，以为那是个好地方。两天后回来了，垂头丧气地闷在屋里，我问了好多遍，弟弟才闷出一句：那不是人呆的地方。

一天后弟弟又走了，是被爹拿着木棒撵了二里多地撵回去的，爹一直在骂："咋不是人呆的地方？只要有人住，就是人呆的地方！你个兔崽子，要再随便跑回来，瞧我砸断你的腿！"

于是我就不能再瞧见弟弟的人了，只能隔一段时间天外来客似的瞧上弟弟的信了。弟弟说：这是兔子不拉屎的地方，没有电没有水。如果拍鬼子进村的电影，这里合适。爹听完哼了一声，说："放狗屁！"

后来弟弟又来信了，说："经常能吃到乡亲们送来的肉块，因为他们的孩子识字了。那种肉块红红白白的很好吃，吃得很多。后来知道那是蛇肉和耗子肉，又都呕了，呕得很多。"我笑着读完信，爹却一脸郑重："那肉我吃过，味道很好。"我问哪一年吃的，爹说三年灾荒的时候。

再后来，收到一个包裹。抖出来，原来是一件毛皮坎肩。爹摸摸，惊呼："黄鼠狼皮的，不容易。"弟弟附信送来几句话："乡亲给的，想爹年事已高，送与爹吧。"爹把坎肩摸了又摸，说："寄回去。"我取出纸笔说："捎带着写封信吧？"爹蹲在门坎上抽烟，闷闷一口，闷闷一口，闷了半宿。爹终于大开金口了："勿牵挂。"

那件黄鼠狼皮坎肩弟弟后来卖了，换来一点钱，买了些粉笔、教具之类。信中说，没有粉笔的日子，就用抹布蘸了水写，然后再撒上尘土，黑板上就显出字了，水一干，字就消失了。还别说，这反倒提高了学生的阅读速度，全乡比赛，得了头名！弟弟寄回一张奖状。爹看了又看，说："贴上，哪里显眼就贴哪儿！"

没有粉笔使用的事情吓了我一大跳，小心翼翼寄封信去问。弟弟回信说："张艺谋拍的《一个都不能少》看过吧？人家小魏老师还能有个学生跑去打工，她去找，最后不仅找回学生，还找了一车学习用具回来。我呢？我的学生让他少他都少不了！因为，乡亲们就算累死、饿死，也决不让儿子休学。"

再后来来信，弟弟提他的事就少了，提他的学生渐渐多了，全是些猫三狗四的名字。谁

谁谁的名次提前了，谁谁考了满分了，谁谁到了乡里、市里比赛了等等。我高声读信，爹就在一旁点头。我把信读完了，爹还在点头：“不孬，咱于老三的儿子，不孬……”

我把爹的夸奖给弟弟寄回去。弟弟来信说他哭了。

过春节的时候，弟弟没有回来。爹在村口提个红灯笼站着望了半宿，弟弟还是没回来。

年还没有过完，爹终于按捺不住了，闯关东似的把全身挂满物品，找小儿子去了。

爹是哭着回来的，爹泪汪汪地望着我：“你知道吗？你弟不回来，是舍不得那几十块的车票钱，你知道吗？”爹说他像瞎子似的在山里转，好容易逮着个人，上前说：“兄弟，问个路。”那人一回头：“啊呀——是爹！”

这以后，爹一直闷着气转悠，问他他就说：“那不是人呆的地方！”

爹还让我去信把弟弟叫回来，不用教书了，跟爹在大棚种反季菜，抓钱。

弟弟很快就回信了，说：“决定了，不回去！”弟弟还在信中说春天到了，许多花儿都开了，学生们去山上采花，不是掐断，而是连泥挖回，种在教室外，有许多蜂儿来舞，很美丽……

天使穿了我的衣服

——佚名

她和姐姐是孪生姐妹，唯一不同的，她是个瘸子，总是躲在家里。

生日时，姐姐送她一个会跳舞的洋娃娃。她大喊："明知道我是个瘸子，还送给我这个，故意刺激我啊！"眼泪在姐姐的眼眶里打圈。

她死活不肯去学校上学，父母只好为她请了家教。由于刻苦，她学习成绩一直很好，每次做考卷都比姐姐高几分。父母的夸奖让她很平衡。

那个夏天，妈妈为她买了一件漂亮的套裙。她偷偷地穿上，感觉自己像一只美丽的蝴蝶，只是不敢走动，生怕自己的丑陋显露无遗。她每天对着镜子悲伤。

那天中午，她恍惚听到有人蹑手蹑脚地走进来，是姐姐！她拿走套裙。她想知道姐姐到底要做什么，便装睡。

透过窗子，她看到了姐姐穿起她的套裙来到了大院，热情地和每个人打招呼，让她惊讶的是，姐姐竟然学着她一瘸一拐的样子走路，惟妙惟肖。

一连很多天，姐姐都会在中午来偷穿她的衣服。到院子里一边帮奶奶们擦玻璃一边唱着动听的歌谣，一边帮阿姨们洗菜一边讲着她听来的笑话，逗得人们哈哈大笑。她不理解，为什么姐姐不好好走路，偏偏要学她的样子呢?

忽然有一天，姐姐帮她穿上套裙，说要带她到大院去。

那是个多好的春天啊!人们对她微笑，把好吃的、好玩的都给她，人们说，这个残疾小姑娘，给他们带来了很多欢乐，她是这里的天使。

她突然明白了，姐姐学她的样子，是为了让人们能够接受她，姐姐只想让她走出那个屋子。所有人都把姐姐当成了她。她还知道了，那件套裙是父母给姐姐去参加舞蹈大赛买的，姐姐却让给妹妹。每次考试，姐姐总是故意错几题，让她的分数比姐姐高。

“人们只当那个天使是我，其实不是，是天使穿了我的衣服。”她噙着泪，在日记里写着。

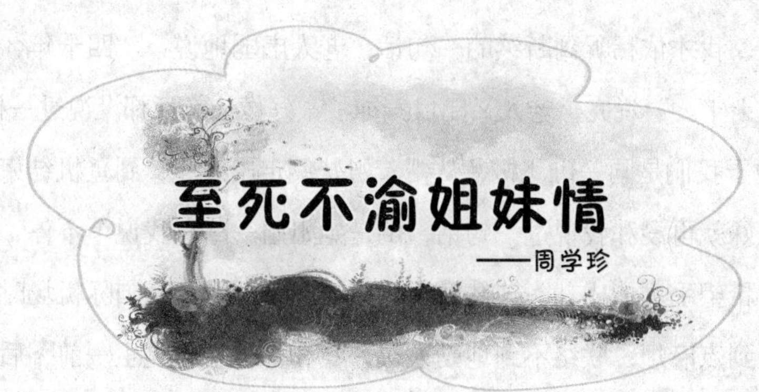

至死不渝姐妹情

——周学珍

坐在大连国际机场的候机室里，我归心似箭，这一次，我将通过北京转机回家，大厅里的人头涌动在我眼中仿似幻象，我眼前全是家的影子。

身旁的两位老年妇女引起了我的注意：一位稍年长的神色憔悴，坐在轮椅上打盹儿；另一位则显得非常焦急，不时捶捏长者的后背，看样子，轮椅上的老人怕是坐不住了。

见此情景，我忙找来服务员，帮她们询问有没有休息的场所，一问才知道，走廊的尽头有一间专供老弱病残休息的小厅。我一说，两位老人都同意和我一起去，聊了一会儿我清楚了，她们是姐妹，坐轮椅的反而是妹妹，由于多年染疾，她才如此苍老虚弱，这趟是去北京做手术的。两姐妹的表现大相径庭，姐姐开朗精神饱满，妹妹呢，自始至终没用正眼看我，就在我帮着推轮椅进屋后，她对我也没有丝毫感激，眼中射出一股冷意。

我问姐姐，怎么不找年轻人陪着去呢？姐姐的话戛然而止，那一瞬间，妹妹脸上掠过的一丝悲哀让我心一紧，赶紧换了个话题。几分钟后，老姐姐要上厕所，把妹妹交代给我，我诚惶诚恐地守护着老人。

突然，轮椅上的老人对我伸出四根指头，我还以为她需要帮助，凑近她嘴边，我才依稀听到断续的一句话，老人虚弱地说："四十年，她照顾了我四十年。"说完，老人又闭目养神了，好像什么话都没说过一样。

由于我们是同一班飞机，从帮着姐妹俩走出大厅，到登机结束，轮椅上的妹妹就再没和我说过一句话，倒是她姐姐一路和我说个不停，大致意思是，希望手术能成功，让妹妹早日康复起来。到北京国际机场时，老人下机遇到点麻烦，联络不到地勤人员，我和那位空中先生一前一后把妹妹抬下机舱，姐姐则拖着折叠好的轮椅缓缓下行。我突然看见妹妹的脸上露出一丝微笑，她对我说："我没打算再回去，她太辛苦了。"

那一刻的震撼一直陪着我回到家中，我不敢揣测两位老人的命运如何，但我所目睹的姐妹深情让我不时感动，在我印象中，"至死不渝"这个词多是用来形容恋人的，经历那一幕后，我感觉这个崇高的词汇应该献给她们，人到垂暮还不散的关怀，人之将逝还存留的感激，这老姐妹俩做了最好的诠释。

平分生命

——欧阳宗

男孩与他的妹妹相依为命。父母早逝，她是他唯一的亲人。所以男孩爱妹妹胜过爱自己。然而灾难再一次降临在这两个不幸的孩子身上。妹妹染上重病，需要输血。但医院的血液太昂贵，男孩没有钱支付任何费用，尽管医院已免去了手术费，但不输血妹妹仍会死去。

作为妹妹唯一的亲人，男孩的血型和妹妹相符。问男孩是否勇敢，是否有勇气承受抽血时的疼痛。男孩开始犹豫，10岁的大脑经过一番思考，终于点了点头。

抽血时，男孩安静地不发出一丝声响，只是向着邻床上的妹妹微笑。抽血完毕后，男孩声音颤抖地问："医生，我还能活多长时间？"

医生正想笑男孩的无知，但转念间又震撼了：在男孩10岁的大脑中，他认为输血会失去生命，但他仍然肯输血给妹妹。在那一瞬间，男孩所做出的决定是付出了一生的勇敢，并下定了死亡的决心。

医生的手心渗出汗，他紧握着男孩的手说："放心吧，你不会死的。输血不会丢掉生命。"

男孩眼中放出了光彩："真的？那我还能活多少年？"

医生微笑着，充满爱心地说："你能活到100岁，小伙子，你很健康！"男孩高兴得又蹦又跳。他确认自己真的没事时，就又挽起胳膊……刚才被抽血的胳膊，昂起头，郑重其事地对医生说："那就把我的血抽一半给妹妹吧，我们两个每人活50年！"

所有的人都哭了，这不是孩子无心的承诺，这是人类最无私最纯真的诺言。

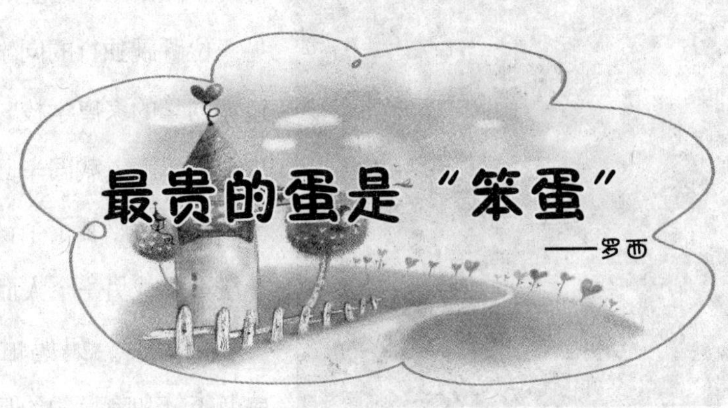

最贵的蛋是“笨蛋”

——罗西

阿瓜是个弱智的小孩。

在三年级（1）班里，他的成绩是倒数第一。同学们也常取笑他，说头大不中用。每天放学后值日生搞卫生，他都会主动地留下来帮忙倒垃圾。更绝的是，白天上课，每隔两节课，他就会条件反射性地把垃圾桶拿到洗手台前认真刷洗。原先最脏臭的角落，因为阿瓜的负责变成了教室内最醒目的净土。

他总是微笑着，并纯真地看别人以怪异复杂的眼光看自己。

有一次，老师出了一个脑筋急转弯的问题：世界上最贵的蛋是什么蛋？

有人说是金蛋，有人说是原子“弹”，有人说是脸蛋，这时，阿瓜也举手发言，高兴地说：“是笨蛋，因为大家都叫我笨蛋！”

同学们笑了，老师却没有笑，她走过去轻拍阿瓜的脑袋说：“是的，你最贵！”

阿瓜的母亲每天放学后都会骑摩托车到校门口接他。一个冬天下雨的

傍晚，在回家的路上，阿瓜看见一位踽踽独行的同学，他知道该同学的家离学校较远，便央求妈妈顺道载同学回家，可惜因机车后座装了个铁篮子，无法再多载另一个人而作罢。

回家后，妈妈忙着在厨房做饭，却隐隐约约听见门外传来一阵奇怪的声音，出门一看，原来是阿瓜正满头大汗地用老虎钳拆铁篮子……

妈妈深深地叹了口气，但眼里却涌出了泪花。

多么笨的孩子啊，又是多么善良的宝贝！是因为笨才善良，还是因为善良，才显得笨？

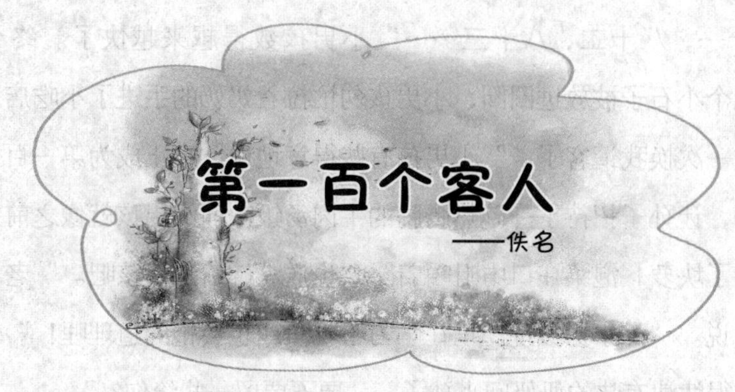

第一百个客人

——佚名

中午高峰时间过去了，原本拥挤的小吃店，客人都已散去，老板正要喘口气翻阅报纸的时候，有人走了进来。那是一位老奶奶和一个小男孩。

“牛肉汤饭一碗要多少钱呢？”

奶奶坐下来拿出钱袋数了数钱，叫了一碗汤饭，热气腾腾的汤饭。奶奶将碗推向孙子面前，小男孩吞了吞口水望着奶奶说：“奶奶，您真的吃过中饭了吗？”

“当然了。”奶奶含着一块萝卜泡菜慢慢咀嚼。一晃眼功夫，小男孩就把一碗饭吃个精光。老板看到这幅景象，走到两个人面前说：“老太太，恭喜您，您是我们今天的第一百个客人，所以免费。”

之后过了一个多月的某一天，小男孩蹲在小吃店对面像在数着什么东西，使得无意间望向窗外的老板吓了一大跳。原来小男孩每看到一个客人走进店里，就把小石子放进他画的圈圈里，但是午餐时间都快过去了，小石子却连五十个都不到。心急如焚的老板打电话给所有的老顾客：“很忙吗？没什么事，我要你来吃碗汤饭，今天我请客。”

像这样打电话给很多人之后，客人开始一个接一个到来。“八十一，八十二，八十三……”小男孩数得越来越快了。终于当第九十九个小石子被放进圈圈，小男孩匆忙拉着奶奶的手进了小吃店。“奶奶，这一次换我请客了。”小男孩有些得意地说。真正成为第一百个客人的奶奶，让孙子招待了一碗热腾腾的牛肉汤饭。而小男孩就像之前奶奶一样，含了块萝卜泡菜在口中咀嚼着。“也送一碗给那男孩吧。”老板娘不忍心地说。“那小男孩现在正在学习不吃东西也会饱的道理哩！”老板回答。吃得津津有味的奶奶问小孙子：“要不要留一些给你？”

没想到小孩却拍拍他的小肚子，对奶奶说：“不用了，我很饱，奶奶您看……。”

你是我不能带走的阳光

——佚名

凯伦发现自己又怀上了一个女孩。像其他妈妈一样，凯伦告诉了刚满三岁的儿子迈克尔，教他如何面对即将诞生的小宝宝此后，小迈克尔只要一有空，就会轻轻趴在妈妈的肚皮上，向即将出生的小妹妹温柔地唱着他喜欢的歌儿。这样，迈克尔和小妹妹虽然还没见过面，但彼此间已经建立起了独特的亲密联系。

这一天产期终于来临，经过痛苦分娩，婴儿终于诞生了。但是，这个新生小女孩却病得厉害。当晚，在救护车的尖叫声中，她被送到了圣玛丽医院的监护病房进行急救。

随后几天，小女孩的情况越来越恶化，医院的儿科医生不得不告诉凯伦夫妇，小女孩生存下来的概率微乎其微。凯伦夫妇非常伤心，原本他们已经安排好了一个温馨的婴儿房，但现在却发现，他们要安排的是女儿的葬礼！可是，小迈克尔并不了解这些情况，他还是天天缠着父母，不断地说："我的小妹妹呢？我要唱歌给她听！"

小女孩诞生后的第二周，医生通知凯伦夫妇，葬礼可能在圣诞节以前举行。迈克尔依然像过去几天一样，不断缠着父母，要求唱歌给妹妹听。虽然监护病房禁止儿童进入，但凯伦还是决定带迈克尔进去一次，因为她知道，如果现在不去，迈克尔以后就永远看不到他的小妹妹了。

凯伦给迈克尔穿上了一套消毒护理服，偷偷地带他进入了监护病房。穿着过分臃肿衣服的小迈克尔看起来就像一个会走路的古怪洗衣篮，护士长一眼就看到了这个擅闯禁区的小孩，勃然大怒，低声吼道："孩子出去！"

护士长的无礼反倒激起了凯伦的护犊之情，这位平时温柔有礼的母亲狠狠地瞪着护士长，嘴唇绷紧，咬着牙根一字一字地说："我的孩子不会走，除非他唱歌给他妹妹听！"不顾护士长惊异的表情，凯伦把迈克尔拉到了他妹妹的小床旁。

小迈克尔温柔地望着那个生命正在一点一滴消失的小婴孩。过了好一会儿，他开始唱歌，用一个三岁孩子纯洁的心灵，他唱道："你是我的阳光，我唯一的阳光……"小婴儿好像产生了反应，仪器上显示，她的心跳开始稳定下来了。

"继续唱，迈克尔。"凯伦很惊奇，她颤抖地说。小迈克尔继续唱下去："你从不知道，亲爱的，我是多么地爱你。因此，请不要把我的阳光带走。"

只要迈克尔一唱歌，小婴儿原本杂乱无序的呼吸就会变得和小猫呜咽一样平稳柔和。"那天晚上，亲爱的，当我甜蜜入睡，我梦到我紧紧拥抱着你……"小婴儿开始放松，进入一种治疗的休眠状态，病魔的阴影似乎从她的小脸上开始消退。

风筝

——洪志明

看到阿明、阿善、阿立、阿忠四个人拿着风筝的背影，消失在常常放风筝的小山上，他心里有一点点说不出的难过。

一个学期来，他寄住在舅舅家，和他们四个人混得比亲兄弟还要熟，每天一起读书，一起玩，一起到小山上放风筝，几乎没有一天不聚在一起。

现在爸爸跑船回来了，他要回自己的家，和爸爸住在一起，虽然很高兴，可是一想到要和他们拆伙，心里就有些酸酸的痛苦。

他相信无论如何他们一定会来送他的，所以请妈妈先走，他一个人在舅舅家里等，没想到等了很久还是没看到他们的人影，更没想到他们竟还有心情跑到山上放风筝。他含着眼泪，沿着山下的小路往前走，强迫自己尽量不要往小山上看。

“阿万——”忽然他听到背后呼叫的声音。

他转头一看，只见他们四个人站在小山上跟他挥手，四只风筝在他们身后，高高地升起。

风筝上面写着四个斗大的字——阿万再见。

阿善从后面跑过来，跑得气喘吁吁地说：

“我们把风筝系在高高的树上，要让你走很远了，还看得见。”

“好——好——保——重”他紧紧地握着四个人的手，哽咽得说不出话来。

阿万怎么也没想到大家会用这种方法来跟自己道别。

走了很远了，风筝还在天上飘着。

他频频地回头，看那高高飞起的风筝，泪水沿着脸颊往下滑落。泪眼中，四只风筝变成四张友善的脸，在空中飘着。

五瓣丁香

——佚名

入春以来，一直惦念着丁香。

听人说，若能在结着多如云霞的四瓣丁香树上找出一朵五瓣丁香，就会得到好运和幸福。女子都是虔诚的，我这个穿军装的女子也一样。

同病室的几个病友几乎每天傍晚都去医院的后山坡上探看丁香。带回来的消息一天比一天惹人心动："冒出新绿了"，"生出嫩叶了"，"结花蕾了"……可我们仍然嫌慢，埋怨丁香的疏懒乏情。

昨天晚饭后，她们又结伴去了，留下我一个。看看自己仍打着石膏的腿，再看看白色的病床，白色的墙壁，仿佛一切都变得苍白起来。心想：这条伤腿一定害我误了花期，不能去寻找五瓣丁香，寻不着它，那么好运和幸福也就与我无缘了。自己把心情弄得灰灰的。

她们回来了，个个兴高采烈，争着向我炫耀她们的"幸福"——五瓣丁香。有白色的，紫色的，小小的花朵很是美丽，花瓣儿更是精致、娇巧、细柔。她们有人要分给我一朵，而我也十二分地想拥有它，可我还听人说：别人送的五瓣丁香不具有神奇的魔力，于是我谢绝了她们的好意。

看着她们都如同真寻得幸福一般的喜悦，我的心羡慕得微微有点发疼。

晚上我早早地蒙上被，除了想找一朵五瓣丁香，好像别的一切都不重要了。人有时就会有一些非常非常小的希望，由于太希冀，太向往，我甚至做了一个丁香梦：我的腿好了，来到一个好大的丁香园里找五瓣丁香，可到处都是四瓣的，无论我如何努力，也没有找出一朵神秘的五瓣丁香。

感觉天亮了，懒懒地不肯睁开眼睛，心中仍存着没有五瓣丁香的遗憾。做晨检的护士来了，问我："别的人都去哪儿了？"我这才发现她们一个都不在。大概都因为太兴奋睡不着而早早地跑出去疯闹了吧，疾病竟使我变得有点妒嫉她们了。

门被轻轻地推开了。只见她们个个手里拿着一大束丁香花，原来她们一大早去替我折花了。她们把花递给我："快找你的五瓣丁香吧！"我一时语塞，为她们的热情、真诚所感动，懊悔刚才对她们的妒嫉……顿时，我感到自己整个儿沐浴在友爱结成的温馨之中。

我细心地从她们采摘来的一束束丁香花中，找到了一朵白色的五瓣丁香，而我更在她们中间找到了真正意义上的五瓣丁香——好运、温暖和幸福。

一个鱼头七种味

一个鱼头七种味

——佚名

在朋友家吃晚饭，一盘色香味俱全的红烧鱼刚上桌，朋友已不声不响地一伸筷，把鱼头夹到了自己碗里。

回去路上，灯火淡淡的小径上，我不禁有点疑惑："一起吃过那么多次饭，我怎么都不知道你爱吃鱼头呢？"

他答："我不爱吃鱼头。"

"从小到大，鱼头一直归我妈，她总说：一个鱼头七种味，我跟我爸就心安理得地吃鱼身上的好肉。直到有一天我看到一本书，那上面说，所有的女人都是在做了母亲之后才喜欢吃鱼头的，原来，妈骗了我二十年。"朋友微笑着说，声音淡如远方的灯火，却藏了整个家的温暖。"也该我骗骗她了吧，不然，要儿子干什么？"

我一下子怔住了，夜色里这个平日熟悉的大男孩，仿佛突然长大了很多，呈现出我完全陌生的轮廓。

不久后的一天，我去朋友母亲的单位办事，时值中午，很自然地便一起吃午饭，没想到她第一个菜就点了砂锅鱼头。

朋友的话在我心中如林中飞鸟般惊起，我不禁向她转述了朋友那天说的话。

“是吗？”朋友母亲笑起来嘴角有小小的酒窝：“我是真的喜欢吃鱼头，一直都喜欢。我儿子弄错了。”

“那您为什么不告诉他呢？”我问。

她慌忙摆手：“千万不要。孩子大了，和父母家人，也像隔着一层，彼此的爱，搁在心里，像玻璃杯里的水，满满的，看得见，可是流不出来，体会不到。”她的声音低下去，“要不是他每天跟我抢鱼头，我怎么会知道，他已经长得这么大了，大得学会体贴妈妈、心疼妈妈了呢？”

砂锅来了，在四溢的香气里，我看见她眼中有星光闪烁。

她微笑着夹了一个鱼头放在我碗里，招呼我：“尝一尝，一个鱼头七种味呢。”

守着窗口的父母

——佚名

我匆匆赶到家，客厅里空无一人。我又跑到卧室，才发现他们跪在凳子上，像孩子一样把头伸出窗外东张西望。

我赶紧喊了一声："爹，娘，你们干吗呢？"

爹扭过脸看到我，不好意思地笑了："哦，你回来了。天晚了，看你还没有回来，我们就在这里看看。你看，你娘还在那里看呢。"他像推卸责任一样，赶紧把目标转向我娘。

娘的耳朵基本上听不见任何声音，所有的交流都靠手势，就像哑语。我上前拉了拉娘的手。

娘回过头看到我，也笑了："看了半天，咋没看到你呢？"

我说："我骑摩托车，戴着头盔，跑得快呀。"不知她听到没有，她舒了一口气，把身子抽回来，又一点点挪下凳子，搀着爹，一步步挪回客厅。

我跟着他们走回客厅，把电视机打开，眼里竟有一种酸涩的感觉。

这是我参加工作16年来，第一次将父母接到身边住。刚开始的时候

是没房子，后来有了孩子没地方住，再后来是他们年龄大了不愿意动。现在，在我的极力劝说下，他们终于勉强答应住半个月。

来到城里之后，他们极不习惯。房间本来就小，忽然增加两个人，空间就更显逼仄。我们紧张，他们更拘束，手脚都不知道该怎样放。除了睡觉，只能在客厅里看电视。

爹已经“返老还童”，基本过着“饭来张口，衣来伸手”的生活。这不能怪他。他今年已经81岁了，脑栓塞几乎使他偏瘫，而脊椎关节错位，又使他的腰不得不弯下来，走路已经像婴孩一样，步履蹒跚，一摇三晃了。

娘的听力不好，但眼睛和手脚尚好，就想帮我们干点儿家务活。可做饭用的是液化气、电磁炉、微波炉，洗衣服是洗衣机，她在农村积攒了大半个世纪的经验，在这里几乎百无一用。我们还一遍遍地告诫他们：不要乱动电，不要乱动气，不要随便出门。于是，他们被“囚禁”在56平方米的小屋里。

干坐着的滋味不好受。爹还好说，他白天看书，晚上看电视，还能抽烟。娘就不知道怎么办了，于是就拖地，择菜，做些不需要丝毫技术含量的活儿，地拖了一遍又一遍，菜洗了一次又一次。可娘已经78岁了，眼神不济。地拖了，总不净；菜择了，总有泥。私下里，老婆对我说：“别让娘干了吧。她干了，我还要再干一次。”我说：“你不让她干，她会憋出病的。”

于是，娘就津津有味地干，老婆就不厌其烦地返工。

一个星期天下午，太阳很好。我们陪爹娘在楼下的草地上晒太阳。

一会儿，朋友有事找我们。临走时，我告诉爹娘："一会儿你们就自己回去，楼上楼下也不远。"朋友的事情忙完时已近傍晚，回去一看，爹娘竟还没有回来。我赶忙下楼找。

刚到楼下，就看到娘搀着爹在另外一个单元楼道口上下打量，四处张望。我赶快迎上去说："这么晚了，怎么还不回去啊？"

"啊……啊……我们找不到咱家的楼道了。"爹有点儿害羞地说。

"我说是那个楼洞吧，你非说是这个。"娘还在一边添油加醋地羞他。

爹并不生气，只是"嘿嘿"笑着，一步三摇地跟着我挪上了楼。

此后，他们就再也不下楼了。

有一天上班时，路边楼下，我无意间抬头看了一眼，忽然就看到了爹娘。他们挤在靠路的窗口，正朝我挥手。我朝他们挥一下，他们再朝我挥一下，如此重复了好几次。下班回来，我有意识地抬头看了看那个窗口，果然看到他们在探着头，朝我下班回来的方向张望。看到我时，他们又开始兴奋地朝我挥手。

从此，站在窗口的父母，就成了这栋楼的一道风景，两个老人像一对老鸟一样偎在一起，朝楼下的我不停地挥着手。

也许，他们知道，自己的双手已经无法像翅膀一样张开，无法再将儿女护在腋下，为他们遮风挡雨，就用目光和挥手的姿势，织一张网，依然将他们的孩子包裹在浓浓的牵挂中。

一袋父母心

——马相才

那年，我在苏北一个劳改农场服刑，有一次送来一个灶河的人，当他看到别人的家属都是隔三差五地来看望，非常羡慕。于是便一封又一封地向家中写信，每月几块钱的“劳改金”全都用在了买信封和邮票上了。可是，半年多过去了，家里也没有人来看他。最后，他终于急了，给家里发了一封“绝交信”。

他的爹娘就他这一个娃儿，其实早就想看他，只因家中实在太穷，几十元的路费都借不来。当接到娃儿的“绝交信”时，老两口再也坐不住了，经过一番认真考虑和准备，准备去看儿子。

他们把自家的板车弄了出来，仔细检查轮胎漏不漏气。感到没啥大问题了，就把家里仅有的一条稍新点的被子铺到车上，向劳改农场出发了。

在路上，老两口始终保持着一个拉车、另一个在车上休息，谁累了谁歇，但板车不能停。他爹不忍心让他娘累着，就埋着头拉车，被催得急了，才换班歇一歇。因为走的路远，他爹的鞋子很快磨破了。出现这种意外，他们当初可都没想到。当他娘给他爹挑扎在脚底的刺儿时，气得直摇头嘴里不住地哀叹。可是路还得赶，从清早到晚上，一直走到天黑得看不清东西，才找根木棍把车一支，两人在大野地睡上一会儿。等天刚蒙蒙亮，又开始赶路。就这样，200多里路程，他们走了三天三夜才到达。

劳改农场跟监狱不一样，在那里，一个犯人的家属来看望，一圈人围着看的情况，早已司空见惯。所以灶河犯人的家属来看望时，我和很多犯人也在场。

那天，当我们得知老两口徒步从200多里外的家乡来看儿子，在场的所有人都为之震撼了！尤其看到从那双磨破的鞋中探出的黑色脚趾，围观的犯人们都掉泪了，连管教干部都转过头去，用手擦拭着眼睛。这时，只听“扑通”一声，灶河犯人重重地在爹娘面前跪了下去!

见此情景，我们赶忙上前去拉他，可无论如何，他就是跪地不起。管教干部发话了：“谁也别拉他，就让他跪着，他也该跪跪了！”说完，撇下灶河犯人，硬拉着两个老人进了干部食堂，并吩咐做饭的师傅赶快做些汤面。片刻功夫，满满两大碗汤面就端上来了。看样子，老两口真是饿坏了，也没过多推让，也不往椅子上坐，原地一蹲，便大口大口吃起来。三下五除二就把面条吞个精光，连汤都没剩一点，直吃得满头大汗。

吃完后，管教干部又过来了，手里握了一把零钱：“大爷大娘，这是我们几个干部凑的120元钱。钱不多，算我们的一点心意。”然而，不管怎么说，他们就是不收，嘴上还念叨：“这就够麻烦你的了，咋能要你们的钱呢？你们也拖家带口的，不容易不容易。”他娘转过身对仍跪着的儿子说：“娃啊，你在这里一定要好好改造，等明年麦子收了，我和你爹还来看你……”

本来，一般家属看望只有半个小时，管教干部觉得老两口来一次不易，就尽量放宽时间。最终，他们无声地端详了娃儿好久，才依依不舍地上路了。临走前，又费力地从板车上拖下一只大麻袋。说是娃儿在这里干活改造，怕他吃不饱，给留点吃的，等儿子饿了时吃……

看着老人一步三回头渐渐远去的背影，灶河犯人还在地上跪着，满脸泪痕。我心里一阵发酸，同时也纳闷，这么一大麻袋都是什么吃的？既然他们带了食物，怎么饿成那样？正好有两个同是灶河的犯人，上前帮忙抬起那个麻袋。其中一个不小心，手没抓住麻袋的扎口，“砰”地麻袋摔在了地上。一下子，一对圆圆的东西乱跳地滚了一地！我走近一瞧，满地骨碌滚动的都是馒头，足足有几百个！大的、小的、圆的、扁的，竟没有一个重样的——显然，他们并非出自一笼，而且这些馒头已被晾得半干了。看到这些，我的脸上好像被人扇了一记耳光，火辣生疼。在“道上”曾以“铁血石心”著称的我，刹那间再也控制不住自己的情绪了。就在灶河犯人的身边，我也“扑通”一声跪下了。这一举动仿佛具有感染力，只听“扑通、扑通、扑通”，在场所有的犯人，也都齐齐地跪了下去！

我不敢想象，老两口徒步百里看儿子的情景；更不敢想象，老两口是怎样挨家挨户地讨要了这么多馒头！最让我心痛的是，怕儿子一时吃不完再坏了，他们一人拉车，一人在车上晾晒馒头……其实，他们哪里知道，劳改农场的饭菜过量，这儿的“杠了馍”， 个就有 斤重……

这麻袋里装的不是馒头啊，分明是一袋鲜活的心，一袋父母心！他刺痛着我的眼睛，更刺痛着我的灵魂！这时，我的耳边传来撕心裂肺的嘶喊：“爹、娘，我改！”

有生以来，我只看见母亲流过一次泪。

那个时候，我常常为我的母亲感到自卑，她是个清洁工人，连自己的名字也不会写，每天沉浸在米又涨了价、油也涨了价之类的琐事中，生活的重担压得她的头发挤尽了最后一丝黑色。患了绝症的父亲死得很早，留下的遗产是一笔一辈子也还不完的债。每到月底，我都会看见母亲从领来的可怜巴巴的几张钱中拿出一半还给别人，然后一分一厘地算计着过日子。

学校每次开家长会，我都不愿母亲出席，在街上和别的同学一起走时看见她正在打扫街道，我也装成了一般熟人一样点点头就和她擦身而过，甚至偷偷地溜走。有时候她满头大汗推着整车的垃圾路过我们学校，为了不让别人知道这就是我的母亲，我总是远远望见便躲起来，一些不相识的同学反而争着主动帮母亲推车。

每当这时候，我就很痛苦。虽然我爱我的母亲，也知道她是为我做着这一切，但我怕别人因此而瞧不起我。在学校里，我很内向，觉得同学们都因为我的穷而瞧不起我。别的和我一样大的女孩子都打扮得像花蝴蝶，

走在人前又光鲜又靓丽，如果我有她们一样的衣服，难道真的比她们丑？别的同学家里有电子琴有游戏机，有可以辅导功课的父母，而我的母亲能给我的，只是一天三顿饭和一堆难以下咽的咸菜，还有补丁上又打补丁的用她的工作服改成的所谓的衣服。

母亲也能感觉出我对她的疏远，但她从来没有半句责怪的话。她常常呆坐在窗前想着什么，缝衣服时针刺破了手也无知觉。

那年春天，我家的屋梁上突然来了两只“勘察”地形的燕子，然后每天有了燕子唧唧的叫声。它们衔着泥飞进飞出，忙着筑巢、孵蛋。小燕子出世后也成天叫着，吵得我十分恼火，还不时从空中掉下粪便来。我忍不住找根长杆子要去捅，母亲见了，竟很生气，不顾一切地阻止我，她向来对我百依百顺，现在却那么固执地要保护这个燕巢，我十分气愤，对它更加怀恨在心，那几只黑不溜秋的燕子也显得格外讨厌。

此时，母亲已接近退休的年龄了，然而她虽说做了二十几年的清洁工，却一直没有转正，只是个临时工，年龄一到，单位便会不再要她上班，并且没有半分退休金，而我正在读初中，如果想“出人头地”，必定还要上很多年学，这无疑会给我们娘俩的生活带来更大的困难。对此，我除了担忧外，也只有违心地劝慰母亲，说没有事的，我不上高中不考大学了，我去念中专，一毕业便可以工作了。母亲闻言很是内疚，因为，我在学校是尖子，常常考第一。她能为我做的便是包揽一切家务，什么活都不让我插手，其实她也知道我有多想上大学。

自从我主动提出上中专以后，母亲的心情渐渐好了起来，甚至有时还同我唠叨几句什么谁谁扫地时拾到一个钱包，谁谁谁的女儿今天出嫁……

发现我并不在听时便戛然而止，眼睛移向别处，目光最后必然停在那个燕窠上，看着老燕子为小燕子喂食，每当这时，她那凄凉的神情总会让我看了心颤，于是我又一次坚定了将燕巢毁掉的想法。

有一天放学很早，我估计母亲还要很长时间才会回来，便拿了根竹竿，三下两下将燕巢捅了下来。三只羽毛尚未丰满的燕子摔在地上，哀叫着，扑腾着，我看着有些心悸，便将它们扔出了墙外。老燕子回来后不见了巢与小燕子，急得唧唧唧唧地叫着飞着寻着，由着急到失望，由失望到绝望，那叫声半是仇恨半是悲伤，我不禁有些后悔自己的残忍。

母亲回来后，一眼便看出发生了什么事，气得脸上青筋暴跳，剧烈地喘着气："你疯了么？为什么要将燕巢毁掉？"她声嘶力竭地朝我大吼。我第一次看见她发那么大脾气，吓得不敢吭声。母亲像补偿似的找了些剩饭给那两只燕子吃，两只老燕子看也不看，倾诉着什么似的叫着，最后嗓子嘶哑了，无力地盘旋了几圈后飞走了。

望着两只燕子远去的身影，母亲颓然坐下，眼里满是泪水。一瞬间，她苍老了许多。"你知道吗？作为一个母亲，最痛苦的事便是不能保护自己的孩子。"她一字一句地说着，泪水如断了线的珍珠直往下掉。

一年后母亲就去世了，到她临死前我才知道，早在两年前她就和父亲当年一样也患了癌症，但为了供我上学，她一直坚持上班挣钱。母亲死后，我寄住在一个亲戚家里，饱尝了寄人篱下的滋味，生怕有一天主人也会赶我走。夜深人静时，我时常想起那两只燕子，想起母亲的眼泪。我终于长大了，能够照顾自己了，我明白自己正是在看见母亲的眼泪的一刹那长大的！

她等儿子归来

——佚名

在地震灾区采访的每一天，我的心都被一种悲壮的气氛笼罩着。倒塌的学校前那一排排的书包，废墟前失去亲人的那抢天呼地的痛哭声，被埋村庄前安静绽放的野花，无时不在折磨着我敏感而脆弱的神经。但让我最不能忘记的还是绵竹一所学校废墟前的那个疯妈妈。此生我永远都无法忘记的疯妈妈。

在地震后的第6天，我在往清平灾区赶的路上路过绵竹汉旺镇的一所学校。学校早已在大地震中垮塌成一片废墟。几百个孩子在5月12日下午的那个瞬间被掩埋在了凌乱的砖石下。现场，依然还可以看到孩子们丢弃的破碎的书包和课本。就是在这个学校废墟前，我遇到了一位年轻的妈妈。她看上去只有30多岁。白花花的炎阳下，她坐在学校废墟前的地上，任凭凌乱的头发在风里肆意飘摇。她两眼发直，目光呆滞，眼睛里布满了红红的血丝，她的嘴唇上爬满了白色的燎泡，惨白的脸上透露出的除了憔悴还是憔悴。

她就这样呆呆地坐着，坐着，看上去好像在等人。只有当穿迷彩服的解放军战士从她的面前经过的时候，她的脸上才突然有了神采。远远地看着过来的解放军，她会迅速地站起来，迎上前去，追着战士边走边嘴里喋喋不休地说着："求求你解放军同志，我的娃子还在下面压着呢，我知道他还活着呢，你救救他吧，他才8岁啊……"她拽着战士的胳膊，使劲地往学校的废墟前拉。被拉住的战士的眼泪很快涌了出来。看上去战士有点手足无措。这时，这位妈妈突然地双膝跪倒在地，她的手狠命地拉住战士的衣角不放。"求求你解放军，救救我的孩子吧！"她悲怆的哭声从她嘶哑的喉咙里撕裂着冲了出来。战士不再看她，捂着脸默默地走了。她只好怔怔地呆在原地，继续等待下一个过往的解放军出现。

正在这里参与救援的空降兵某部连长李磊告诉我，这位年轻的妈妈已经在学校的废墟前守了五天五夜了。

她的儿子在突如其来的大地震中死去了，可是她依然不相信这是真的，每天都在学校门前坐着，等待每一个过往的解放军，趴在地上磕头求解放军救她的儿子。一个志愿者说，她每天都会到这所学校的废墟找这位年轻的妈妈，每次将她拉回到受灾群众的帐篷，她都会趁着志愿者不注意偷偷跑出来。这位志愿者用手指指自己的脑袋，小声告诉我，这位年轻妈妈的脑子由于受了刺激而出了问题。"我带你去找解放军，帮你救儿子。"小志愿者用善意的谎言欺骗着这位年轻的妈妈，两个人挽着胳膊离开了一片废墟的学校。几十米远的地方，小志愿者挥手向我告别，回头时，我清楚地看见，小志愿者眼里喷涌而出的泪。我知道，小志愿者也一定可以清楚地看到，我脸上悲怆的泪水……

母亲的盲道

——佚名

那一年，他29岁，研究生毕业，跳槽到一家外企，成为公司最年轻的业务经理。

不料，这时他的眼睛瞎了，瞬间将他推到精神的边缘。他的脾气越来越暴躁，张嘴骂人，随手摔东西成了家常便饭。无奈之下，母亲只好把他领回了老家。

熟悉的老院子让他的情绪安静了许多。他不再暴躁，只是极少说话，更不出门。无论大家怎么劝说，他总是以沉默应对一切。

一天，母亲兴奋地拉着他的手，说要送他一件礼物。出了家门，母亲扶着他，一步步地向前走。脚下的土地突然变得磕磕绊绊，他本能地俯下身去触摸，竟是一块半米见方的水泥砖，水泥中间镶着两条凸起的条状东西。

"第一次去你家时，娘就在京城的马路上看到了这东西，人家说这叫盲道，专供眼睛看不见的人走路用的，你病了之后，娘又专门去了一趟城里。"

他的心底，漫过一片潮湿。整个冬天母亲都在南厢房里忙个不停，原来是在整砌这些东西。

第二天，听着母亲在南厢房里费力地搅动着那些水泥和砂粒，躺在北屋床上的他，再也无法平静。他说，娘，您别再弄那些水泥块儿了，我心烦。

母亲叹了口气，儿啊，你的眼睛看不到别人，可别人能看到你啊，而且，你得活得让别人看得到你才对啊。

他的委屈，瞬间涌上心头，他咆哮道：让别人看到又有什么用？就算我当上了残联的主席，不还是个瞎子吗……

母亲愣愣地望着他，伤心不已。

接下来的日子，母亲依旧进行着她的浩大工程，从村头到国道足有一公里远，如愚公移山般，母亲用水泥块将它们一点点地连接到了一起。

终于，他坐不住了，对母亲说，让姐姐帮我找家教盲人按摩的学校吧。母亲不停地点头，脸上写满了惊喜。

然而没等姐姐帮他找到合适的学校，母亲却病倒了，急性胆囊炎。

母亲住院那些天，喂鸡，喂猪，打扫院子，这些小时候干过的活他竟一一拾了起来，更有甚者，一个清晨，他在鸡窝里掏出一只公鸡，宰了，炖了汤，沿着母亲修砌的盲道，一路摸索到公路上，拦车。当他出现在病房的门口时，母亲惊诧不已。

喝着他做的鸡汤，母亲笑落了一脸的泪。

那一刻，他忽然就明白了，原来，残与废本是两个概念，许多时候，可怕的不是眼盲，而是对生活绝望了的心盲。

几天后，母亲出院了。

一天清晨，他醒来，没听到母亲起床的声音。喊了两声娘，没人应

声。直到中午仍然不见母亲回来，他才慌了神，用手机里存好的号码给离家最近的三姐打了电话，三姐一听不见了母亲，急急赶了过来。

推开南厢门的房，三姐一声尖叫，旋即，哭出了声。

母亲去世了，姐姐们告诉他，母亲死于心肌梗塞。

母亲走后不久，老天忽然就对他开了眼。医院为他找到了角膜的供体，手术做得非常成功。

转眼到了第二年的秋天，母亲的周年祭。从坟地里回来，他没有回家，而是沿着母亲修砌的盲道，漫无目的地向前走着。他蹲下身，抚着那些粗糙的水泥块儿，就像抚着母亲干枯的双手。

这时，一个在路边放羊的中年人说，兄弟，你好像对这盲道挺感兴趣啊！他苦笑了一下，算作回答。

“别看这盲道不像城里的盲道那么正规，它可是上过报纸的呢！”中年人的语气明显带着骄傲。

“上过报纸？”他愣住了，姐姐们怎么从来没和自己说起过呢？

“你不知道吧？这盲道是一个老太太给她儿子修的。”男人像是对他，又像是自言自语，“老太太的儿子得了病，眼瞎了，老太太住院的时候听说只要有人捐了角膜，儿子就能重见光明，于是老太太便央求医生摘了自己的角膜给儿子，医生不肯，谁料，老太太回家后竟上了吊！可怜的老太太，她以为只要自己死了，自己的角膜就能给儿子了，可是，她不知道，死人的角膜超过12小时就不能用了……”

他的心一阵抽搐，呆呆地立在那里，明晃晃的日光，像无数把尖刀，直直地刺进他的心房……

爱的盛宴

——张丽钧

我曾给学生讲过一个发生在我朋友身上的真实故事——朋友在外地工作，常年不回家，母亲盼呀盼，终于得到儿子要在除夕之夜回到家里的喜讯。

那天，在爆竹声中，母亲包好了三鲜馅儿饺子，专等着儿子回来后下

锅。馅儿是精心调配的，应该正对儿子的胃口；但是，母亲心里还是有一些忐忑，她想预先知道这饺子的咸淡，便煮了两个来品尝。

一尝之下，母亲大惊失色，饺子馅儿里竟然忘了放盐！母亲看着两屉包好的饺子，绝望之极。她知道可以让儿子蘸着酱油吃，她也知道即便蘸着酱油吃，儿子也会欢呼"好吃死了"，可她不愿意让千里迢迢赶回家来的儿子吃到有缺陷的饺子，怎么办？这个聪慧的母亲，居然从邻居那里讨来了一支注射器，调好了盐水，开始逐个给饺子"打针"。儿子回到家时，饺子也注射完毕。母亲煮好了饺子，让儿子尝尝味道如何。儿子尝了，连说"好吃"。这时候，母亲得意地举起那支注射器给儿子看，向儿子夸耀说，她可以将一个缺陷修复得让他察觉不出来。可是，儿子听着听着就哭了，他在想，这些年他一个人在外面打拼，也曾吃过很多饺子，那些饺子，咸的咸，淡的淡，他都咽下去了，有谁，能像母亲这样在意儿子的口味？为了让儿子吃到咸淡适宜的饺子，母亲竟想出了这样高妙的法子。吃着这样交织着母亲的爱与智慧的饺子，哪个孩子能不动容？

我相信，铭记着这则故事的人一定会珍惜母亲做出的每一餐饭，会在寡淡的饭菜中品出一种难得的真味与厚味。母亲摆出一场爱的盛宴，只等着她心爱的小鸟来啄。幸福的小鸟啊，你无须付费，只管用欢畅的啄食来尽情享用这人间珍馐吧。

没有背影的父亲

——佚名

五一的时候我没有回家，父亲打电话来询问我的情况，说到表叔打他的儿子，打得很凶，最后表弟赌气不去上学，甚至发誓不参加将至的中考。我听到他在电话里深深地叹了口气，也觉得为人父实在是困难，做儿子的却浑然不觉。

和父亲打完了电话，我好一会缓不过劲来。我奇怪我的记忆里竟然没有一次挨打的情景。父亲对我太好，很早就达到了关系平等的地步，他会征求我的意见，一如征求我的母亲。可是在我最初的青春里，我却要以他为敌，对抗他，讽刺他，让他吃尽沟通的苦头。我恨我经常自以为是自我放逐，用考试交白卷来证明自己不把生活当回事；我恨我做了时间的刽子手，助纣为虐，亲手谋杀了父亲的青春，埋葬了他的壮年，还让他那么不开心；我恨我……可是这些父亲从不提起，他总面带着满足的微笑平静地接受街坊邻居对我们兄妹的赞美。

我小学的时候因为贪玩爆竹炸伤了自己，躺在床上休息的时候我听见他和母亲互相埋怨，说为什么不照顾好我。其实我那时已经不小了，他们早已没有盯着我的必要和义务，但他们越争越凶，最后竟然打起来，我突然产生一种强烈的愧疚感，我想说其实不关你们的事，是我自己不好，但表现出来只是默默地流泪，眼睛轻轻地闭着哭，也不知道哭了多久，最后我感觉到一双温暖的手在擦拭我冰冷的脸庞，那么柔和，那么小心翼翼，我睁开眼睛看到是父亲，他也在哭，他一个大男人像小孩子一样在没出息地哭，旁边是我同样默默哭泣的母亲。我的父亲，他不先去抚慰自己的妻子反而先抚慰刚刚懂事的儿子！一瞬间我明白了：他是怕吵架伤害幼小的心灵啊。那一晚上，我们仨都没能睡着，我们都在自责，我发誓以后一定不再闯祸，我都是有责任承担事情的人了。也似乎在那个晚上，我猝不及防地长大了。

中学的时候我们学了朱自清的《背影》。老师说你们也写一篇吧，我想起我的父亲，但是真奇怪，脑海里竟然只有一点恍惚的回忆，我才发现父亲一直都是以迎接者的姿态在接纳我！陪我上学，他让我走在前面，自己拎着包紧紧跟着，我的影子就在他沧桑的脸庞上忽隐忽现。寄宿时学校规定周三探望，才下楼梯我就看见他站在那棵熟悉的广玉兰下冲我微笑，手里捧着母亲赶早熬制的鸡汤；我乘车外出，他从来都是送到车走了好远；家乡四面临水，坐船和吃饭一样稀松平常，我常常在江心就眺望到码头上站着一个人，岸近了，他一定是我的父亲，有时候会突如其来地下雨，父亲也不躲，他就一件摩托车用雨衣披着，任雨水从裤腿一直浸湿到膝盖，一直浸成我心里一道心酸的风景。他说怕走远了我找不到会着急，他说习惯了就无所谓了，其实他是念念不忘唯一的一次“违约”我自己跑回家伤心欲绝的样子。他还说了什么我都听不进去了，我只是想哭，只是

想狠狠地骂自己。我的父亲啊，他为什么就甘愿为儿子一次小小的任性而牺牲自己呢，他为什么就不能早早地转过身子让我也看看他的背影呢，他和我面对面地站着，青春站过去了，激情站过去了，生命站也过去了宝贵的一半……

前几天看到秦惑写的一句话：父亲是我的致命武器。一种刻骨铭心的认同感油然而生。我的父亲于我，也是这样。你不知道现在我有多爱他，爱他甚过我的青春，我的理想，甚过我爱的海子和余华，甚至甚过我的生命。我愿意他找个机会狠狠地揍我一顿，弥补我为人子应该承受的痛楚，我愿意为他祈祷，为他折寿几年，只愿他多活几年，让我多做几年孝子。我还要告诉他，如果有来世，我还要做他的儿子，我要永生永世做他的儿子。还有秦惑和小鸟，我的好兄弟，我忘记告诉你们了，其实父亲和我们是彼此的致命武器。这份情，我们是要用全部的热爱和尊敬，是要用一辈子的时间来偿还的。

最幸福的一晚

——邱红波

那一晚犹在眼前，那时我十二岁。

妈妈爸爸带着我和妹妹一路上紧赶慢赶，就是为了在除夕前到达老家。可到底没赶上最后一班长途客车，爸爸只好领着我们来到一家旅社。打着哈欠的服务员告诉我们，住一晚需要十四块钱，爸爸羞愧地摸着荷包，妈妈则犹豫不决地看着我和妹妹，我似乎领会到了什么，拿出我小小男子汉的勇气说："妈，我们不住店。"

就在那个寒风凛冽的夜晚，我们全家蜷缩在车站的长亭下，期待着天亮。冷风中飘来抄手（馄饨）的香气。妈妈兴奋地说，反正我们已省了一笔钱，索性去大吃一顿暖暖身子。我和妹妹当然是拍手叫好，爸爸则舔舔嘴唇，把几张票子数给妈妈后坚守原地。他太节俭了，一生中从来如此。

两毛钱一碗的抄手我们共吃了七碗，辣得我们浑身淌汗，妈妈扳着指头计算说："我们才花了一块四，以后当家就要这样，既不要奢侈也不要对不起自己。"妹妹若有所悟地点点头。

过瘾回来，我们开始犯困，爸爸脱下他的军大衣，妈妈脱下她的外套，给我和妹妹做了一个最舒适的地铺，我们很快就睡着了，闭眼前，我看见爸爸妈妈哈出的白气在夜晚的灯光下急速升腾……我和妹妹感觉这真是我们在童年过的最幸福的一个夜晚，新奇有趣又美妙。

很多年后，我们又谈起那晚时，妈妈漏嘴说："那晚，是我一生中最冷的晚上。"我的爸爸则戴着老花镜在看报纸，无语。我突然记起，他们都没有地铺睡，爸爸甚至没吃过抄手，他们都穿着单衣，哆嗦在寒亭的灯光下，守护着他们的两个小天使。他们将寒冷隐没在我们认为最幸福的回忆里。

"妈，那晚你真的很冷吗？""很冷，但也很幸福。"妈妈看着我们说。

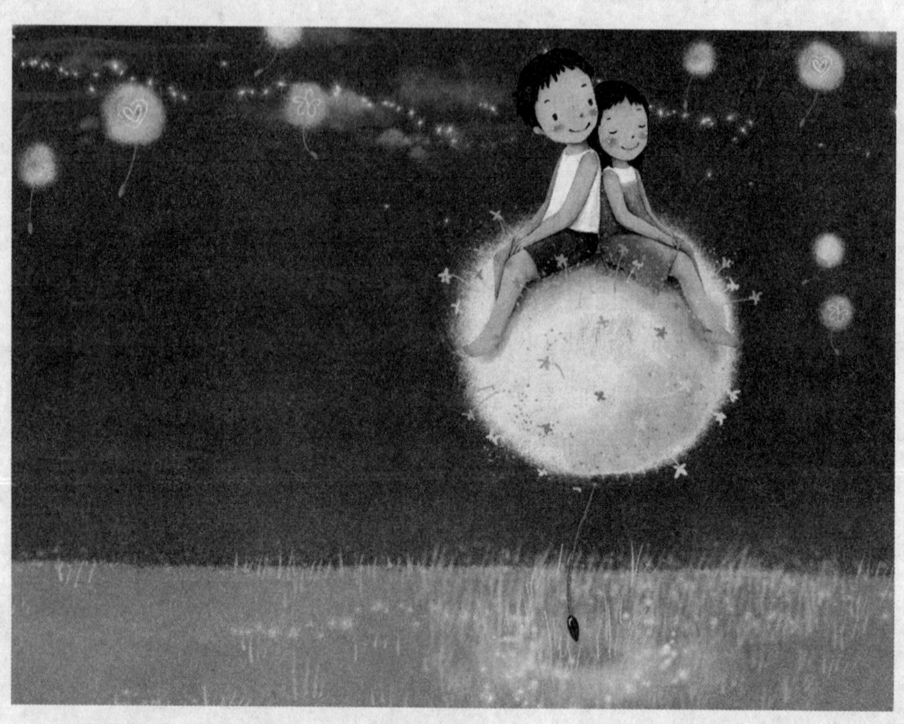

谎花

——刘克升

大学毕业后，我在没有任何背景的条件下，开始到社会闯荡，经历了种种挫折。

先是通过劳务市场进到一家机械厂，一干就是三年多，可老板丝毫没有重用我的意思。我终于忍受不住，在一个静悄悄的冬日离开了。后来我应聘到一家杂志社做了一名编辑，胸中重新燃起希望之火。我加倍地努力，首次接手的两个策划稿件很快就脱颖而出，巩固了我在杂志社的地位。然而就在我芝麻开花节节高的时候，投资商突然撤出，杂志社陷入了资金困境，不得不做出了停刊的决定。

努力最终付诸东流，辛苦最终收获失望，自己怎么就这么倒霉呢？我孤零零一个人躲到酒吧里，喝得酩酊大醉。

几天后，我回到乡下做暂时的心态调整。在乡下的庭院里，我喝着母亲为我熬的南瓜粥，眼睛禁不住湿润了，继而当着母亲的面放声大哭，把心里所有的委屈都释放了出来。母爱总是宽厚的，默不作声地包容了我所有的情绪。

第二天，我随母亲到地里摘南瓜，瓜秧顺着地堰交错着、蜿蜒着、扩展着，布满了地面。星罗棋布、高高举着的钟形南瓜花，散发着金黄色的光芒，格外地温暖人心。我突然想起小时候与母亲的对话：

“南瓜秧上开了那么多的南瓜花，有很多却是不结果的‘谎花’，提前摘去它们不是就能够节省养分，多供给其他能结果的南瓜花吗？”

而母亲的回答非常简单明了：“傻孩子，没有结出南瓜之前，我们怎么知道哪一朵南瓜花是‘谎花’呢？”

从南瓜地回到家里，我马上收拾行囊，离开了家乡，开始了新一轮的寻觅。这次回乡的经历使我明白了：努力使花开，努力的过程就是花开的过程。

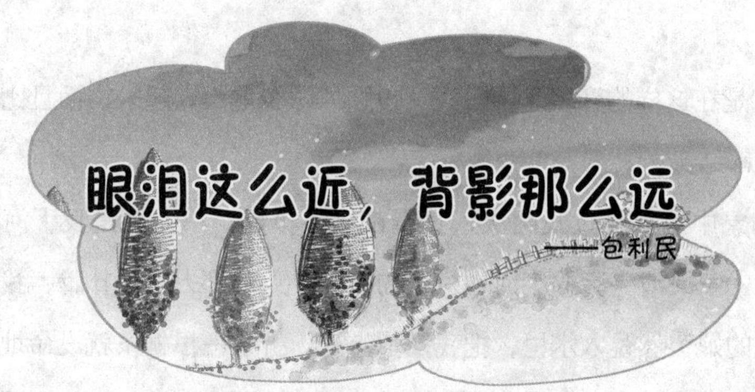

眼泪这么近，背影那么远

——包利民

第一次在众人面前痛哭失声，是在多年以后，我作为一名实习教师在听别的老师讲课的时候。当时那个老教师讲的是朱自清的《背影》，听着听着，我竟失控地哭出声来，惹得全班四十多个学生都惊愕地看着我。

娘不是我的亲生母亲，我的父母生了我，却没有养育我。娘是村里出了名的傻女人，那是真正的傻，整天胡言乱语，甚至连生活都无法自理。据说，是她给母亲接的生，她抱着我的那一刻，竟是出奇地平静，脸上流露出一种母性的光晕。母亲生下我一个多月后，便被公安人员从那个山村带走，从此和父亲开始了漫长的刑期。而我，从此就成了娘的孩子，那一年，娘四十三岁。

当时村里人都认为娘是养不活我的，那么傻的一个女人，连自己都照顾不了，更别说伺候一个刚满月的孩子了。可是，村里人终于从震惊中明白，有我在身边的日子，娘是正常而清醒的。她能熟练地把小米粥煮得稀烂，慢慢地喂进我的嘴里；她能像所有母亲那样，把最细腻的情怀和爱倾注在我的身上。人们有时会惊叹，说我也许就是上天赐给她的良药。在我的印象中，娘没有最慈爱的笑容，有的只是满头的白发和无穷无尽的泪水。

就是在这样的环境之中，我竟也顺风顺水地长大起来，而且比别人家的孩子都结实。

印象中娘只打过我两次，打得都极狠极重。第一次是我下河游泳，村西有一条清清亮亮的小河，村里的孩子夏天时都去水里扑腾，我当然也去。我的娘突然跳入水里，把我揪了上来，折了一根柳条就没命地抽在我身上，打出了一道道的血痕。我那时一点儿也不记恨她，只是不明白，我爬上高高的树顶去摘野果她不管我，我攀上西山最陡峭的悬崖她不管我，我拿着石头和邻村的小孩打得头破血流她不管我，只在那么浅的河里游泳，她却这样狠打。

还有一次，那时我已在镇上读初中了。有一天她到学校给我送粮，正

遇见我在校门前和一个女生说笑。当时她扔了肩上的粮袋，疯了一般冲过来打我，我的鼻子都给打出了血。我虽然不知道为什么，可依然不恨她。那时我已能想懂很多事，也从别人口中知道了自己的身世，我知道她所付出的艰辛，比别人要多千百倍。

在镇上上学，娘每月给我送一次口粮。她把时间拿捏得极准，总是在周六的下午一点钟准时来到学校门口，而那时我正等在那里。她把肩上的粮袋往地上一放，看上我一眼，转身就走。我常常怔怔地看着她的背影发呆，那背影渐行渐远，她间或抬袖抹一下眼睛，轻风吹动她乱蓬蓬的白发。每一次我都看着娘的背影消失在街道的拐角处，不期然间，那背影竟渐渐走进我的梦里。

高三上学期的一天，刚经历了一次考试，我和一个住校的女同学一边往宿舍走一边讨论着试题。到宿舍门前时，竟发现娘站在那里，风尘仆仆的，三十里的路，她一定又是徒步走来的。她看到我还有我的女同学，愣了一下，猛地冲过来，高高扬起手，停了一会儿，慢慢地落在我的脸上，轻轻地抚摸了一下，那一刻，我的心底涌起一种巨大的感动。她从怀里掏出一卷钱塞进我的口袋里，又看了我一会儿，眼角渗出泪来，然后便转身走了。我转头对那个女同学说："这是我娘……"

那竟是我和娘最后一次见面，她在一个月后的一天夜里，静静地离开了这个世界，这一年，她六十二岁。我常想起最后一次见到娘时的情形，她用最温暖轻柔的一个抚摸，把她的今生定格在我的生命里。我考上大学的时候，回村里迁户口，乡亲们为我集了不少钱，并在小学校里摆了几桌饭，为我送行。席间，老村长对我讲起了娘的过去，这是我第一次看到娘的来路。老村长说，娘原本是邻乡一个村子的村民，丈夫死于煤井中，她拉扯着一个儿子艰难地生活，就像当初养活我一样。她的儿子上了中学后，由于早恋，成绩越来越差，任她怎么管教也无济于事。到了最后，她也就不去管了，可是后来，和儿子谈恋爱的那个女生移情别恋，儿子也因此退了学，整日精神恍惚。她本来觉得时间一长就好了，可是终于有一天，这个孩子投进了村南的河里，淹死了。从那以后，她就变得疯疯颠颠，家也不要了，开始了走村串屯乞丐一般的生活。直到到了这个村子，她竟在这里安下身来。

那一刻，忽然就记起了娘打我的那两次，心中顿时恍然，就觉得曾被娘打过的地方，又开始疼起来，直疼到心里，我的眼泪落下来。以后的生活中，对娘的思念已成了一种习惯，常常于不觉中满眼泪水。我在每一条路上观望，朦胧的目光中再也寻不见那个蹒跚的背影。娘当初的泪水如今都汇集到我的眼中，而那背影已是远到隔世。我最亲的娘，她的眼泪与背影，竟成了我今生今世永远都化不开的心痛。

改变我生活的是一扇门

放暑假的时候，给我家送报的换成了一个十七八岁的少年。我家住6楼，每天清早8点多钟的时候，便有一阵轻捷的脚步声急急地上楼来了。不论晴天雨天，他都来得很准时。门没开的时候，他轻轻地把报纸塞进报筒。门虚掩着的时候，他便会礼貌地喊一声："万老师，报纸来了！"

我曾与他闲聊过，得知他每天凌晨5点就起床，每天要为两百多户人家送报，而且都是楼房住户，他每天要爬一万八千多级台阶。

骄阳似火，送报的少年每天大汗淋漓地骑着车子穿街过巷。一大早，他的短袖衬衣就湿透了一大截，但他的车铃却拨弄得很快活，小圆脸上闪着一双清亮的眼睛，见人就腼腆地笑着。他的日子似乎无忧无虑。

7月下旬的一天，少年来送报时对我说："今天报上刊登了高考录取分数线！"我说了声谢谢。少年便下楼去了。这时，我那儿子闻声从床上翻起，接过报纸急匆匆地翻阅，高兴地说："妈，我可以上邮电大学了！"我既高兴，又对儿子的那种少爷做派很不满意。8点多钟了还穿着睡衣，卧室里空调还在呼呼作响。每天几乎都是这样，千呼万唤才起床洗漱，然后，打开电视，靠在沙发上一边饮酸牛奶，一边不停地换电视频道……我说："高考完了可以休整休整，但不能天天这样睡懒觉，一个青年有没有志气抱负，就看他能不能早起床！"

儿子不屑地说："你那观念早过时了！"

我说："你看看人家那送报的少年，每天5点就起床了！"

儿子笑得更嚣张："他是干什么的？我是干什么的？我是新世纪的第一代天之骄子，我进了大学，还要攻读硕士、博士，还要出国留学！"

一个大雨滂沱的日子，送报的少年头一次误点了。上午9点半钟，才出现在我家门口，他浑身衣服湿透了，像一个落汤鸡，胳膊肘上有一道摔伤的血痕，报纸也打湿了一角。他像一个做了错事的孩子般嗫嚅着说："对不起，我摔了一跤，自行车的轱辘也不能转了，连报纸也弄湿了……"我刚说了声"没关系"，儿子却夺过报纸狠狠地一摔："换份干的来，这份不能看！"我一边解围，一边把儿子推进房里。

转眼到了8月底，儿子接到邮电大学的入学通知书，高高兴兴地清点行囊准备上学了。

这天8点刚过，送报的少年准时出现在门口了，他把报纸交给我后，笑吟吟地说："万老师，从明天起，这报纸还是由我爸爸送。"

我随口问："那你呢？"

少年说："我被北京大学录取了，明天去上学。"

我惊讶得不知说什么好。那少年又补充道："我爸是个下岗工人，身体不大好，以后若送迟了，您多包涵！"

少年深深地朝我鞠了一躬，便下楼去了。

最后的善良

——佚名

他是一个劫匪，坐过牢，之后又杀了人，穷途末路之际他又去抢银行。

是一个很小的储蓄所。抢劫遇到了从来没有过的不顺利，两个女子拼命反抗，他把其中一个杀了，将另一个劫持上了车。因为有人报了警，警车越来越近了，他劫持着这个女子狂逃，把车都开飞了，撞了很多人，轧了很多小摊。

这个刚刚21岁的女孩子才参加工作，为了这份工作，她拼命读书，毕业后又托了很多人，没钱送礼，是她哥卖了血供她上学、为她送礼，她父母双亡，只有这一个哥哥。

她想她真是命苦，刚上班没几天就遇到了这样恐怖的事情，怕是没有生还的可能了。

终于他被警察包围了，所有的警察让他放下枪，不要伤害人质，他疯狂地喊着："我身上好几条人命了，怎么着也是个死，无所谓了。"说着，他用刀子在她颈上划了一刀。

她的颈上渗出血滴。她流了眼泪，她知道自己碰上了亡命徒，知道自己生还的可能性不大了。

“害怕了？”劫匪问她。

她摇头：“我只是觉得对不起我哥。”

“你哥？”“是的，”她说，“我父母双亡，是我哥把我养大，他为我卖过血，供我上学，为了我的工作送礼，他都二十八了，可还没结婚呢，我看你和我哥年龄差不多呢。”

劫匪的刀子在她脖子上落了下来，他狠着心说：“那你可真是够不幸的。”

围着他的警察继续喊话，他无动于衷，接着和她说着她哥。他身上不仅有枪，还有雷管，可以把这辆车引爆，但他忽然想和人聊聊天，因为他的身世也同样不幸，他的父母早离了婚，他也有个妹妹，他妹妹也是他供着上了大学，但他却不想让他妹妹知道他是杀人犯！

她和他讲着小时候的事，说她哥居然会织手套，在她13岁来例假之后曾经去找一个20多岁的女孩子帮她，她一边说一边流眼泪。他看着前方，看着那些喊话的警察，再看着身边讲述的女孩，他忽然感觉尘世是那么美好，但一切已经来不及了。

他拿出手机，递给她：“来，给你哥打个电话吧。”

她平静地接过来，知道这是和哥哥最后一次通话了，所以，她几乎是笑着说：“哥，在家呢？你先吃吧，我在单位加班，不回去了……”

这样的生离死别竟然被她说得如此家常，他的妹妹也和他说过这样的话，看着这个被自己劫持的人，听着她和自己哥哥的对话，他伏在方向盘上哭了。

“你走吧。”他说。

她简直不敢相信自己的耳朵。

“快走，不要让我后悔，也许我一分钟之后就后悔了！”

她下了车，走了几步，居然又回头看了他一眼。她永远不知道，是她那个家常电话救了她，那个电话，唤醒了劫匪心中最后仅存的善良，那仅有的一点善良，救了她的命！

她刚走到安全地带，便听到一声枪响，回过头去，她看到他倒在方向盘上。

劫匪饮弹自尽。

很多人问过她到底说了什么让劫匪居然放了她，然后放弃了唯一生存的机会。她平静地说，我只说了几句话，我对我哥说的最后一句话是：“哥，天凉了，你多穿衣。”

她没有和别人说起劫匪的眼泪，说出来别人也不相信，但她知道那几滴眼泪，是人性的眼泪，是善良的眼泪。

改变我生活的是一扇门

——刘晓明

生活中常常会有这样的奇迹：一件极不经意的小事，竟会改变一个人的生活。

改变我的生活的，是一扇门，一扇极为普通的门，这扇门里，关着的是我的悲伤。

那一年，丈夫刚刚通过托福考试，我们一家还来不及快乐，他就患上了可怕的癌症。经历了整整一年与病魔的顽强抗争，他终于还是撒手人寰，留下孤独的我和4岁的女儿。

我感到整个天空顿时暗了下来，把自己锁进了门里。门内是泪水、悲哀、失望和对一切的拒绝。我推掉了所有的课程，把女儿也送到了母亲家。我要在这扇门里为丈夫悼念一年。我甚至拔掉了电话线，让自己与世隔绝。

我的邻居们起先时常轻叩门扉，送来情真意切的安慰和关怀，我在久唤之后，才勉强拉开一道门缝，露出半张悲苦的脸和苦涩的一笑，弄得他们尴尬而难堪，只有怏怏而去，留下一声叹息。一位老奶奶最后说了一句：“孩子，路还长，别在屋里闷出病来——”

没有人能跨进我的家门，更没有人能开启我的心扉。

一个寒冷的冬日。我正在书桌前发呆，构思着给天堂里的丈夫的信，诉说我的思念，我的孤独，我的悲伤。一阵细细碎碎、断断续续的敲门声响起来。

我迟迟疑疑地拉开半扇门：是一个抱皮球的小男孩。他仰着头，吃惊地望着我。也许，那时的我，因为多时不见阳光，脸色是那么惨白，又披散着头发，在幽暗的光线中挺吓人。我有些歉意，忙弯下腰，问道：“小朋友，有事吗？”我吃惊我的声音温柔而又亲切。

他望着我笑了。用几分祈求、几分信任的口吻说：“请您，阿姨，送我下楼。我——我怕它们咬我——”他用那只柔嫩的小手拉住我冰凉的手，又指指铸在一扇扇铁门上面目狰狞的狮子头。

这世上，竟还有人求助于我，需要我的帮助？我怔住了。

孩子的双臂绕住我的脖子，小脸紧贴住我的面颊，我抱住他，走过那些怒目圆睁的铜狮子门。在楼梯口，我放下他，他一阵跳跃，跑开了。

他突然回头，向我挥手。

阳光暖洋洋的，我感到一种久已陌生的温暖。

回到屋里，我继续写那封没写完的信。不一会儿，敲门声又响了，一个稚嫩的声音在呼唤：“阿姨，开开门。”一个小脑袋探进来，满眼的祈求和期待。可怜的孩子，一定没有找到他的小伙伴。我不忍拒绝他进来。但我知道我这个没有声音，没有色彩的屋子不是孩子的天地，他会因为不习惯而很快离开的。我让他在客厅玩。

但是我错了，孩子的眼里永远有游戏，有幻想，有快乐。当我再一次从书桌前走来，不由惊呆了——那原本冷冰冰的水泥地上一片绚丽缤纷。孩子趴在地上，聚精会神地用彩色粉笔画着画。画太空人、画一休、画绿色的草坪和红色的花朵，还画了有烟囱的尖房子。远处，还有两个太阳、九颗星星——

一种莫名的冲动向我袭来。我推开窗，让阳光泻进来。顿时，地上的画有了动感，有了生气。

孩子冲我一笑，递给我一把粉笔。“阿姨，你也画吧，我妈妈每天都和我画，可好玩呢!”

我蹲下去，画了一只小鸟站在草地上。他歪着脑袋看了一会儿说：“阿姨，鸟儿应该是飞的，飞得高高的。”

我又画了一群飞翔的小鸟。他看后一阵欢呼。我俩比赛似地在地上画小鸟，画山羊，画天鹅，画大象——

“阿姨家要成动物园了。”孩子忙着给我递送粉笔，额头上全是汗珠。直到楼上传来母亲的呼唤，他才依依不舍地离开了我的家。他的皮球忘在这里，我追出去还他，他却不要：“阿姨，明天我还会来玩，你这里真好玩。”

整整一个下午，我心不在焉。给丈夫的信始终没有写完。我竟奇怪地聆听着门外的声音，甚至有一种期盼。

略晚的时候，那孩子果真又来了。还带来了一个比他大一点的女孩。手里拿着个气球。他俩在客厅里拍起皮球来，银铃般的笑声驱走了以往的沉寂。皮球活跃地在地上滚来滚去，像一个鲜活的生命在跳动。

随后的日子变得生动起来。我的家变成了孩子们的乐园。他们在地上自由自在地作画，在墙壁上竖大顶，在桌子床下钻来钻去捉迷藏，甚至在地上打滚、翻跟头，对着镜子唱儿歌……

我也变得忙碌了。每天的第一件事，就是把地拖干净，拖得光滑明亮。我还在空白的墙上装起了一些自制的小挂件：一幅自画的玫瑰花、两个用绒布缝的布娃娃、用毛线编织的风景画。

我的房门也打开了。我的家成了这个门栋的驿站，上上下下的邻居们常在这里放东西、歇个脚、拉个话，那些没有带钥匙的孩子，在我家里做作业。

一个周末的晚上，突然停电了，孩子们都去买蜡烛，回来的时候，每个人都敲响我的门，递上一根红蜡烛，冲我一笑："阿姨，把它点亮。"一根又一根，一共八根，孩子们全来了。在跳跃的烛光里，他们拉起手，唱着快乐的歌，歌声涌出门，在星夜里回响。

孩子们的父母也来了，他们说："晓明，你打开了快乐的门。"

是啊，我打开了门，快乐也涌了进来。我在给丈夫的最后一封信里这样写道：亲爱的，让我的快乐永远陪伴你！

我找到校长，要求重新走上讲台。

我又去邮局发了一份电报：女儿，回到妈妈身边来，这里有你的朋友，还有很多很多快乐。

是啊，快乐，往往就在门外，它敲门的声音很轻很轻，只有用心才能感觉到。

触摸春天

——吴玉楼

邻居的小孩安静，是个盲童。

春天到来以后，小区的绿地上花繁叶茂，桃花开了，月季花开了，浓郁的花香吸引着安静。这个小女孩子，整天在花香中流连。

昨天早晨，我在草地上做徒手操，安静在花树丛中穿梭，因为常在其间流连，她走得很流畅，没有一点磕磕绊绊的感觉。

终于，她在一株月季花前停下来。

安静是个细腻的女孩子。我相信，她的没有视觉的世界，和我们一样丰富，甚至可能有比我们更丰富的地方。我们用眼睛看到浅绿深红的世界，安静用她的心来感受和理解。安静的面前，同样是一个层次分明浓淡有致的春天。

安静极缓极缓地伸出她的手。在花香的引导下，她的手，极其准确地伸向一朵沾满露珠的月季花。

我几乎要喊出声来了，因为那朵月季花上，正停着一只白蝴蝶。

安静的手指悄然合拢，竟然拢住了那只蝴蝶。真是一个奇迹，睁着眼

睛的蝴蝶被这个盲女孩神秘的灵性抓住。

蝴蝶在安静的手指间扑腾，安静的脸上充满了惊讶。这是一次全新的旅行，安静的心灵来到了一个她完全没有体验过的地方。

我静静地站在一旁，看着安静。我仿佛看见了她多姿多彩的内心世界，一瞬间，我深深地感动着。

在春天的深处，安静细细地感觉着春光。许久，她张开手指，蝴蝶扑闪着翅膀飞离，安静仰起头来张望。

安静的心上，此刻一定划过一条美丽的弧线，蝴蝶在她八岁的人生划过一道极其优美的飞行曲线，叙述着飞翔的概念。

我没有惊动安静。谁都有生活的权利，谁都可以创造纯粹自我的缤纷世界。安静在这个清香袅袅的早晨，无言地告诉我这样的道理。

不只是你从贫穷中长大

——格雷戈·弗兰克林

那是一个春天的下午，在自然课上，每个学生都被要求熟练地解剖一只青蛙，以证明自己掌握了解剖学这门课程。我们按照姓名的顺序依次走上讲台，今天轮到我了，我早早就做好了准备。

我穿着我最喜欢的一件格子衬衫——我认为这件衣服让我显得很精神，别人也都说这件衣服很衬我。对于今天的试验，我事前已经练习了很多次了，我充满信心地走上讲台，微笑着面对我的同学，抓起解剖刀准备动手。

这时，一个声音从教室的后面传来，“好棒的衬衣！”

我努力当它是耳边风，可是这时又一个声音在教室的后面响起，“那件衬衣是我爸爸的，他妈妈是我家的佣人，她从给救济站的口袋里拿走了那件衬衣。”

我的心沉了下去，无法言语。那可能只有一分钟的时间，但对于我却像是数十分钟之久，我尴尬地站在那里，脑中一片空白，所有的目光都聚焦在我的衬衣上。我曾经凭自己出色的口才竞选上了学生会的副主席，但那一刻，我生平第一次站在众人面前哑口无言，我把头转到一边，然后听到一些人不怀好意地大笑起来。

我的生物老师要我开始解剖，我沉默地站在那里，他再一次重复，我仍然一动不动。过了一会儿，他说："弗兰克林，你可以回去坐下了，你的分数是D。"

我不知道哪一个更令我羞辱，是得到低分还是被人揭了老底。回家以后，我把衬衣塞进衣柜的最底层，妈妈发现了，又把它挂到了前面的显眼处。我又把它放到中间，但妈妈再一次把它移到前面。

一个多星期过去了，妈妈问我为什么不再穿那件衬衣了，我回答："我不再喜欢它了。"

但她仍继续追问，我不想伤害她，却不得不告诉她真相。我给她讲了那天在班里发生的事。

妈妈沉默地坐下来，眼泪无声息地滑落。然后她给她的雇主打电话："我不能再为你家工作了。"她对他说，然后要求对方为那天在学校发生的事道歉。在那天接下来的时间里，妈妈一直保持着沉默。在我的弟妹们去睡觉后，我偷偷站在妈妈门外，想听听事情的进展。

含着泪水，妈妈把她所受到的羞辱告诉父亲，她是怎样辞去了工作，她是怎样地为我感到难受。她说她不能再做清洁工作了，生活应该有更重要的事情去做。

"那么你想做什么？"爸爸问。

"我想做一个教师。"她用斩钉截铁的口气说。

"但是你没有读过大学。"

她用充满信心的口气说："对，这就是我要去做的，而且我一定会做到的。"

第二天早晨，她去找教育部门的人事主管，他对她的兴趣表示欣赏，但没有相应的学位，她是无法教书的。那个晚上，妈妈，一个有7个孩子的母亲，一个从高中毕业就远离校园的中年女人，和我们分享她要去上大学的新计划。

此后，妈妈每天要抽9个小时的时间学习，她在晚餐桌上展开书本，和我们一起做功课。

第一学期结束后，她立即来到人事主管那里，请求得到一个教师职位。但她再一次被告知，"要有相应的教育学位，否则就不行。"

第二学期，妈妈再次去找人事主管。

他说："你是认真的，是吧？我想我可以给你一个教师助理的位置。但是你要教的是那些内心极度叛逆、学习缓慢、因为种种原因而缺乏学习机会的孩子们，你可能会遇到很多挫折，很多老师都感到相当困难。"

妈妈为得到这个职位而欢呼雀跃。

每天一大早，她帮我们做好去学校的准备，然后赶去工作，下班后回家做晚饭，闲暇时还要坚持学习。这对于她不是一件轻松的事，但却是她想做的，也是她所热爱的。妈妈在将近5年的时间里，都是一个特殊教育中心的教师助理，而这一切，都源于那天我在教室里受到的轻率的评论。

妈妈用她的行动在告诉我，怎样面对自己所处的逆境，并勇于挑战，而且永不放弃。

对我而言，那天我收好课本离开教室时，我的生物老师对我说："我

知道，这对你来说是艰难的一天，但是，我会给你第二次机会，明天来完成这个任务。”

次日，我在课堂上解剖了青蛙，他改了我的分数，从D变成B。我想要A，但他说：“你应该在第一次就做到，这对其他人不公平。”

当我收起书走向门口时，他说：“你认为只有你不得不穿别人穿过的衣服，是吗？你认为只有你是从贫穷中长大的人，是吗？”

我用肯定的语气对他说：“是！”

我的老师用手臂环绕着我，接着给我讲述了他曾经在绝望中成长的故事。在毕业的那一天，他被别人所嘲笑，因为他没钱买一顶像样的帽子和一件体面的礼服。他对我说，那时，他每天都穿同样的衣服和裤子到学校。

他说：“我了解你的感受，那时我的心情就和你一样。但是你知道吗，孩子，我相信你，我认为你是出众的，我的内心感觉得到。”

我再次无语。我们两个极力忍住眼泪，但是我能感到他的爱——一个白人教师对一个年轻黑人学生的爱。

我竟选上了学生会的主席，我的生物老师成为我的指导顾问。在我召开会议的时候，我总是寻找他的身影，而他会对我翘起大拇指——这是一个只有他和我分享的秘密。

在那天我认识到，我们都是一样的——虽然我们有不同的肤色，不同的背景，但是我们的许多经验是一样的，我们都希望快乐，都希望追求生活中更美好的事情。

人生无乞丐

——佚名

那天正是中午，又下着小雨，车厢里的乘客稀稀落落的。车子停站时，上来了一老一小两位乘客，从近似的容貌很容易看出，他们是父子，而且都是残疾人。

中年男子双目失明，而那个大约八九岁的男孩则是一只眼紧闭着，另一只眼也只能微微地睁开些。小男孩牵引着父亲，一步一步地摸索着上了车，径直走到车厢中央。当车子缓缓前行时，小男孩的声音也随之响起：“各位爷爷奶奶叔叔阿姨你们好，我叫小明。我现在唱几首歌给大家听。”

这时，音质很一般的电子琴声响了起来，小男孩自弹自唱，孩子的歌声有着天然童音的甜美。唱完几首歌曲之后，小男孩走到车厢头，正如人们所预料的那样，他开始行乞了。他没有托盘子，也没有直接把手伸到你前面，只是轻轻地走到你身旁，叫一声叔叔阿姨什么的，然后默默地站立着。所有的人都知道他的意思，但都装出不明白的样子，或者干脆把头转向另一侧……

当男孩空着小手走到车尾时，坐在我身旁的一位中年妇女尖声大叫起来：“怎么搞的，这么多的乞丐，连车上都有？”

顿时，所有的目光都集中到他俩身上，没想到，小男孩小小的脸上竟显现出与其年龄极不相符的冷峻，声音不大不小，语速不紧不慢地说：“阿姨，我不是乞丐，我是卖唱的。”

霎时间，所有淡漠的目光都变得生动起来，不知是谁带头鼓起了掌，片刻车厢里掌声连成一片。

地震中的父与子

——马克·汉林

1989年发生在美国洛杉矶一带的大地震，在不到4分钟的时间里，使30万人受到伤害。

在混乱和废墟中，一个年轻的父亲安顿好受伤的妻子，便冲向他7岁的儿子上学的学校。他眼前，昔日充满孩子们欢声笑语的漂亮的三层高的教学楼，已变成一片废墟。

他顿时感到眼前一片漆黑，大喊："阿曼达，我的儿子！"跪在地上大哭了一阵后，他猛地想起自己常对儿子说的一句话："不论发生什么，我总会跟你在一起！"他坚定地站起身，向那片废墟走去。

他儿子的教室在楼的一层左后角处。他疾步走到那，开始动手。

在他清理挖掘时，不断地有孩子的父母急匆匆地赶来，看到这片废墟，他们痛哭并大喊："我的儿子！""我的女儿！"喊过后，他们绝望地离开了。有些人上来拉住这位父亲："太晚了，他们已经死了。"这位父亲双眼直直地看着好心人，问道："谁愿意来帮助我？"没人给他肯定的回答，他便埋头接着挖。

消防队长挡住他："太危险了，随时可能发生起火爆炸。"

这位父亲问："你是不是来帮助我的？"

警察走过来："我知道你很难过，难以控制自己，可这样不只对你自己，对他人也有危险，马上回家去吧。"

"你是不是来帮助我?"

人们都摇头叹息着走开了，都认为这位父亲因失去孩子而精神失常了。但这位父亲心中只有一个念头："儿子在等着我。"

挖了8小时、12小时、24小时、36小时，没人再阻挡他。他满脸灰尘，双眼布满血丝，浑身上下破烂不堪，到处都是血迹。到第38小时，他突然听见底下传出孩子的声音："爸，是你吗？"

儿子的声音！父亲大喊；"阿曼达！我的儿子！""爸，是你吗？""是我，是爸爸！我的儿子！"儿子告诉同学们不要害怕，说只要我爸爸活着就一定能救出大家。因为他说过不论发生什么，他都会和我在一起！

"现在怎么样？有几个孩子活着？""这里有14个同学，都活着，我们都在教室的墙角，房顶塌下来架了个大三角形，我们没被砸着。"

父亲大声向四周呼喊："这里有14个孩子，都活着！快来人。"

50分钟后，一个安全的小出口开辟出来。

父亲声音颤抖地说："出来吧！阿曼达！"

"不！爸爸。先让别的同学出去吧！我知道你会跟我在一起，我不怕。不论发生了什么，我知道你总会跟我在一起。"

善良的种子会开花

善良的种子会开花

——梅寒

那天，她来报社找我，说有一个弱智的女儿，已从家里走失了七年了。七年里，他们全家发了多少传单广告，还是没有找到她。但她以一个母亲的直觉，坚信自己的女儿还一直活在这个世界上，听说我们报社来了一个流浪女孩儿，她来看看。

我把那个女孩儿领到她面前的时候，她一下子就怔住了，继而眼泪哗地流下来。她急切地拉住女孩儿的手，说，就是这闺女，就是她，没错，是我的小玉兰。被她唤作玉兰的女孩儿，只是很茫然地看着她，拼命地把自己的手从她那双苍老的手里往外抽。她对她，没有一点印象。她本来脑子就不太好使，又过去七年时间，难免会记不得我。她撩起衣角揩了一下眼角的泪，脸上露出欣慰的笑容。那一刻，我甚至相信，那个女孩儿就是她苦苦寻了七年的女儿。我也希望事实就是如此。但我们还是要遵从科学的规矩，在等为他们做了亲子鉴定后，才能做最后的定论，为的是对他们每一个人负责。

在等待结果的那段时间，她要求先把孩子领回家去。在外漂了那么多

年，她要好好补偿一下孩子。我们同意了。

结果出来得有些慢，那长长的一段日子里，她再也没有出现在我的办公室。她连问都不来问一下。也是，有什么比一位母亲的感觉更准确的呢？可我们谁都不会想到，她的感觉也会出错。检测结果出来了，那个女孩儿，与她没有丝毫的血缘关系。一张薄薄的纸，就让她所有的希望与爱落空了。我竟然有些恨那些多事的规矩，还有现代如此发达的高科技。

我们直接去了她家，希望用最委婉的方式来向她表述这份遗憾。去的时候，她正在给玉兰梳头。一个多月的时间没见，玉兰和我们第一次见到的时候，完全判若两人。脸儿洗得白白的，透着淡淡的红润，梳着两条油光光的麻花辫子，身上穿着喜庆的红色碎花裙子。只是她的目光，仍然有些呆呆的，对于我们的到来，没有表现出多大的热情。她把我们领进屋，目光却始终没有离开过玉兰。她说，这孩子，来了这一个多月，总算记起些什么了，脑子还是不太好使，但她不嫌弃，她要用剩下的时间来疼爱她。说话间，她的另外几个子女也相继进屋。看得出，他们都同自己的母亲一样疼爱着这个失而复得的妹妹。而且，他们都同她一样，丝毫也没有怀疑我给他们带来的那份结果。

绕了大半天，我还是支支吾吾地讲了。我说，结果出来了，玉兰可能不是你们要找的那个孩子。她像没听明白，脸上一直挂着笑，淡淡地说，你说什么？玉兰不是我的孩子？说笑话吧。我把结果递给她，她摇头说，不用看了，这孩子就是我们的。到底是她家儿子年轻见过世面，他接过去，脸上的笑慢慢就僵住了，妈，她不是我妹妹。她不再笑，回头看看玉兰，又抢过那份检测书，眼泪就慢慢流下来，怎么会这样，怎么能这样？

她一直喃喃着，好久，连我们出家门时也没出来送。

那天下午，我们的车刚开回单位。他们一家人已风尘仆仆地站在我们的大门外。她拉着玉兰的手，玉兰的胳膊上挎着一个大大的包，里面塞满吃的穿的。她说，既然她不是我们的孩子，我们还是把她送回来了，你们再接着帮她找亲人吧，也接着帮我们找找我们的玉兰。说这些时，她的眼睛一直红红的。说真的，对于这样的结局，我们完全没有吃惊的必要。只是，还是觉得这来得太快了些。

他们把女孩儿交给我们，就匆匆走了。

两条寻人启事，又像两块重重的大石压在我们每一个人的心上。

找不到女孩儿的亲人，我们只好先安排她住下。她并没有意识到自己的命运在瞬间发生的巨大变化，在我们办公室里好奇地东瞅西摸。那天晚饭时分，她忽然问，妈妈怎么不来接我？说一会儿就接我回家的。我的心一下子缩起来。她到底还是对那个家有印象的。

接下来，我们又忙碌着为女孩寻找亲人，也为她，找她真正的玉兰。不料几天后，她又来了，在儿子的陪同下。见着我们，她就急切地问，玉兰呢，她这几天怎么样？我们抱歉地回答，她的玉兰还没有一点消息呢。她说，错了，我说的是现在的玉兰。我有点糊涂。她解释说，我们来领玉兰回家的。回去想来想去，我们还是放不下她。怎么说，这孩子与我们是有缘分的，尽管她是假的玉兰，我们还是决定要她了，直到她找到真正的家为止，找不到，我们就养她一辈子。

这一次，是我们没有料想到的。

“我们要好好待她，她也是爹娘身上掉下的肉，她的爹娘也正在为找她揪着心呢。世上总是好人多，说不定，我们的玉兰，这会儿也正跟着好心人享福呢……”看着她再一次拉着女孩儿的手，走出了报社的大门，我的眼睛湿了。

是的，她们都会很好，因为，这世间的角角落落，都会有像她一样善良的人，善良的心。想起春日的天空下，蒲公英的种子，借着微风的力，就飘向田间的角角落落，落地就生根，生根就发芽，然后开出一片灿烂金黄的花。那一颗颗善良的心，也会像这种朴素的种子，借一股东风，让最真最美的花，开遍世间的每一个角落。

每晚八时左右，有一位衣着褴褛然而神情坦然的老头，总会准时来到大院捡破烂，然后就默默离去，从不晚点，也从未久留。

第一次见到老头时，他正在与门卫大吵大闹。他要进来捡破烂，门卫不让，说这是县委大院，而且又是晚上。老头便粗着脖子说："我靠自己的双手捡点破烂糊口，凭啥不让？当我是小偷不成？！"老头很瘦，脖子上扯起根根青筋。他的缕缕白发在灯光下显得格外引人注目。

我当时认为老头有些倚老卖老、无理取闹的意味。然而几天后，我发现自己错了。

后来也不知门卫怎么就让老头进来了。老头每天都来大院垃圾箱里翻找破烂。但与别的捡破烂的不同，他每次都在天黑以后才来，白天也不进来，而且他捡垃圾就是捡垃圾，与垃圾之外的东西秋毫无犯。这对一度饱受"顺手牵羊"之苦的大院住户来说实在是个惊奇的发现。后来，我们知道了关于他的一段凄楚的身世：老头是某国营工厂的退休工人，由于老伴长年体弱多病，老两口没少受儿媳的气。倔强的老头不甘仰人鼻息的日

子，与老伴租了间破房相依为命。由于原单位倒闭了，生性高傲的他为了凑足为妻子抓药的钱，不得不背上了拾垃圾的蛇皮袋。

了解了这段隐情后，大家都唏嘘不已，从此看他的眼光中就多了几分同情与敬重。一次，邻居大伯担心他晚上捡不到什么，便将一袋上好的橘子递给他。老头一愣，随即嘟哝了一句：我是捡破烂的，不是乞丐。拍拍手，提着瘪瘪的蛇皮袋起身就走。接下去的好几天里他都没有再来。

大伯默然，几天后，老头终于又出现在大院的垃圾堆旁。趁他离去时，大伯回屋拿出铁锤，在垃圾旁的大树上一上一下钉了两颗铁钉。第二天黄昏，大伯将一些包好的食品、用具挂在上面的钉子上，又将一些旧书、旧报捆扎在一起挂在下面的钉子上。第二天，捡破烂的老头来了，他取走了挂在树上的那两个食品袋。他当它们是别人舍弃不要的垃圾了。

后来，大院里的许多住户都知道了这一秘密，于是树上的钉子上便常多出许多胀鼓鼓的食品袋来。门卫也很默契，晚上除了让老头进来外，对其他捡破烂的则一律拒之门外。每天晚上，老头进来后总要先在垃圾堆里翻找一通之后，再去取那些食品袋。据经常晚归的小王说，一次他看到老头在取那些食品袋时，竟然泪流满面。

尊严无价。面对他人脆弱易碎的尊严，有时无声的呵护更胜过万语千言。比如，大伯钉在树上的那两颗钉子。

美丽的谎言

——夏昕

索菲·蒙特娜是音乐天才。3岁时在微型木琴上模仿弹奏电视广告曲，父母连劝带哄才能把她从高高的琴凳上抱到饭桌前。她的父母在中国工作过，经常给她讲“狼来了”的故事，教她要诚实，不说谎话。蒙特娜聪明而刻苦，14岁练习贝多芬的《命运交响曲》，竟把手指磨出茧子。15岁那年冬天，天气特别冷，因晚上坚持迎着暴风雪去上钢琴课而患了肺炎。

她住进了汉诺威医院。病床左面是位女教师，右面是位文化不高的老太太。女教师的女儿是医生，对母亲的病历总是严密收藏。

有一天，女儿不在，小护士竟把ECT（加强CT）诊断报告稀里糊涂地送到女教师手中。她见报告上写着：肝Ca（癌症的缩写）晚期，这无疑是一纸死亡宣判书，她掩面而泣，一头倒在床上再也没起来。由于精神崩溃，半月后便离开了人世。

蒙特娜非常震惊——由于一个事实真实地传递给患者，竟然加速了患者的死亡进程，“狼来了”的故事在这里绝对禁用。母亲对蒙特娜说：

“病人也必须讲道德：一、最好别打听病友是什么病。二、即使知道也万万不可对病人讲——因为，在这里住院的人，有许多是癌症患者，这是要命的病。”

住在左床的女教师离去了，让住在蒙特娜右边的老奶奶慌了神。老奶奶天天追问医生她是什么病，是否也得从医院后门被蒙上白布抬出去。医生告诉她是肺炎，她却半夜溜进护士的值班室，偷来了自己的病历。她叫醒佯装熟睡的蒙特娜。病历上写着：右肺下叶中心型Ca。“Ca是什么病？”老奶奶问。蒙特娜一时很为难。15年来，她没说过半句谎话，此时怎么办？对一个老奶奶说谎话，这是多么难为情的事啊。她灵机一动，想起一根救命稻草：“啊，对了，您那肺叶上有钙，过去有肺结核，现在钙化了。”老奶奶半信半疑：“那我为什么还咯血？”“医生不是对您说了，有点肺炎，跟我一样。”“小姑娘，Ca是钙吗？你不骗我？”“当然，您看，这里有证据——”蒙特娜翻开化学课本中的元素周期表，指着上面的Ca给老奶奶看，“您看，这是国际通用的元素周期表，Ca在这里，是钙的缩写。教科书还能骗人？”老奶奶凝视着蒙特娜天真无邪、渴望信任的大眼睛，紧紧抱住这位报喜的天使哭了。

老奶奶美美地睡了一宿踏实觉，不过，蒙特娜却一夜未曾合眼——老奶奶因为没了思想负担，一整夜睡得鼾声如雷。第二天，蒙特娜问老奶奶打鼾的事，老奶奶说：“我又打鼾了吗？嗨！好久没睡得这样香甜了！你不会要求奶奶今晚戴着口罩睡觉吧？”蒙特娜听了老奶奶那么幽默的话，笑得直不起腰来。老奶奶主动向护士承认了自己偷拿出病历的错误，护士惊讶地看着老奶奶，她奇怪，这个病人知道自己得了癌症为什么还会如此乐观，甚至是高兴？

蒙特娜把自己编织的谎言偷偷告诉了护士，护士抱住蒙特娜连说："谢谢，谢谢。"

医生谎称老奶奶肺部感染扩大，给她切掉了患癌的肺叶。令所有医生和护士感到惊奇的是，不到一个月，老奶奶竟康复出院了，她的大女儿为了感谢蒙特娜有根有据、天衣无缝的美丽谎言，愿接受这位机灵的小姑娘做她的学生——义务教蒙特娜钢琴课。当蒙特娜得知新老师的大名时惊呆了——她就是德国最著名的钢琴家安妮·索菲·穆特尔！

名师出高徒，蒙特娜的演技一跃成"家"。她录制了第一张自己的演奏专辑光盘，很快销售一空，今天，这位清纯漂亮的女钢琴家每天坚持练习5个小时。后来又录制出版了老师安妮作曲、她本人演奏的第二张光盘，专辑的名字就叫《美丽的谎言》。老奶奶倾听唱片，击掌打拍，摇头晃脑，大惑不解地问："我怎么听不出这谎言到底美丽在哪里？"

安妮对蒙特娜使个眼色，狡黠一笑："妈妈，您仔细听，这美丽就在七彩的音乐里，在人类的心灵里！"

科林的圣诞蜡烛

——芭芭拉·拉夫特里

科林慢慢地从学校往家走，翻过这个爱尔兰小渔村周围的小山丘时，他步履沉重。今晚在科林的眼里不像圣诞前夜，也许是因为还没有下雪的缘故吧。

但科林知道，今晚不像圣诞前夜的原因还有一个——一个他甚至都不敢在心里小声嘀咕的原因。

他望了望山谷那边铅灰色的大海。浓雾封锁的海面上连船的影子都没有。已经7天了，他父亲工作的那条帆船7天前就应该回来了。

“我准备从谢特兰群岛给你带回一条小牧羊犬，”父亲离开的那天早晨大声说，“我敢肯定，圣诞节前一星期你就会看到它了。”

但已到了圣诞前夜，别说牧羊犬了，科林现在只盼望父亲平安回来。他望了望耸立在山顶上的灯塔。7天前， 场特大的北风使灯塔的电线短路，整整7天没有灯光为进港的船只导航。

科林推开自家小屋的门，他听见妈妈在厨房里走动。“科林，我们需要许多泥炭生火。”妈妈来到前面的房间里说，“炉子快熄灭了，我们也

该点上圣诞蜡烛了。”

“妈妈，我不想点蜡烛。”科林说。

“我知道，我也不想。”妈妈回答，“但在爱尔兰，每个人在圣诞前夜都要点一根蜡烛，甚至当家里遇到了伤心的事，你也必须点上这根蜡烛。来吧，这里有两根蜡烛，我们一人一根。如果你挖些泥炭来，我们不久就可以开饭了。”科林来到屋外，把一个筐子拴在驴背上。他牵着毛驴向山上走去。“现在连给帆船进港导航的灯光都没有。”他一边说一边瞟了瞟灯塔，“我不想点蜡烛。”毛驴摇了摇头，凄凉地嘶叫着，好像听懂了他的话似的。

在注视灯塔的时候，科林突然有了主意。

科林急忙跑上山顶。他来到灯塔前，“砰砰”地用力敲门。灯塔看守人达菲先生从塔里跑出来，把门开了一条缝。“年轻人，你把我这个老头子吓了一跳，圣诞前夜应该是平安、宁静、祥和的。你究竟有什么事呢？”

“达菲先生，”科林气喘吁吁地说，“您从前是怎样点亮灯塔的？您还能把它点亮吗？”

“唉，电线烧坏了，孩子，附近买不到那样的电线。”

“我是说，在没有电之前，您是怎样点亮灯塔的？”

“噢，用放在地窖里的那盏大油灯。现在我这儿没有油——要好几夸脱油才够呢。”达菲先生盯着科林，压低了声音，“我懂，你是在想你的父亲，他在那条失踪的船上……”

“用煤油点灯能行吗？”

“我看行。”达菲先生沉吟着，“虽然我从来没试过。可是，现在村

里谁家有哪怕1夸脱煤油？大家都买不起，只能挖泥炭来生火。”

没等达菲先生把话说完，科林就牵着毛驴跑掉了。

他跑回了自家的小屋，迅速从厨房里拿了4只水桶，转身就往外跑。他妈妈追到台阶上：“科林，你上哪儿去？泥炭呢？”科林把水桶拴到驴背上，已经走远了。

科林知道，圣诞前夜，在爱尔兰人的家里，一根点燃的蜡烛意味着任何走近门口的陌生人都将受到欢迎，他提出的所有要求都会得到尽量的满足。现在天已经黑了，他能看到柔和温暖的烛火在山坡下面的每一幢小屋里亮了起来。他牵着毛驴不停地奔跑，一直跑到村口的第一幢房子前。

“您能从油灯里给我倒半杯煤油吗？”科林用同样的话问遍了窗口有烛光摇曳的每一幢房子。

一小时后，煤油灌满了两只水桶。

科林来到灯塔前，他敲了敲门，达菲先生走了出来，瞪大了眼睛看着

他和那满满的两桶油。“竟然有这样的奇迹？”达菲先生问，“这些油足够点上大半夜了！啊，我去地窖里搬那盏大油灯。”

“我再去弄些煤油来。”科林说着就朝山下跑去。

两小时后，科林从邻村搜集了两桶煤油。当他牵着毛驴爬到半山腰时，灯塔忽然闪出亮光。一道巨大的光柱越过山谷，穿透浓雾，射向黑沉沉的海面，达菲先生把大油灯点亮了！

科林回到家已经很晚了，妈妈从炉火边的凳子上跳了起来。“科林，你上哪儿去了？你真叫我担心。你没有吃晚饭，也没有点你的蜡烛！”

“我点了蜡烛，妈妈，一根大蜡烛！这是一个秘密，我现在还不能告诉你。但它的确是一根巨大的蜡烛！”

随后，科林吃了晚饭，上床睡觉去了。

他实在太累了，很快就进入梦乡。他整夜都梦见蜡烛，渔船，一桶桶的煤油……突然，他似乎听到一阵吵嚷声。“船进港了！船进港了！”好像有一个声音在他耳边回响。“他们说，幸亏有了灯塔，达菲先生点亮的灯塔。风暴过后的整整一个星期，他们只能在浓雾里漂荡，摸不清进港的方向，其实他们离海港不过10海里。”

科林睁开了眼睛。天亮了，妈妈正站在门边，人们在外面奔走相告。科林从床上跳起来，穿上衣服，跑到门口朝海港望去。是真的！有一条帆船泊在港湾中，在灰色的大海的衬托下，漆黑的帆缆上悬挂的白帆显得那么宁静安详。

科林冲出屋子，奔向海港。他感到湿润的海风吹在他脸上——开始下雪了。啊，圣诞节真来了，幸福从天堂一直降临到他的心里！

擦鞋合同

——佚名

张志林中专毕业后，长期找不到工作，邻居李大婶给他出了一个擦鞋的主意，张志林只有咬咬牙，上街擦皮鞋。

第一天上街，张志林很不好意思。拎着擦鞋工具躲躲闪闪，直到中午也没擦到一双鞋，饥肠辘辘地在街头徘徊，终于痛下决心，从街两边的店铺挨个寻找生意。

张志林路过一家书店，鼓足勇气走进去。书店不大，四壁摆满了书，30岁左右的女老板正静静地看书，他问："大姐，要不要擦鞋？才5角钱，不贵的。"街擦皮鞋的都是1元钱。

女老板放下书，认真地打量他一下，然后伸出手向屋里一指，笑着说："床边有一个床头柜，上面有一个鞋盒，你把鞋盒里面的鞋拿出来擦擦。"张志林很快拿到鞋。"大姐，这双鞋还没穿过，不用擦，有没有穿过的鞋？"

女老板说："这双鞋买回来还没上油，就擦这双吧。"张志林只好拿出工具，认真擦起来。不一会儿把红皮鞋擦得油亮油亮的。

女老板小心翼翼地捧着红皮鞋，像对待一件容易破碎的珍宝，拿出一张百元大钞，递给他，张志林一见这么大的钱，手足无措地说：“大姐，我今天是第一次出来，没带零钱。”

女老板轻轻笑了，双手抚摸着百元大钞：“小兄弟，我跟你定个口头合同，行不行？”张志林忙问：“啥合同？”

女老板说：“这100块钱，请你每两天过来一次，给我擦100次鞋，行不行？”张志林接下钱。心里暗暗决定，无论如何，一定要每两天来给女老板擦一次鞋，不能失信于人。他信心百倍地沿街往下走，挨门问人家：“老板，擦皮鞋吧，5角钱。不贵的。”很幸运，张志林接下来又擦了好几十双鞋，到晚上算算账，不算女老板的100元，还挣了20多元。

第二天，张志林照昨天的办法跑了另一条街，挣了30多元。

第三天，他按约又到书店。女老板从柜台后面递出皮鞋，仍是那双红皮鞋，但根本没穿过。张志林知道女老板是想照顾自己的生意，只好再擦一遍。不过这次他擦得仍十分仔细，连鞋缝合处的灰都擦干净了。张志林擦鞋的时候，偶然抬头看了一眼女老板，只见她呆呆地盯着红皮鞋，眼睛里仿佛还噙着泪水。他吓了一跳，但他不好问什么。

又过了两天，张志林去书店，女老板还是拿出那双红皮鞋让他擦。张志林再也忍不住：“大姐，我知道您是想帮助我，但您这双鞋已经不用擦了。我还是过几天等你穿脏了再来吧。”说完，张志林转身就要走。

女老板诚恳地说：“小兄弟，你也看得出来，这种鞋只有婚礼上才能穿，这就是我结婚那天穿的鞋。我想让它永葆青春，记住那个难忘的时刻。”原来这双鞋凝聚着她一生的美好回忆。张志林点点头，答应了她的

要求。

从此张志林风雨无阻，隔天都要来为女老板擦一次红皮鞋。不知不觉，一年过去。

由于张志林的勤奋，他很快有了积蓄还清了欠账，又谈了个女朋友。因为他长期擦皮鞋，对鞋子的皮质，式样有了研究，女朋友建议他开个皮鞋店，张志林想想也是，总不能一辈子都擦皮鞋。鞋店开起来后，张志林特意挑选了一双最漂亮、最新潮的女式皮鞋，准备送给那个女老板，以感谢她对自己的帮助，并再为女老板最后擦一次皮鞋。到了书店，仍和往常一样认真地擦过皮鞋后，他拿出一双新皮鞋："大姐，是您鼓励我走上了再创业的道路，为了表达我的感谢，特意给你买了一双鞋。"

女老板仔细端详着新皮鞋，眼里渐渐有了泪光："谢谢你的好意，可惜，不论什么鞋子对我都没有用了。"张志林奇怪了："为什么？"女老板苦涩地微笑一下，说："这一年来，你什么时候见我站起来过？"张志林吃了一惊，走向柜台一看，女老板原来坐在一个轮椅上，而她的双脚，只剩下两截空空的裤管！女老板平静地说："我的脚在3年前就没有了。"

"大姐——"张志林惊呆了。他的脑子里嗡嗡作响，不知该说什么才好。他为一个没有脚的人擦了一年的皮鞋！是一个没有脚的人指引他站了起来。

他一直都很好

——佚名

2001年6月，父亲在沈阳一家医院做食道开胸术。术前，他一直很紧张，每天都去隔壁病房打探情况。因为，隔壁张姓病人也做了同样的手术，听医生说手术历时七个小时，开刀三处，缝合101针。

父亲问他，是不是特难受？刀口疼得厉害吗？不吃东西饿不饿？我悄悄对着他使眼色，因为我一直瞒着父亲，所谓的食道开胸术实际就是食道癌手术。孰料那人看也不看我，用微弱的声气说，难受你也得做，活着啥滋味都尝尝，才叫不白活。你以为你得的是癌？那病不好得呢。整个房间的人都被他逗笑了。

有一次说起这手术的效果，张大爷说，我不指着多活，再有个十年八年就可以了。他儿子说，满足吧，老爸，好人也就活那么大岁数，谁能长生不老呀。他们父子的乐观感染着父亲，渐渐，他也不那么悲观了。

我和张大爷的儿子常在一起聊天，说起这手术的未来，自然都是一片茫然。他说，在他们面前可不能这样悲观，最好不要拿他们当病人，让他们自己意识到得的是无足轻重的病，不要自己吓自己。后来，我有意在父

亲面前灌输这样的意识，比如，让他自己走路取东西，他回来稍慢，我会说，怎么这么久？父亲便笑，但在潜意识里，他是高兴的。

出院后，我们一直保持着联系。父亲常常给张大爷打电话，问他有什么反应，喜不喜欢吃饭，胃痛不痛，吃东西噎不噎。张大爷接电话，每次都说很好，能吃饭了，消化也好，还胖了几斤。告诉父亲少生气，多想高兴的事。

一年后，父亲恢复得很好，脸色红润，渐白稀疏的头发重新变得黑亮浓密，不知情的人根本看不出他做过手术。和以前一样，隔段日子，父亲便给病友打个电话聊聊。后来总是张大爷的儿子接电话，问他父亲怎么样，他说气色好，没什么异常反应，以前胃酸，现在已好了，叮嘱父亲多注意，乐观些，精神作用是很重要的。

第二次复查我们没遇见张大爷。他儿子打电话说，老家来了亲戚，要耽搁一段时间，还转达了张大爷对父亲的问候。

今年七月，我公差去他们的城市，父亲叮嘱我一定要去看张大爷。办完事后，我买了些补品，打电话说明来意，他儿子迟疑着说，其实，我父亲一年前就去世了，只是一直没告诉你们。在街角，我呆住了，恍然明白，为了不让父亲受打击，他们瞒着这个事实。想象得出，如果父亲知道了真相，很可能会精神崩溃，那后果是不堪设想的。而他们于我们，原本只是陌生的人。霎那间，我说不出话，只是鼻子酸酸的，有泪流出来。

回去后，我告诉父亲，我看见张大爷了，面色红润，身板硬朗，刀口愈合得几乎看不出痕迹。父亲便像小孩子一样笑了。

世界为你震动吗

——哈纳克·麦卡提

11岁的安琪拉患了一种神经系统的疾病，疾病使她日渐衰弱，无法走路，举手投足也诸多受限，医生对她是否能复原并不抱太大的希望，他们预测她的余生都将在轮椅上度过。医生也表示，一旦得了这种病，就算有人能恢复正常，也是凤毛麟角。但这个小女孩并不畏惧，她躺在医院病床上，向任何一个愿意倾听的人发誓，有一天她绝对会站起来走路。

她被转诊到一所位于旧金山湾区的复健专科医院，所有适用于她的治疗法都用了，治疗师深为她不屈的意志所折服，他们教她运用想象力，想象自己在走路。即使想象不能发挥其他的效用，至少可给安琪拉希望，使她在依赖病榻冗长的清醒时间里，

能有些积极正面的想法，不论是物理治疗、复健池治疗，或是运动单元，安琪拉都竭尽全力配合，躺在床上时也老老实实地做想象的功课，想象自己能行动了。

有一天，她再度使尽全力想象自己的双腿又能行动时，似乎奇迹真的发生了！床动了！床开始在房间里到处移动！她大叫：“看看我！看啊！看啊！我动了！我可以动了！”

当然，医院里每一个人都尖叫起来，纷纷寻找遮蔽物。大家在尖叫，器材也掉下来，玻璃也碎裂了。而这，就是旧金山大地震，但请不要告诉安琪拉，她相信她真的做到了！而且现在，才不过几年的时间，她又回到学校上课了！她用她的双脚站起来，不用拐杖，不用轮椅。

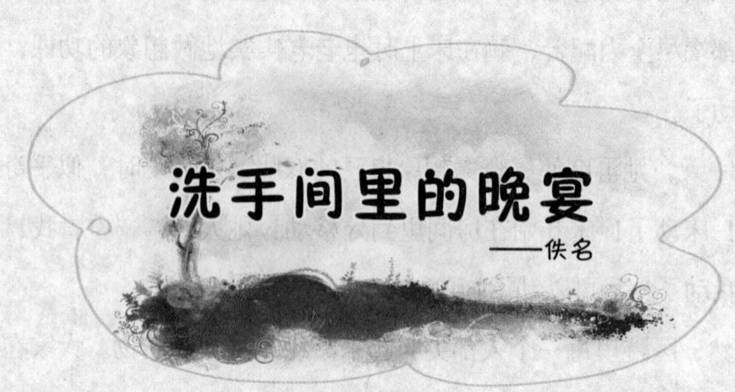

洗手间里的晚宴

——佚名

他说，他始终记得多年前，有一天，有一位富人，有很多人，小心地维系了一个六岁男孩的自尊。

保姆住在主人家附近，一片破旧平房中的一间。丈夫去外地打工了，她独自带一个六岁的男孩。每天她都早早帮主人收拾完毕，然后返回自己的家。主人也曾留她住下，却总是被她拒绝。因为她是保姆。

那天主人要请很多客人吃饭。客人们出身上流，个个光彩照人。主人对保姆说："今天您能不能辛苦一点儿，晚一些回家。"保姆说："当然可以，不过我儿子见不到我，会害怕的。"主人说："那您把他也带过来吧……不好意思，今天情况有些特殊。"那时已是黄昏，客人们马上就到。保姆急匆匆地回家后，拉了儿子就往主人家赶。儿子问："我们要去哪里？"保姆说："带你参加一个晚宴。"

六岁的儿子并不知道，自己的母亲是一位保姆。

保姆把儿子关进主人家的书房。她说："你先呆在这里，现在晚宴还没有开始。"然后保姆进了厨房，做菜、切水果、煮咖啡，忙个不停。

不断有客人按响门铃，主人或者保姆跑过去开门。有时保姆进书房看看，她的儿子正安静地坐在那里。儿子问："晚宴什么时间开始？"保姆说："不急。你悄悄在这里呆着，别出声。"

可是不断有客人光临主人的书房。或许他们知道男孩是保姆的儿子，或许并不知道。他们亲切地拍拍男孩的头，然后自顾翻看着主人书架上的书，并对墙上的挂画赞不绝口。男孩始终安静地坐在一旁，他在急切地等待着晚宴的开始。

保姆有些不安，到处都是客人，她的儿子无处可藏。她不想让儿子破坏聚会的快乐气氛，更不想让年幼的儿子知道主人和保姆的区别，富有和贫穷的区别。后来她把儿子叫出书房，并将他关进主人专用的洗手间。她看看儿子，指指洗手间里的马桶："这是单独给你准备的房间，这是凳子。"然后她再指指大理石的洗漱台说："这是桌子。"她从怀里掏出两根香肠，放进一个盘子里："这是你的，晚宴开始了。"

盘子是从主人的厨房里拿来的，香肠是她在回家的路上买的，她已经很久没有给儿子买香肠了。保姆说这些时，努力抑制着泪水。没办法，主人的洗手间是房子里唯一安静的地方。

男孩在贫困中成长，他从没见过这么豪华的房子，更没有见过洗手间。他不认识抽水马桶，不认识漂亮的大理石洗漱台。他闻着洗涤液和香皂的淡淡香气，幸福得不能自拔。他坐在地上，将盘子放到马桶盖上。他盯着盘子里的香肠和面包，为自己唱起快乐的歌。

晚宴开始的时候，主人突然想起保姆的儿子。他去厨房问保姆，保姆说她也不知道，也许是跑出去玩了吧。主人看保姆躲闪着目光，就在房子里静静地寻找。终于，他顺着歌声找到了洗手间里的男孩。那时，男孩正将一块香肠放进嘴里。他愣住了。他问：“你躲在这里干什么？”男孩说：“我是来这里参加晚宴的，现在我正在吃晚餐。”他问：“你知道这是什么地方吗？”男孩说：“我当然知道，这是晚宴的主人单独为我准备的房间。”他说：“是你妈妈这样告诉你的吧？”男孩说：“是……其实不用妈妈说，我也知道。晚宴的主人一定会为我准备最好的房间。不过，我希望能有个人陪我吃这些东西。”

主人的鼻子有些发酸。他明白了眼前的一切。他默默走回餐桌前，对客人们说：“对不起，今天我不能陪你们共进晚餐了，我得陪一位特殊的客人。”然后，他从餐桌上端走两个盘子，来到洗手间的门口，礼貌地敲门。得到男孩的允许后，他推开门，把两个盘子放到马桶盖上。他说：“这么好的房间，当然不能让你一个人独享……我们一起共进晚餐。”

那天他和男孩聊了很多。他让男孩坚信洗手间是整栋房子里最好的房间。他们在洗手间里吃了很多东西，唱了很多歌。不断有客人敲门进来，他们向主人和男孩问好，他们递给男孩美味的饮料和烤得金黄的鸡翅。他们露出夸张和羡慕的表情。后来他们干脆一起挤到小小的洗手间里，给男孩唱起了歌。每个人都很认真，没有一个人认为这是一场闹剧。

多年后，男孩长大了。他大学毕业后，找到了一份不错的工作，尽管并不富有，他还是一次次地掏出钱去救助穷人，而且从不让那些人知道他的名字。有朋友问及理由，他说，他始终记得多年前，有一天，有一位富人，有很多人，小心地维系了一个六岁男孩的自尊。

声音的温度

——查一路

那年，一场变故悄悄潜入我家。先是母亲生病住院，体质本就弱的父亲，因焦虑过度，也随即病倒，父母双双住进了医院。

太阳从西边落山，恐惧却从我的心头升起，那年我才13岁。山村的夜色中，黑漆漆的远山像一幅剪纸阴森地贴在窗户的玻璃上，偌大的屋子里，只剩下我和妹妹。山中的狼群，一声接一声凄厉地哀嚎，常常将我和妹妹从梦中惊醒。

我们住在一所山村学校，叫喊声未必能让远处的人家听见。忽然，我想起了哨子——母亲上体育课时用的哨子。鼓起胸腔，拼命地让全部的气流吹出尽可能最大的声响。渐渐地，我听见了家门前由远及近嘈杂的脚步声，大声说话的声音。我听见了乡亲们喊我的名字。开了门，一群人扛着锄头站在我家门前，他们都是周围我熟悉的乡亲。

“孩子，你睡吧！这一夜我们不走了。”一位大爷说。他们在墙根靠下了锄头，坐着、蹲着，吸着旱烟……我渐渐地睡着了。直到天亮，他们才扛起锄头离开。

临近黄昏，乡亲们又来了，他们用锄头在石板上撞击出铿锵的声响，好像在告诉我：“孩子，别怕，有我们在！谁也伤不了你们！”

自此以后，我开始相信，声音也是有温度的，它能把一种至深的温暖传递给那些处在孤独和恐惧中的人们。

我曾在月光下奔跑

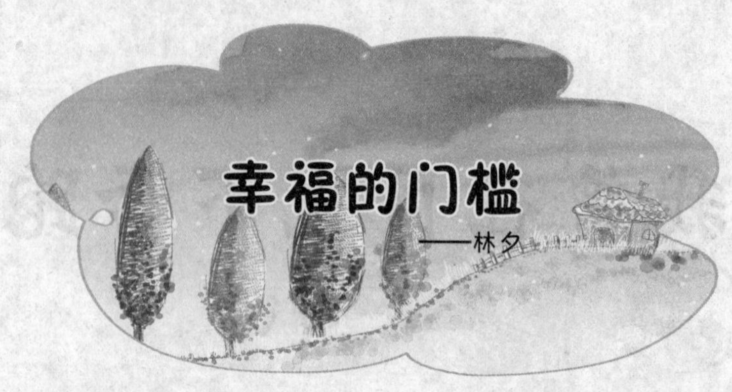

幸福的门槛

——林夕

朋友乔迁新居，星期天约我去他家玩。新居装饰得豪华典雅，一进门，是一个30平方米的大厅，宽敞明亮，摆放着红木家具、高档电器。左侧是两间卧室，大人孩子各一间，杏黄色的落地窗帘一直垂到木色地板，温馨怡人。右侧是一间书房，一面墙是书柜，对面是电脑桌、装饰射灯，书房连着阳台，阳光从窗子射进来，照在光亮的地板上，很有种现代家居的格调。厨房和卫生间，也都很现代，充满时间感。

看朋友的新居，再看朋友阳光灿烂满脸幸福的样子，很自然就联想到自己的。一想到自己那只有几十平方米的旧式蜗居，心里就有一种说不出的失败感。什么时候，我才能有这样宽敞气派的大房子？

从朋友家出来，我没有像往日那样急着回家，而是绕道去了滨海路。沙滩上游人渐少，我漫无目的地在沙滩上漫步，不时踩到一些游人丢弃的纸袋垃圾。走着走着，突然旁边传来一个声音：“阿姨，请你绕到旁边走好吗？别踩坏了我的城堡。”

我转过头一看，一个小男孩坐在沙滩上堆沙子，旁边已堆好了几座小

山，每个小山顶上插着一个冰棍棒。我一看，忍不住笑了：“哟，这些小房子都是你的啊！”

“它们是城堡，阿姨。”男孩骄傲地说。

“对，是城堡，你就住在这里，是吗？”我蹲下身，看着他堆城堡。

“不是住，是拥有！”男孩仰起纯真的小脸，看着我，很幸福的样子。

落日的余辉映照在海滩上，泛着红色的光芒。我望着男孩和他的城堡，有些感慨：人类的欲望是与生俱来的，我们从小孩子起就知道拥有是一种幸福，会用我们拥有的物质的多少来比较我们幸福的程度。可是小孩子的幸福来得简单，在沙滩上堆一个城堡就很幸福了，而我们大人想要的幸福总也达不到：有60平方米就想，住100平方米的房子才算幸福。有一处房子的想，看人家有两处多好！很多时候，我们感觉不到幸福，是因为我们把幸福的门槛建得很高，把自己挡在了幸福门外。

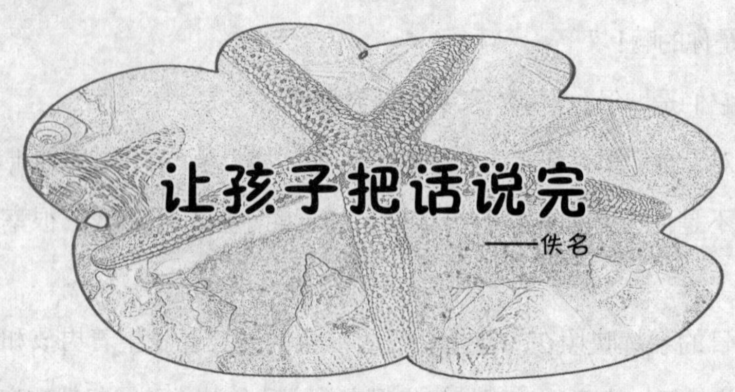

让孩子把话说完

——佚名

曾听说过一个故事：一位母亲问她5岁的儿子："如果妈妈和你出去玩，我们渴了，又没带水，而你的小书包里恰巧有两个苹果，你会怎么做呢？"儿子歪着脑袋想了想，说："我会把两个苹果都咬一口。"

可想而知，那位母亲有多么的失望。她本想像别的父母一样，对孩子训斥一番，然后再教孩子怎样做，可就在话即将说出口那一刻，她忽然改变了主意。

母亲摸摸儿子的小脸，温柔地问："能告诉妈妈，你为什么要这样做呢？"

儿子眨眨眼睛，一脸的童真："因为……因为我想把最甜的一个给妈妈！"

霎时，母亲的眼里闪动着泪花。

我们都为那位母亲庆幸，因为她对儿子的宽容和信任，使她感受到了儿子的爱。我们也为男孩庆幸，他纯真而善良的流露，是因为母亲给了他把话说完的机会。

半根香蕉

——佚名

某时尚杂志列出一些著名女影星减肥瘦身的妙招，其中有美国女影星黛米·摩尔，在她的介绍中，早餐只食一杯燕麦粥、半根香蕉。我不禁停下来思考，另外半根香蕉在哪？不妨先猜测一下：仆人（如果有）给主人端上盛有半根香蕉的盘子，另外完整的半根由仆人享用。还有可能，是掐头去尾只取精华的半根香蕉，其他边角余料弃之垃圾箱。最后一种可能是余下半根放入冰箱冷藏，待明天再吃，但细想，这个可能性不大，一个国

际影星，怎么会在乎那半根香蕉呢?

在一次饭局中，一个企业家朋友为我讲述了另外一个关于半根香蕉的故事。几十年前，他只有十来岁，还在贫困的农村，那时候还不知道香蕉为何物。一次他母亲带他去参加在县城远方亲戚的婚礼。在宴会上，他平生第一次见到了香蕉，黄灿灿的，月亮一样的形状，透着诱人的香味。母亲为他剥好一根，递给他，他像猪八戒吃人参果一样风卷残云。母亲也拿了一根，在亲戚众目睽睽下，剥开，吃了一口，然后拿着香蕉若无其事地到里间找水喝。整个宴会，他都沉醉在那根香蕉的美味中，其他退居其次了。

回家的路上，母亲突然从兜里掏出手帕，细致地展开，里面竟是那根只咬了一小口的香蕉，母亲微笑着把香蕉交到他的手上。他虽然幼小，但他懂得那半根香蕉的分量，母亲在亲戚里面不失体面地为他保存半根香蕉，这里面包含太多……母亲在贫困中强烈的荣誉感、不卑的尊严以及对他浓浓的爱。

他意味深长地说："吃那半根香蕉，我没有了第一根香蕉的美味，但吃在嘴里的感觉永生难忘。正是那半根香蕉让我时时铭记，奋发图强。"

同样是半根香蕉，大影星只是为了消除赘肉，而我朋友则改变了一生。

我曾在月光下奔跑

——佚名

我听人说如果在月光下奔跑，就可以让去世的亲人看见自己。恰好那天晚上月光很好，我便在月光下奔跑了很长一段路。

——题记

爸爸妈妈，你们一定很好，我知道。昨天，去商店买电池，一对母女在看衣服，母亲正拿着一件桃红色外套在女儿身上比划，说：大了点儿，大了点儿。她的背影让我一下子就看到了妈妈。然后，路过菜场，我看见一个身材瘦高稍微佝偻的中年男人拎着两包粉丝，穿着深蓝色的中山装，默默地行走在人流中。我有意绕到他的身边，听见他轻轻的咳嗽声，像极了爸爸。

你们都是最平凡的人。谢谢你们的平凡。因为你们的平凡，我才可以从每一个适龄男女身上都能够重温你们。这让我觉得，你们从未离开过我。你们的天堂和我的人间一直融合在一起，天堂和人间似乎根本没有什么区别。天堂亦是人间，当然，人间也是另一种意义的天堂。只不过许多人不明白而已。而我之所以懂得，是因为你们。你们让我成为一个清醒的天使。

爸爸离开的时候，我十五岁。伤悲刚刚平复了一些，妈妈又离开了。你们走后，我们兄妹五个虽然各自成家，却也都有点儿像野孩子：自由自在的同时也无依无靠。因此我曾经无数次痛恨过命运的苛刻和歹毒。在历经生活的磨难后，我终于不再抱怨。

我学会了感谢，感谢一切。在一篇名为《谢辞》的短文中，我这样表达了自己的谢意："痛苦之前我感谢生活，她给我平安；之后我感谢生活，她给我幸福；之中我感谢生活，她给我体验。繁华之前我感谢生活，她给我安宁；之后我感谢生活，她给我沉静；之中我感谢生活，她给我高潮。罪恶之前我感谢生活，她给我简单；之后我感谢生活，她给我深沉；之中我感谢生活，她给我挣扎。丑陋之前我感谢生活，她给我妩媚；之后我感谢生活，她给我淡定；之中我感谢生活，她给我煎熬……我感谢生活。她值得我感谢。喜悦，残缺，遗憾，她的一切我都在感谢中照单全收。我感谢生活。她值得我感谢。每一个细节，每一种滋味，每一滴泪水掉进笑靥……"

当然，我最感谢的，还是

你们。不会再有人像你们一样爱我，我们。再也不会。感谢你们让我们存在——也感谢你们和我们分开。因为分开，我们不得不以最快的速度成熟和成长，让心灵获得最重要的智慧和坚强。我也替你们感谢了这分开。诀别固然至痛，但也免尝了孩子们带来的纷扰和烦恼。你们可以由此享受到原始的平静安宁。这让我欣慰。

但我还是想念你们，在许多时刻。接送孩子上学，去田野里放风筝，买一只烤白薯……每一处微小的角落里，你们都会在我的眼前跳出，栩栩如生。一次，我听人说如果在月光下奔跑，就可以让去世的亲人看见自己。恰好那天晚上月光很好，我便在月光下奔跑了很长一段路，你们看到我了吗？我多么希望你们能看到啊。

想说的太多，说出的太少。写了这些，才发现文字不过是最贫乏的诉说方式。也许，根本无需这样的诉说。每一个孩子的存在，对你们都是一种鲜活的缅怀。我们的每一颗心，都是你们的栖居地。我们会怀抱着最纯净的祝福与感恩，带着你们，将生活继续下去。

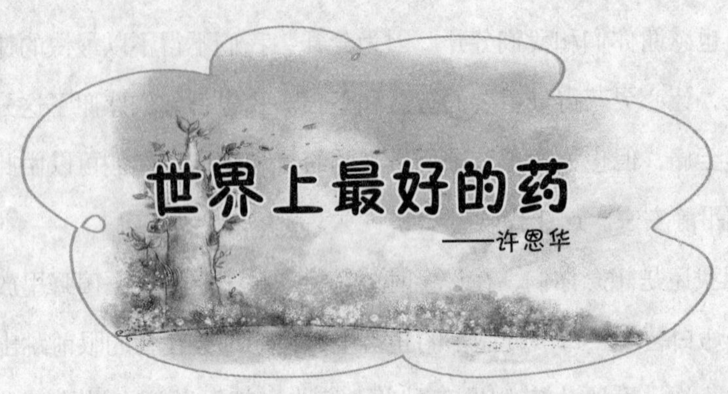

世界上最好的药

——许恩华

不知从什么时候开始，孤儿院的孩子们都开始病恹恹的，脸上的笑容都消失了，甚至有些孩子撑不下去了，离开了人世。医生们仔细检查了所有的孩子，都没有发现异常，又检查了孤儿院的设施，都没有找出原因。

“真是不知道怎么回事儿了！”医生们只好向联合国报告说是原因不明，然后就走出了孤儿院。

在回去的路上，有一个医生偏着头说：“会不会是精神方面的原因呢？如果缺乏爱的话……”

医生们再次回到了孤儿院，考察了孤儿院的生活。果然如医生们所预料的那样，孤儿院的工作人员只是负责给孩子们提供住宿和饭食而已。

医生们经过讨论开出了可以治疗这些孩子的处方：

“世上最好的药就是爱。所以每天都抱他们，亲吻他们，爱他们。”

孤儿院的工作人员们意识到自己的问题，按照医生开出的处方精心地照料孩子们。结果，孩子们即刻就恢复了笑容，似乎从来没有得过病似的。此后再也没有一个孩子出现过那样的症状。

爱的表达方式

——佚名

我在广州接受潜能培训时，主训师出了一个题目——爱的表达方式，要求我们每人说一种，但不能重复。

答案五花八门，有的说可以用宽容来表达；有的说可以用鲜花和语言来表达；有的说痛苦一个人承受，快乐两个人分享，这就是爱的最好的表达方式……

轮到一个叫秦依的女孩时，她给我们讲了一个故事：

有一对年轻夫妇，都是生物学家，很恩爱，经常一起深入原始森林做考察。

有一天，他们像往常一样钻进了森林，可当他们爬过那个熟悉的山坡时，顿时呆住了。一只老虎正对着他们。他们没带猎枪，逃跑已是不可能的了。

他们脸色苍白，一动不动。老虎也站着，僵持了几分钟时间，老虎朝他们走来，然后开始小跑，然后越来越快。就在这时，那个男的突然喊了一声，然后自顾自地飞快跑开了。奇怪的是，已快到了那个女的面前的老

虎也突然改变了方向，朝那男的追了过去。随后那边就传来了惨叫声，而女的却平安地逃了回来。

这时候，几乎所有的人都说了声“活该”。也就在这时候，秦依问我们知不知道那男的喊的是什么。我们几十个学员，大致给出两种答案。一是：老婆，对不起啊！二是：赶快逃，逃一个算一个。

秦依说：“错了。那个男的对他的妻子喊的是：照顾好依依，好好活下去。”秦依的脸上已经挂满了泪水，面对着大家的惊愕和不解，她接着说道：“在那种情况下，老虎绝对只会攻击逃跑的人，这是老虎的特性。”秦依最后说：“在最危险的时刻，我爸爸一个人跑开了，但他却用这种方式表达了对我妈妈的最真挚的爱……”

教室里沉寂了一会儿，接着爆发出掌声。

选 择

——佚名

五位丈夫被问到同样一个问题：假设你和母亲、妻子、儿子同乘一船，这时船翻了，大家都掉到水里了，而你只能救一个人，你救谁？

这问题很老套，却的的确确不好回答，于是——

理智的丈夫说："我选择救儿子。因为他的年龄最小，今后的人生道路最长，最值得救。"

现实的丈夫说："我选择救妻子，因为母亲已经经历过人生，至于儿子——有妻子在我们还会有新有孩子，还会是个完整的家。"

聪明的丈夫说："我会救离我最近的那个，离我最近的那个最可能被救起来。"

滑头的丈夫说："我救儿子的母亲"——至于是指我自己的母亲还是儿子的母亲，你们去猜好了。

最后，老实的丈夫确实不知道应该怎么样选择，于是他只有回家把这个问题转述给自己的儿子、妻子和母亲，问他们自己应该怎么办。

儿子对这个问题根本不屑一顾："我们这里根本没有河，怎么会全

家落水呢？不可能！”——他的年龄使他只会乐观地看待目前和将来的一切。

妻子则对丈夫的态度大为不满：“亏你问得出口！你当然得把我们母子都救起来。我才不管什么只救一个人的鬼话呢！”——女人总是认为丈夫必然有能力，也必须有能力负担起他的责任。

最后，老实的丈夫又问自己的母亲。

母亲没等他把话说完，已经大吃一惊了，紧紧抓住儿子的手，带着惊慌说：“我们都掉水里了，孩子你不是也掉进水里了吗？我要救你！”老实的丈夫顿时泣不成声。

爱的力学

——李雪峰

他是一个研究力学的专家，在学术界成绩斐然，他曾经再三提醒学生们："在力学里，物体是没有大小之分的，主要看它飞行的距离和速度。一个玻璃跳棋弹子，如果从十万米的高空中自由落体掉下来，也足以把一块一米厚的钢板砸穿一个小孔。如果一只乌鸦和一架正高速飞行的飞机相撞，那么肉体的乌鸦一定会把钢铁制造的飞机一瞬间撞出一个孔来。"

他说："我提醒大家注意，千万别抱幻想把高空里掉落的东西稳稳接住，即使是一粒微不足道的石子！"

那一天，他正在实验室里做力学实验。忽然门被"砰"的一声推开了，他的妻子惊恐万分地告诉他，他们那先天有些痴呆的女儿爬上了一座四层楼的楼顶，正站在楼顶边缘要练习飞翔。

他的心一下子就悬到嗓子眼，他一把推开椅子，连鞋都没有来得及穿就赤着脚跑出去了。他赶到那座楼下的时候，他的许多学生都已经惊慌失措地站在那里了。他的女儿穿着一条天蓝色的小裙子，正站在高高的楼顶边上，两只小胳膊一伸一伸的，模仿着小鸟飞行的动作想要飞起来。看见

爸爸、妈妈跑来了，小女儿欢快地叫了一声就从楼顶上起跳了，很多人吓得“啊”的一声连忙捂住了自己的眼睛，他的很多学生紧紧地抱住他的胳膊。看到女儿像中弹的小鸟般正垂直下落，平时手无缚鸡之力的他突然推开紧拉他的学生们，一个箭步朝那团坠落的蓝色云朵迎了上去。

“危险——”

随着一声惊叫，那团蓝云已重重地砸在他伸出的胳膊上，他感到自己像被一个巨锤突然狠狠砸下，腿像树枝一样咔嚓一声折断了，眼前一黑就什么也不知道了。

他醒来的时候，已经躺在医院的抢救室里两天了。他的脑子还算好，很快就清醒了，可是下肢打着石膏，缠着绷带，阵阵钻心的疼痛让他忍不住倒抽冷气。他那些焦急万分的学生们对他说：“您总算醒过来了。您站在高楼下面接孩子真是太危险了，万一……”

他笑笑，看看床边自己那安然无恙的小女儿和泪水涟涟的妻子说：“我知道危险，搞了半辈子力学，我怎么能不懂这个呢？只是在爱里边，只有爱，没有力学。”

爱没有力学。一只雌鸟虽然害怕一粒小小的子弹对自己翅膀的射击，但当一只比子弹大得多也重得多的雏鸟从巢口坠落时，它会闪电一般毫不迟疑地迎上去；一头母牛带着牛犊遭遇野狼袭击时，它会用自己的肉体和鲜血去护卫自己那幼小的牛犊……

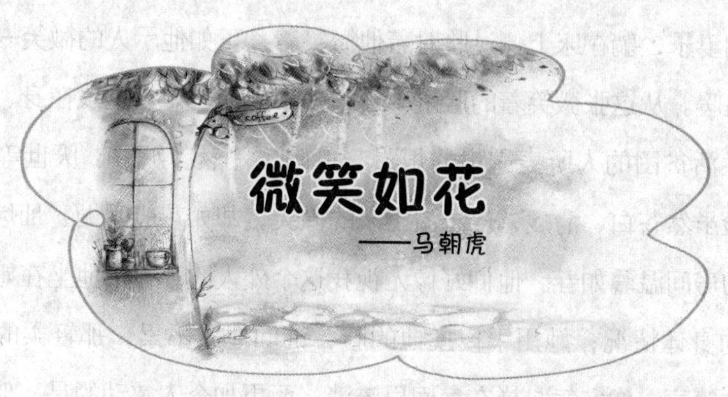

微笑如花

——马朝虎

楼下的空地上前不久新开了一家小吃摊，经营煎饼、馒头、稀饭等小吃。摊主是一位四十开外的中年男人，虽然神情很是疲倦，但他脸上始终挂着一种平和而又温暖的微笑。因地段偏僻，小吃摊的生意较冷清，而他一直微笑着。

因自己客居异乡，生活没有规律，早餐或晚餐常在他的小吃摊上将就，时间长了，便也与他混得半熟。

后来从他的口中得知，他妻子前年遭遇了车祸，至今仍然躺在床上，儿子读高中毕业班，正是需要在他身上大把花钱的时候，不巧的是今年他也下岗了，贫困的生活犹如雪上加霜，没办法，只好出来张罗小吃摊，赚多少算多少，只求能把家支撑下来……令我吃惊的是，当他叙说不幸时，脸上平和的微笑仍然没有丝毫的改变。

一天在他摊上吃过晚餐正准备离去时，他叫住了我，笑着对我说："师傅，今天我搬家什的板车坏了，你能不能帮我搬点东西回家？"我爽快地答应了。

刚走进他狭窄的家，我就被半埋于枕头上的一张笑脸感动了——这是他的妻子，躺在床上侧过脸对着他微笑着，正如他示人的微笑——平和而又温暖。从这张微笑着的脸上，根本找不到一丝半点重残在身、卧床已久、生活贫困的人所表露出的烦躁、孤僻、茫然、嫉恨、厌世等神情。这张脸虽然苍白、清瘦，但洋溢出来的微笑，却如花般明媚、灿烂，使得简陋的房间温馨如春。他们好像无视我这个外人的存在，他坐在她身边，问她的身体情况；她用手摸摸他的脸，询问他累不累，那轻柔的声音和悦耳的笑声，像空气一样在房间里流淌。而更加令人感动的是，他们放学回来的儿子，脸上的微笑一如他的父母，在平和、温暖之中，还透出一种希望。

我很感动，也突然地明白了他们为什么示人以如花般的微笑的原因了，更深深感受到了隐藏在这种微笑背后无可比拟的力量——对生活的信心。我想，这才是支撑起一个真正幸福家庭的所在，哪怕遭受再大的不幸和厄运，都能够平安、快乐地面对和度过。

我最幸福

——佚名

打开电视，无意看到这样一个场面：一个女孩在讲述她的经历。

女孩儿身材小小的，脸上带着微笑，眼里却闪着泪光。我还没听清她在说什么，就被她的目光和微笑吸引住了。女孩儿正在讲述她上学的一段经历："当时是冬天，特别冷。我趴在教室外的墙上，听老师在讲课。老师提了一个问题，班上没有一个人能回答上来，我想，怎么简单的问题他们怎么都回答不上来呢？我也没想那么多，就把答案喊了出来。教室里的老师一直没有发现我，听我一喊感觉特别惊讶，推开门出来看。我当时吓坏了，就从墙上掉了下来。老师被我的行动感动了，就把我领进了教室，对同学门说，咱们就收留她吧，让她每天和你们一块上课，不告诉学校。就这样，我上完了小学。"

女孩儿小学毕业考试的成绩是全县第一名。可是却没有一个中学录取她，因为她没有双手。讲到这儿我才发现女孩儿的两个袖管是空空的，里面什么都没有。女孩儿的母亲脑子有毛病，隔一段时间就要出走一次。在她很小的时候，母亲又一次出走，她的双手就是因为母亲出走失去的。具体怎么失去的，因为我是中途打开电视的，没有听到。

我听到主持人问她："你的双手是因为母亲出走失去的，你有没有恨过她？"她说："没有，从来没有。我爱她，我总是觉得对不起她。"

一天她的母亲又一次出走，就再也没有回来。后来人们在结了冰的河里，发现了她的母亲。女孩儿讲到这里，泪流满面，说："是我没有照顾好母亲。"以后的日子里，女孩儿一想到不幸的母亲，就深深地自责。

没有了双手，失去了母亲，上不了中学，可是女孩儿写了一篇作文，题目叫《我最幸福》。作文在全县的一次征文中获得了一等奖。主持人只念了开头的两段儿，里面没有一句抱怨，有的全是对生活的感激。

女孩儿辍学在家，除了给父亲、哥哥做饭，还自学了中学的课程，电视里有女孩儿用双脚切土豆的画面，她切得很细，脸上带着坚毅自信的微笑，可我却看得心惊肉跳。

女孩儿说她什么饭都会做，米饭炒菜都是简单的，她还会蒸包子和包饺子呢！女孩儿不仅用双手学会了做饭，还学会了画画和书法。电视里展示了她的作品，在我这个外行看来，水平绝对不低。她还现场表演了书法，她写的还是那四个字："我最幸福"。字体端正大方，我虽然不太懂书法，但我觉得那四个字比任何书法家的字都更能征服我。

女孩儿后来被一所大学录取了，独立生活的她，说她特别自豪。军训时，她叠的被子，让部队的领导都感到惊讶。领导说，要把她叠被子的录像留下来，新兵入伍时，让他们都看看。

她的讲述使我的家人泪流满面。我作为一个大男人，虽然没有落泪，但我特别想找一个没人的地方，放声大哭一场，为什么会有这样的冲动呢？我也说不请。

父亲给四岁女儿的一封遗书

——佚名

给可爱的女儿：

再吃十次蛋糕就可以找爸爸了……

爸爸和你玩了好多次捉迷藏，每次都一下子就被你找出来。

不过这一次，爸爸决定躲好久好久。你先不要找，等你十四岁（还要吃完十次蛋糕）的时候，再问妈妈，爸爸躲在哪里，好不好？爸爸要躲这么久，你一定会想念爸爸，对不对？不过，爸爸不能随便跑出来，不然就输了。如果还是很想爸爸，爸爸就变魔法出现。因为是魔法，个是真的出现，所以不犯规，爸爸不算输。爸爸的魔法是：趁你睡觉的时候，跑到你梦里大玩游戏；在你画图画爸爸的时候，不管好不好看，你觉得是爸爸，就是爸

爸；当你拿爸爸的照片看时，爸爸也在偷偷地看你……

要记得，爸爸一直都陪着你！你已经是四岁的大姑娘了。爸爸要拜托你一件事，要你照顾和孝顺爷爷、奶奶和妈妈，看你是不是比爸爸以前做得好？有多好，妈妈会告诉你的。爸爸猜想，我们这次玩捉迷藏要玩这么久，爷爷、奶奶、妈妈有时候看不到爸爸，他们一定会偷哭。偷哭就是犯规，就是失败。他们偷哭，你就要逗他们笑，不然游戏输了以后，他们一定会哭得更厉害了。好不好，宝贝？比赛看看你们厉害，还是爸爸？

准备好了吗，比赛就要开始了。

爸爸

父母都在乡下过

父母都在乡下过

——佚名

一群鸡在路边的竹子栅栏里闭目养神，我咳嗽一声，它们都没动，像见过大世面似的。

“谁家的鸡啊？”我回家问母亲。

母亲说：“咱家养的啊。”

父亲挖地，它们就分成两群，父亲面前一群，身后一群，都想找虫子吃。结果，父亲扬不起锄头。父亲说：“你们到一边玩儿去，我要挖地了。”它们不听他的，依然在那里细心地啄，弄得尖嘴上都是泥。

父亲索性放下锄头，坐下来卷一支烟。那群鸡也好奇，偏着脑袋看，一只鸡朝卷烟纸啄了一下，烟丝全撒在地上。父亲生气了，大声喊母亲，要她把鸡唤回家。

在屋檐下，母亲喊一声，这群鸡拔腿就跑，慌里慌张地跑到屋檐下的台阶旁。它们左顾右盼一点儿也不整齐，这是等吃的呢。母亲会抓一把玉米撒出去，那个样子，非常像我们小的时候，她从怀里掏糖果给我们。

这群鸡买来时刚出壳，天又冷。母亲说：“我当了一阵子老母鸡呢。

白天把它们捉出去晒太阳，晚上捉回来，放在有棉花的纸箱子里。再大点儿会跑了，我走到哪儿，它们就跟到哪儿。”

它们看着我们吃饭，忽然有一只冲父亲跑过去，想跳起来，母亲立刻阻止了它，原来，父亲衣服上有粒饭。

父亲笑着说：“要是它会拿筷子，我得给它准备板凳了。”

母亲也笑：“坐一大桌子多热闹。”

原来，父亲母亲是冷清的，他们有儿有女，可没有一个在身边。

我帮着母亲从树上摘柿子，母亲在下面接，那群鸡在树下玩儿。

母亲跟我说：“别都摘完了，留几个柿子看树。”

我问：“为啥要留呢？”

母亲说：“给树留着嘛。一个柿子都没有，树也难过啊。”

母亲是说树，好像也是说自己。

我在老家的那些天，时常默默地看着这群鸡，看父母给它们吃的，看它们带给父母欢笑。我想，它们就像是父母的一群孩子。

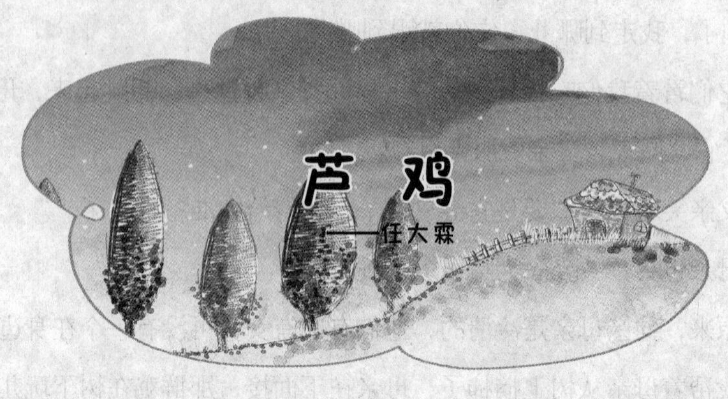

芦鸡

——任大霖

有一年春末，梅花溇（流过我们村子的河）涨大水，从上游漂下来一窠小芦鸡，一共三只。

长发看见了它们，跑来叫我们一起去捉。我们在岸上跟着它们，用长晾竿捞，用石块赶，一直跟到周家桥边，幸亏金奎叔划着船在那里捉鱼，才围住了小芦鸡，用网把它们裹了上来。分配的结果，我一只，长发一只，灿金和王康合一只。

那小芦鸡的样子就跟普遍的小鸡差不多，只是浑身是黑的，连嘴和脚爪也是黑的，而腿特别长，所以跑起来特别快。为了防它逃跑，我用细绳缚住它的脚，把它吊在椅子脚上，喂米给它吃。小芦鸡吃得很少，却时时刻刻想逃走，它总是向外面跑，可是绳子拉住了它的脚，它就绕着椅子脚转，跑着跑着，跑了几圈以后，绳子绕在椅子脚上了，它还是跑，直到一只脚被吊了起来，不能动弹时，才叽呀叽呀地叫了起来。我以为它是在叫痛了，就去帮它松开绳，可是不一会儿，它又绕紧了绳子，吊起一只脚来，而且叫得更响了，我才知道它不是为了痛在叫，而是为了不能逃跑，

才张大了黑嘴在叫唤的。——这样几次以后，小芦鸡完全发怒了，它根本不吃米，却一个劲儿地啄那椅子脚，好像要把这可恶的棍棒啄断才会安静下来似的。

那时候，燕子在我们的檐下做了一个窠，飞进飞出地忙着。只有当燕子在檐下"吉居吉居"地叫着的时候，小芦鸡才比较地安静，它往往循着这叫声，侧着头，停住脚，仔细听着。燕子叫过一阵飞出去了，小芦鸡却还呆呆地停在那儿好一会儿。——它是在回想那广阔河边的芦苇丛，想念在浅滩草窠中的妈妈吗?

长发的那只并不比我的好些。它一粒米也不吃，只是一刻不停地跑、转，到完全累了之后，就倒在地上不起来了。让它喝水，它倒喝一点点。第三天，长发的小芦鸡死了。长发把它葬在园里，还做了一个小坟。

我知道要是老把它吊在椅子脚上，我的小芦鸡也活不长，就把它解开了，让它在天井里活动活动。不过门是关好了的。小芦鸡开始在天井里到处跑，跑了一会儿以后，忽然钻到天井角落上的水缸旁边去了，好久没出来。这时我突然想起：水缸旁边的墙上有个小小的洞，那是从前的猫洞，现在已经堵住了，它会不会钻进洞里去？急忙移开水缸，已经晚了！芦鸡已经钻进了那个墙洞，塞在里面了。要想从这洞里钻出去是不可能的，可是要退回来，也已经不行。我们想尽了各种办法帮助它出来。最后我甚至要妈妈把墙壁敲掉，可是即使真的敲掉墙壁也没有用，小芦鸡已经活活地塞死在洞里了。

为这事我哭了一场，不是为我失掉了小芦鸡，而是为小芦鸡要自由却失掉了性命。我觉得这是一件极悲惨的事，而我要对它负责。

只有灿金和王康合有的那只小芦鸡，命运比较好些。他们不光给它吃米，还到芦苇丛里去捉蚱蜢来喂它。有时候，灿金还牵着它到河边去走走，让它游游水，再牵回来，就像放牛似的。所以它活下来了。

王康家里养着一群小鸡，他们就让芦鸡跟小鸡在一起。过了半个月，就算解开绳子，小芦鸡也不逃了。它混在家鸡群里，前前后后地跑着，和别的鸡争食小虫。它比家鸡长得快些，不多久就开始换绒毛，稍稍有点儿赤膊了。可是，它终究是不快乐的，常常离开家鸡群，独自在一旁呆呆地站立着，而它的骨头突出在肉外，显得那么瘦。

大家都说，灿金和王康合养的小芦鸡“养熟”了，说它将会长得很大、很肥。

可是有一天，小芦鸡终于逃走了。那时鸡群在河边的草地找虫吃，小芦鸡径直走向河边，走到河里，游过河去；对面是一带密密的芦苇，它钻进芦苇丛，就这样不见了。

第二年夏天，天旱，梅花溇的水完全干了，河底可以走人。有一天金奎叔来敲门，告诉我说，从河对面走来了两只小芦鸡，他问我要不要去捉。我跑去一看，果然，两只小芦鸡在河旁走着，好像周围没有什么危险似的，坦然地走着。它们的样子完全跟去年我们捉到的那三只一样。

我看了看，就对金奎叔说：“不捉它们了吧，反正是养不牢的。”

金奎叔点点头说：“是啊，反正是养不牢的。有些小东西，生来就是自由自在的，要是把它们养在家里，它们宁愿死。芦鸡就是这样的东西。”

母爱

——毕淑敏

“仅次于人的聪明的动物，是狼，北方的狼。南方的狼是什么样，我不知道。不知道的事咱不瞎说，我只知道北方的狼。”

一位老猎人，在大兴安岭蜂蜜般黏稠的篝火旁，对我说。猎人是个渐趋消亡的职业，他不再打猎，成了护林员。

我说：“不对。是大猩猩。大猩猩有表情，会使用简单的工具，甚至能在互联网上用特殊的语言与人交流。”

“我没见过大猩猩，也不知道互联网是什么东西。我只见过狼。沙漠和森林交界地方的狼，最聪明。那是我年轻的时候啦……”老猎人舒展胸膛，好像恢复了当年的神勇。

“狼带着小狼过河，怎么办呢？要是只有一只小狼，它会把它叼在嘴里。若有好几只，它不放心一只只带过去，怕它在河里游的时候，留在岸边的子女会出什么事。于是狼就咬死一只动物，把那动物的胃吹足了气，再用牙齿牢牢紧住蒂处，让它胀鼓鼓得好似一只皮筏。它把所有的小狼背负在身上，借着那救生圈的浮力，全家过河。”

“有一次，我追捕一只带有两只小崽的母狼。它跑得不快，因为小狼脚力不健。我和狼的距离渐渐缩短，狼妈妈转头向一座巨大的沙丘爬去。我很吃惊。通常狼在危急时，会在草木茂盛处兜圈子，借复杂地形，伺机脱逃。如果爬向沙坡，狼虽然爬得快，好像比人占便宜，但人一旦爬上坡顶，就一览无余，狼就再也跑不了了。”

“这是一只奇怪的狼，也许它昏了头。我这样想着，一步一滑爬上了高高的沙丘。果然看得很清楚，狼在飞快逃向远方。我下坡去追，突然发现小狼不见了。当时顾不得多想，拼命追下去。那是我平生见过的跑得最快的一只狼，不知它从哪儿来的那么大的力气，像贴着地皮的一支黑箭。追到太阳下山，才将它击毙，累得我几乎吐了血。”

“我把狼皮剥下来，挑在枪尖往回走。一边走一边想，真是一只不可思议的狼，它为什么如此犯忌呢？那两只小狼到哪里去了呢？已经快走回

家了，我决定再回到那个沙丘看看。快半夜才到，天冷极了，惨白的月光下，沙丘好似一座银子筑成的坟，毫无动静。我想真是多此一举，那不过是一只傻狼罢了。正打算走，突然看到一个隐蔽的凹陷处，像白色的烛光一样，悠悠地升起两道青烟。"

"我跑过去，看到一大堆干骆驼粪。白气正从其中冒出来。我轻轻扒开，看到白天失踪了的两只小狼，正在温暖的驼粪下均匀地喘着气，做着离开妈妈后的第一个好梦。地上有狼尾巴轻轻扫过的痕迹，活儿干得很巧妙，在白天居然瞒过了我这个老猎人的眼睛。"

"那只母狼，为了保护它的幼崽，先是用爬坡延迟了我的速度，赢得了掩藏儿女的时间，又从容地用自己的尾巴抹平痕迹，并用全力向相反的方向奔跑，以一死换回孩子的生存。"

"熟睡的狼崽鼻子喷出的热气，在夜空中凝成弯曲的白线，渐渐升高……"

"狼多么聪明！人把狼训练得蠢起来，就变成了狗。单个儿的狗绝对斗不过单个儿的狼，这就是我想告诉你的。"老猎人望着篝火的灰烬说。

后来，我果然在资料上看到，狗的大脑容量小于狼。通过训练，让某一动物变蠢，以供人役使真是一大发明啊。

玉米壁灯

——乔叶

城市里没有玉米，却有玉米壁灯。

你能想象出一棵玉米散着淡淡的光晕，鼓着饱满的颗粒、映照着一面装有高级墙纸的墙壁的情景么？奶奶喜欢把玉米粒叫做“金豆豆”，成熟的玉米穗叫“金棒棒”。每年秋天，成堆成袋的金棒棒和金豆豆在破旧的西厢房积成一座小山时，奶奶就合不拢嘴地笑，瞧这些金豆豆金棒棒，多好，多喜兴。

粮食是农人的命。有了充足的粮食就是好命，这是农人的哲学。

奶奶细心地把干枯的玉米叶剥好，留出几根稍长些且韧性较好的叶子，然后开始给这些金棒棒编辫子。编好后就把这些金疙瘩一嘟噜一嘟噜地挂在向阳的墙上。

太阳一晒金豆豆就瓷实了。奶奶说。

奶奶，你说麦子好还是金豆豆好？我和她打趣。

当然是金豆豆好。

你说白面香还是玉米面香?

当然是玉米面香。

那为啥金豆豆没有麦子贵，为啥人都爱吃白面不爱吃玉米面?

奶奶无语，我得意地哈哈大笑。

你懂个屁！奶奶狠狠地骂道。谁说人都爱吃白面？我就爱吃玉米面！我就喜欢吃贴玉米饼子喝糊涂！让你过一回民国三十二年，看你死丫头还说不说。

糊涂又名玉米糊糊，学名玉米粥，我们这一带世世代代早早晚晚必喝这粥，连我这种忘恩背祖的死丫头（奶奶语）也是一日离了糊涂喉咙就痒痒。

糊涂是好东西。奶奶常说。她熬的糊涂稀稠正好，味道醇香，堪称村里一绝。

糊涂是福啊。没糊涂不能过日子。奶奶唠叨。竟与郑板桥的难得糊涂有了些本质的哲理关联。

我不得不暗自赞叹农人的天机与智慧。

来到城里之后，因为工作的繁重与俗事的积多，回乡的日子越来越薄疏。然而每次回到家，看到奶奶在厨房忙忙碌碌地熬糊涂，心里就感觉平常而温暖，好像我从不曾离开这家半步似的。

逝水流年间，不经意一回首，竟已到了嫁人的年龄。爱人家是城里的，喝惯了米汤。想到今后一日三餐再难常喝糊涂，手捧着碗却湿了眼。

佳日前期，奶奶必定要陪我去城里买东西。要买个可式点的。她说。

什么是可式点的？我笑问。

我见过。到时候你就知道了。

看着她颤巍巍的三寸金莲在大商场的楼梯里上上下下，我真有些于心不忍。她好容易站住了脚，就是一盏玉米壁灯。

碧绿的叶子，金黄的果实，色彩艳乍，却又俗得可爱。

一句话也不多说，当即买了下来。

结婚那天，来去如潮的嘉宾品评着新房里的装设，很少有人提及那盏玉米壁灯。它太平常了，像我的奶奶。

次日，娘家人探访，几个老太太异口同声赞那盏玉米壁灯。奶奶一脸骄傲与得意，我家丫头在乡里见天瞧看金棒棒，乍来城里瞧不见了，还不把娃闷死?

心暖如春。心朴如土。心动如潮。老百姓啊。

现在，这盏玉米壁灯安稳地悬挂在城市的高级墙纸上。每天都用她灿烂而温暖的光芒沐浴着我。它穿透了城市的墙壁，将根须一直伸到家乡的玉米田里，然后一穗一穗地收获在奶奶手中。

有时，我望着玉米壁灯痴痴地想，这灯其实是有两个开关的，一个在我心里，一个在奶奶心里。

雪人胖胖

——吴然

胖胖站在院子里。胖胖是一个雪人，是这家的小男孩和爸爸妈妈堆的雪人。那是白天。小男孩追逐着银色的雪花，雪花落在他的小红帽上，落在他的羽绒衣上，雪花在他的小手上化成水珠。爸爸来了，妈妈来了。用笑声，用快乐，他们堆了雪人。小男孩叫他胖胖。

白天过去了，飞雪早已停息。胖胖感到清冷，星星也冻得发抖。胖胖哆嗦了一下。他知道天上很冷。他愿意融化在地上。地上会长出小树，长出小草，还会开出小花；接着就会有蜜蜂飞来，就会有蝴蝶和小鸟飞来……他想起了白天。小男孩多可爱，他的爸爸妈妈多年轻！“啊，小男孩在做什么，他睡了吗？”胖胖朝窗张望，他喜欢灯光的温暖和明亮。他想去看看小男孩。可是他冻僵了，不能走动。他想哭，泪结成了冰，流不出来。他想喊，声音也被冻住了。他害怕，害怕自己的心会冻死的！

这时，门“吱”的一声开了。小男孩披着灯光跑了出来。“呵，胖胖，戴上小红帽，再围上妈妈的围巾！“

从小男孩手上传来的温暖，流遍了胖胖的全身。

推铁圈

——陈志宏

眼看着别的孩子高高兴兴地推起铁圈来，我只有干瞪眼的份，因为我家没有铁圈。他们在我面前推着铁圈，发出“吱吱呀呀”的声音，冲我做极炫耀的表情，一脸的陶醉。我躲在一旁寂寂地听“吱吱呀呀”的声音，仿佛在聆听美妙动听的音乐，让人产生美丽的联想和遥远的憧憬。

偶尔心馋得不得了，我厚着脸皮跟同伴说：“借我推一下吧，就推一下。”有的同伴充耳不闻，反而显得更加得意，仿佛在说：看，我推铁圈推得多好，又快又稳！有些同伴因为平时玩得好，就极不情愿地说：“那就只能借你推一下，不能多推了。”我接过铁圈和推钩，精神为之一振，浑身舒爽，如获至宝似的。但我没推上一下，铁圈就像醉汉一样地倒下了，旁边立刻有人讥笑：“嘿嘿，他不会推！”我看着铁圈倒下，差点没哭出声来，急得满头大汗，支支吾吾地说：“这回不算，这回不算。让我再推一次吧。”再推也没能走出七步远，遗憾至极。同伴毫不客气地收回了铁圈和推钩，推着铁圈欢快地跑了。望着他娴熟地推来推去，上坡下坡，我羡慕不已，顿生几分悲凉和几丝无奈。

我经常梦见自己手执推钩，踏着欢快的步子，推着铁圈，哼着刚从学校学来的单调的小曲，在晒谷场上奔跑。梦醒之后，我依然推不成铁圈。我多么希望我家的圆木器（木桶之类的）坏掉一个，好让我取下铁箍，拿来推铁圈。可惜那些圆木器故意和我作对，一个个好得像新的一样。

背着家人，我偷偷地做了一个推钩，盼望有一天它有派上用场那段时间，我手执一柄小推钩推着空气在空地上飞奔，找寻那推铁圈的感觉和乐趣。

也算我有福，家中那个小洗脚盆到了退休的年纪，父亲几经修理，无效。我乐呵呵地把铁箍取下来，怀着过年一样的心情，拿到晒谷场上去推。

同伴一看，乐了，说："你看你的铁圈，那么小呀!"我的铁圈比他们的确实小多了，混在推铁圈的队伍中，如鸡立鹤群，格外显眼。不过，我还是非常高兴，一天到晚，一本正经地学着推。可恨的是，小铁圈难以掌握平衡，往往是推不过三步它就执拗地倒下，不给人一点面子。

尽管推小铁圈很艰难，我依然为它着迷。练了许久，我终于可以稳稳地推着我那可爱的小铁圈，健步如飞，敢与同伴们比高低了。

同伴看我的铁圈小得可怜，纷纷怀着一颗好奇的心，跟我换着推。我推着他们比我大的铁圈，手到擒来，行云流水一般。而他们无不是才推上路，小铁圈就倒了，最后，不得不无奈地放弃。换回来的时候，他们还不忘恨恨地说一声："这个小玩意不好玩。"我回一句："你这大玩意照样好玩！"开心一笑。

推大铁圈容易推小铁圈难，从难到易易，从易到难难，所以才有这么一个结果。谁笑到最后，谁笑得最好，尽管我受尽嘲笑，但我笑得最好!

表哥家的燕子

——吴然

我是春天到小表哥家去的。这时候，燕子妈妈正在孵小燕子。在许多人家的房檐下，都有燕子飞来飞去。听说，燕子来做窝，生儿育女，家里才吉祥呢！

我一到表哥家，他就问我："你们家有燕子吗？"我说："有！"他又问："也在堂屋里做窝吗？"我摇摇头，他就把他们家的燕窝指给我看。原来，表哥家的燕子，把窝做在堂屋的梁上了！这时，一只白肚子灰身子的老燕正好来喂食，它直接从窗子里飞进来。在窝边，它扇着翅膀，窝里的小燕子唧唧唧叫起来，热烈地迎接它。这只老燕才飞走，又有一只老燕衔着条绿色菜虫飞进来。燕窝里又是一阵唧唧唧的叫声。

我觉得太好玩了，想看看小燕。我和表哥找来竹梯，表哥扶着，我就上去了。唉哟哟，三只肉乎乎的小燕紧紧挤在一起，身子一起一伏的。它们闭着眼睛，头上和身上都长一些细细的绒毛。脖子软塌塌的，肚子很大。在粉红色的肉皮上，蓝色的血管像网一样，布满了全身。我轻轻地摸了它们一下，三只小燕子都一起抬起头来，唧唧唧叫唤着。它们的嘴巴挺

大，有一圈黄边，像一朵刚开放的花朵，出现在我眼前。我惊喜地叫着，这些小傻燕，以为是妈妈来喂食了呢！忽地，一个黑影在我眼前一晃，吓得我几乎从梯子上摔下来。原来是老燕来了，它准是以为我在伤害它的小宝宝，才那么凶狠地向我飞扑呢！我赶快下了梯子。

因为有了这窝燕子，表哥家热闹多了。白天，窗子总是开着的。我记不得老燕一天来来回回飞多少次。为了它们的小宝宝，它们是多么辛苦啊！

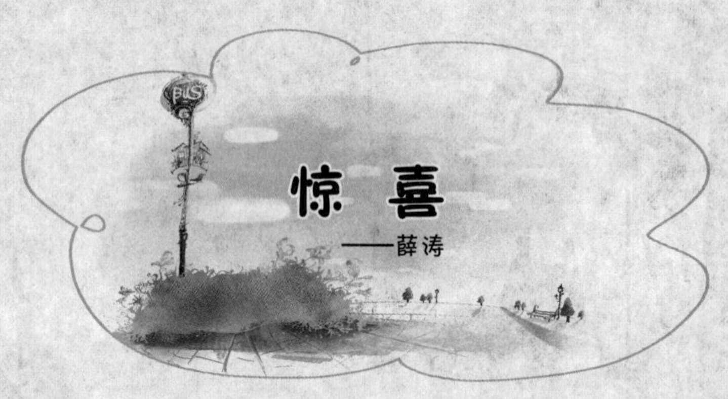

惊 喜

——薛涛

你知道吗？生命能带给人惊喜。

那时姥姥家住在一个小镇，一个山下的小镇。

那时姥姥还活着呢。

可姥姥家的小狗却在一天早上死了，死得莫名其妙，也没有人去调查它的死因，他们一点都不想为一只有点脏的小狗去浪费时间。只有姥姥一个人在一旁抹了一把眼泪。我猜她那时一定又想起了小狗活着时的样子。小狗是她闲时的伴。

我怀疑是一次谋杀。

我坐在小狗身旁，伤心而愤怒地哭着。其实换了你也会哭的，别看你是男子汉。如果你不哭说明你不懂什么叫感情、什么叫失去了“感情”。它可是一只懂得感情的小狗啊。

我要调查一下。

我没有一点经验就开始了调查。

我生硬地问了五六个人，问是不是他们中的一个人杀死了我的小狗。

可他们没有回答我，他们很不高兴地走开了。就这样，我忙了一上午。中午，太阳最暖和的时候我回到小狗身旁坐下，我的心里冰凉，我一点收获也没有。

我歉疚地望着小狗。我该为它报仇。

小狗身上一点伤口和血迹都没有，那样子简直就是在睡觉。那个人一定是用毒药杀死了它。于是我就又愤怒，又哭。后来总算好些了，没有了愤怒和眼泪，只剩下了伤心。

那是春天的一个下午，空气有点甜，又有点新鲜的泥味。我的小狗就在这样的味道里死了，它一定死得还算开心。舅舅们都在忙着往院子的土里扔种子。小狗的死他们一点也不在乎。我一共有三个舅舅，他们横着站成一排，腰一弯一弯的，有秩序地播着种。

我想我该为我的小狗修个房子了。它死了也该有个住的地方。我不喜欢管这个房子叫“坟”。

我轻轻抱起小狗走向院子的一角。舅舅在播种。我说请让一让，我要过去。舅舅就让开一些，但他们没有看我和小狗。我轻轻把小狗放在院子一角那块平坦的地方。我选定这个地方是因为这里每年都会长出些花草。然后我向姥姥要小锹。姥姥望着地面把小锹递给我，她说：“挖得深点大点。”

我就挖得深点大点。新鲜的土翻上来了，越堆越高，行了。我扔了锹，抱起小狗，在手里轻轻掂掂，仍能感觉到它的分量，它快长成大狗了。可现在，它永远也不能长大了。它将成为永远的小狗了。

我把它放进坑里。我咬了咬嘴唇开始埋它。很快，它就被我弄脏了，

浑身是土，再过一会，我想它快透不过气来了。

又过了一会，我确信已经把它埋到了地下。第二天我就离开了那个山下的小镇。起初，我每时每刻都念着小狗，后来是时而记起时而淡忘。不久，我就又快乐起来。有一天，我为一件可笑的事乐出了眼泪，却猛地又想起了我那只可怜的小狗。我才发觉在这之前我忘了它好些天了。我原以为我会为它伤心一辈子，可不到半个月我就能哈哈大笑了。我都不能原谅自己了。

再去山下那个小镇已经是夏天了。

那个小园变成了绿色，有几只蝴蝶见我来了，飞走了。这当然是舅舅们春天时认真播种的结果。我站在那个小丘前时才发觉我仍能为它伤心呢。小丘矮多了，都快看不见了。我惊喜地发现有一撮小花，淡黄色的小花，静静立在小丘上面。我敢肯定，它们并没有觉察我的到来，否则它们会动一动的。

那淡黄分明是小狗的颜色啊。

难道小狗嫌里面太黑，就设法变成了一撮小花拱出了土？它居然把身上的土抖得一干二净。对，它是只聪明的小狗。这可是个绝妙的办法。我把这个发现告诉姥姥，姥姥说她早就发现了，她还经常搬个凳子去那儿坐呢。

再后来，我又去园子里找它时，它不见了。它一定是去别处玩了，因为姥姥死了。它的消失一定跟姥姥的死有关。

姥姥的死，我记不清是哪一年了。奇怪的是，我没有过分地伤心。我抹了一把泪水，把几粒种子埋在姥姥身旁。就在那天，我再去园子时发现那撮淡黄的小花不见了。第二年的晚春我去姥姥那里看时，那几粒种子没

有一点消息。我有点失望，但仍盼着下一年。

时间过得很慢，好像过了十年，第二年春天才到来。我踏着一块绿草走向姥姥。我还没有走近，就惊喜地看见那个小丘旁已经长出一棵嫩绿的小树苗。我怕吓跑了它，轻轻走过去。

姥姥，我来看你了。

我愉快地流着眼泪。

我舀来一些山泉。姥姥，喝点水吧。

有一年，我在田野里散步。在一块低洼的地方，长着一撮淡黄的小花。我惊喜地叫了一声，把那撮小花吓得抖了一下。这让我想起多年以前从园子里走失的“它”。原来，它跑到这里来了。我没想到它会跑出这么远。它是不是在找姥姥呢？

我在它旁边坐下来。到现在我还不知道当年是谁杀了它。也许它早已经原谅那个家伙了，它不是又回到地面上来了吗？

临走，我用小刀轻轻挖下那撮小花。然后我上山了，走向姥姥。最后我把它栽在那棵小树旁。我浇了许多泉水。

姥姥，我把咱们的小狗给你找回来了，它也一直在找你。你看啊，它就在你身边。有了它，以后我就不常来看你了……

你看，我又流泪了。

散文集美于一身

有的字字珠玑，给人以语言之美

有的博大深沉，给人以思想之美

读一篇优美的散文

就是和一颗至纯的心灵晤谈

更是和一位高尚的哲人交流

牵拉着大手的小手

王 彦◎编著

西苑出版社

图书在版编目（CIP）数据

让小学生学会感恩的精美散文：人间的天使在门口；牵拉着大手的小手 / 王彦编著. 一北京：西苑出版社，2011. 5

ISBN 978-7-5151-0026-5（2017.2重印）

Ⅰ. ①让… Ⅱ. ①王… Ⅲ. ①儿童文学－散文集－世界 Ⅳ. ①I18

中国版本图书馆CIP数据核字（2011）第099266号

让小学生学会感恩的精美散文

编　　著 王　彦
责任编辑 王秋月
开　　本 710mm×1000mm　1/16
印　　张 28
字　　数 420千字
版　　次 2011年9月第1版　2017年2月第2次印刷
印　　刷 北京龙跃印务有限公司
书　　号 ISBN 978-7-5151-0026-5
定　　价 70.00元（两册）

出版发行 西苑出版社　北京市朝阳区利泽东二路3号　邮编：100102
发 行 部 （010）84254364
编 辑 部 （010）84250838
总 编 室 （010）64228516
网　　址 http://www.jccb.com.cn
电子邮箱 jinchengchuban@163.com
法律顾问 陈鹰律师事务所　（010）64970501

前 言

这是一套为孩子精心打造的有关感恩的丛书。

它们都像一片菜园，里面挂满闪着紫光的茄子，坠着牛角般沉甸甸的丝瓜，还有脸颊红润的害羞番茄……鲜绿的叶子，清淡的小花，辛勤的蜜蜂，沉醉的蝴蝶，若有若无的花香，渐近渐远的虫鸣，这里是充满生机的多彩世界。眼前的一切美好，都从某一处延伸而来，它就是我们应该感恩的大地。

懂得感恩，才能虔诚。对人类虔诚，才能有一颗博爱之心；对社会虔诚，才能有脚踏实地的步伐；对自然虔诚，才能有一副开阔的胸襟。

懂得感恩，才能尊重。尊重真爱，真爱亦能升华；尊重他人，他人回馈你尊重；尊重自然，自然带你走进花香更深处。

懂得感恩，才能热爱。热爱真情，才能流露真情；热爱生活，才能珍惜生活；热爱自然，才能享受自然。

古希腊哲人苏格拉底说：“我只知道一件事情，那就是我一无所知。”他认为，认识到无知，是求知的开始。那么，懂得感恩，是施恩的开始。感恩是一切美好的源泉。

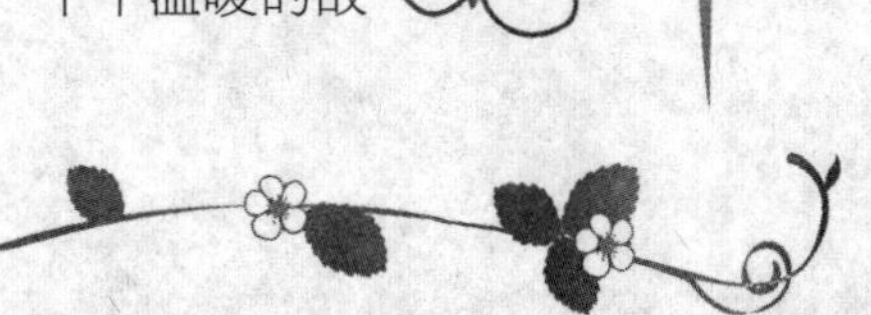

感恩是一曲曲深情的赞歌，感恩是一个个温暖的故

事，感恩是在爱的原野上徜徉。采一朵深情的小花，追一只美丽的蝴蝶，看一棵沧桑的老树，听一曲欢快的溪歌，留一串散漫的脚印。不知不觉中，孩子已经长大！成了饱含深情的小巨人！成了顶天立地的伟丈夫！

本丛书借助散文文字优美、行文自由等特点，精选二百余篇最打动家长最打动孩子的真情散文，全力为家长与孩子诠释感恩的真谛。所选篇目既有知名儿童文学家的力作，又有文坛新秀的经典，选编时，充分考虑孩子的理解能力和心理特征，用近乎百里挑一的谨慎态度著成此书。

无微不至的父母之爱，纯真烂漫的孩子之爱，演绎奇迹的亲人之爱，无比温馨的生活之爱，触动心灵的社会之爱……一个个真情故事将孩子置身于爱的海洋。

精益求精的负责态度，精挑细选的科学方式，拨动心弦的真情故事，优美流畅的儿童语言，倾力打造孩子最爱读的真情散文，家长最爱讲的感恩故事。

编 者

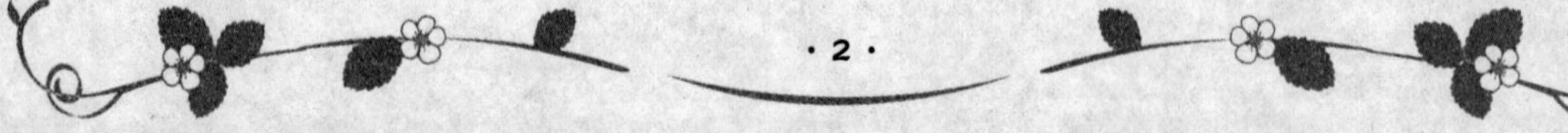

目录

给你的爱一直很安静

你握过母亲的手吗

背起父亲去看树

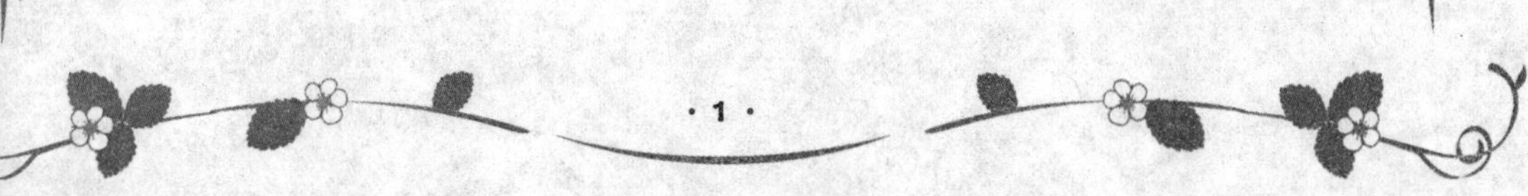

你是一个寂寞的花架

遇见世上最好的爱

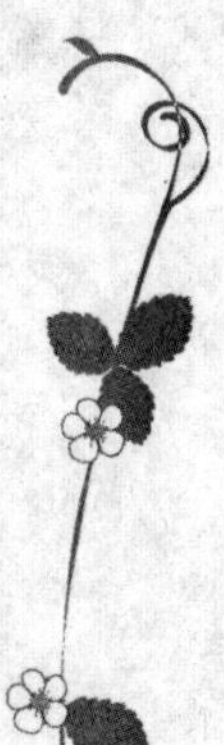

一袋父母心

爱比恨只多一笔

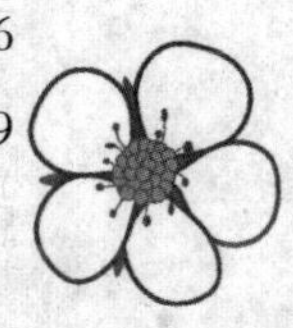

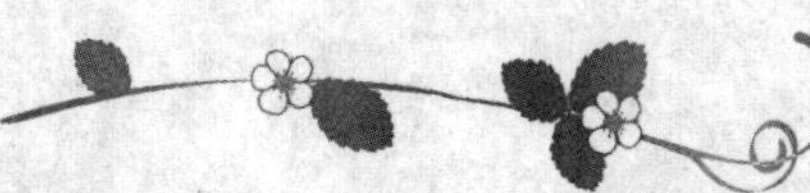

妈妈的味道

不要伤了好人的心

给你的爱一直很安静

孩子，我在等你犯错

——佚名

我问儿子，今天偷看电视了吗？

暑假，白天都是儿子一个人在家，为了控制他看电视的时间，我们规定，不许白天看电视。儿子故作轻松地回答说，没有哇。

我盯着他，又严肃地问他：真的没看吗？你要诚实地回答我。

儿子低下了头，我错了，我看了一下午电视。

因为未经允许看电视，还撒谎，儿子理所当然地受到了惩罚。

接受完惩罚，儿子怯怯地问我，爸爸，你是怎么知道我偷看电视的？怎么每次我一犯错误，你就能抓住我，好像总是跟在我身边似的。

其实，下班一回到家，我就悄悄摸了下电视机，机身是热的。这个秘密，我当然不能告诉你。但是，孩子，有一点你说对了，每次你犯错误的时候，我都会恰到好处地出现在你身边，就像猎人总是及时出现在猎物面前一样。没错，你所犯下的每一个错误，都是我的猎物。

刚刚学会爬的时候，你对什么都充满了好奇，忍不住摸摸，玩玩。可是，这个世界并不是所有的东西都是你的玩具，有的会伤害你。你太小

了，不能理解大人的话。唯一教会你认识危险的办法，就是让你犯个错，并因为这个错误而承受后果。我们一再告诉你，爸爸喝的热水杯是不能碰的，但你老是想拧开爸爸的杯子。有一天，我故意将杯子放在你能够得着的地方，你兴奋地用手去摸那只充满了诱惑的杯子，结果，你粉嫩的小手被杯子很不客气地烫了一下，你痛得哇哇大哭。我一边抚慰你，一边告诉你，杯子里装着热水，会烫人的，不能随便碰。这个世界，有很多像杯子一样的东西，我们需要它，但是，弄不好它也会伤害我们。我不知道我说的话你有没有明白，但此后很长时间，你都不再乱碰杯子，直到你学会先用手背去试探一下温度。

在你成长的过程中，几乎总是伴随着错误。学走路的时候，你看起来多么兴奋啊，在大人的帮扶下，你一刻都不肯停下脚步。当你跌跌撞撞地自己迈出人生第一步的时候，我和你妈妈的眼里都充满了激动的泪水。后来在室外练习，没走几步，你就被地上一块凸起的小砖头给绊到了。你哭了。我将你扶起来，指着那块小砖头，告诉你，走路时要避开它。你似懂非懂地点点头。孩子，其实，那块砖头我早看到了，我知道你不会注意到它，你刚学会走路，只会看天，不知道看路。你被绊倒了，摔痛了，你就会从此记住，路上的石头是会绊脚的。明白这一点非常重要，一生当中，我们会遇到多少这样的石头啊。这一跤，你一定得摔，而且，天知道我们要摔多少跤，才会真正长大。

有一天，你和几个小朋友在楼下玩，站在窗前，我看得十分清楚。看到你和小朋友们玩得这么融洽，我很开心。可是，突然，你和其中一个比你小的小朋友发生了矛盾，好像是为了一个玩具，最后，你竟然从他手上强行将玩具抢了过来。看到这一幕时，我简直不敢相信自己的眼睛，那是你吗？我的孩子，为了一个小玩具，你竟然学会了抢夺。我迅速冲下楼，严厉呵斥了你的行为，让你将玩具还给人家，并向他道歉。回家之后，你被罚跪在搓衣板上，面壁思过一个小时。你心甘情愿地接受了惩罚，因为你知道你错了。

我的孩子，我知道迟早有一天，你会犯这个错误。虽然你从小就非常善良，可是，面对比你弱小的人，面对诱惑，总有一天，说不定你也会恃强凌弱，甚至巧取豪夺。今天，你终于犯下了这个错误，所幸的是，我及时发现，并制止了你的错误。我惩罚你，就是要你记住，欺凌、掠夺别人，是严重错误的，永远也不要再犯这样的错误。

人这一辈子，必然会犯各种各样的错误，犯错误并不可怕，可怕的是犯了错却不自知。你成长的过程，其实就是一个不断犯错、不断认错、不断纠错的过程。我在等你犯错，就是要抓住一切机会告诉你，那样做是错误的，那是你绝不能再犯的错误。

孩子，我无力为你指出人生中的每一个错误，但我希望，在你年少时，多犯几个错误，我们共同来面对它、纠正它、克服它。这样，当你长大成人，独立面对社会时，就会少犯几个错误，少跌几个跟头啊。

孩子，我为什么打你

——毕淑敏

有一天与朋友聊天，我说，就是在文化大革命中当红卫兵，我也没打过人。我还说，我这一辈子，从没打过人……你突然插嘴说：妈妈，你经常打一个人，那就是我……

那一瞬屋里很静很静。那一天我继续同客人谈了很多的话，但所有的话都心不在焉。孩子，你那固执的一问，仿佛爬山虎无数细小的卷须，攀满我的整个心灵。面对你纯真无邪的眼睛，我要承认：在这个世界上，我只打过一个人。不是偶然，而是经常，不是轻描淡写，而是刻骨铭心。这个人就是你。

在你最小最小的时候，我不曾打你。你那么幼嫩，好像一粒包在荚中的青豌豆。我生怕任何一点儿轻微地碰撞，将你稚弱的生命擦伤。我为你无日无夜地操劳，无怨无悔。面对你熟睡中像合欢一样静谧的额头，我向上苍发誓：我要尽一个母亲所有的力量保护你，直到我从这颗星球上离开的那一天。

你像竹笋一样开始长大。你开始淘气，开始恶作剧……对你摔破的盆碗、拆毁的玩具、遗失的钱币、污脏的衣着……我都不曾打过你。我想这对于一个正常而活泼的儿童，都像走路会跌跤一样应该原谅。

第一次打你的起因，已经记不清了。人们对于痛苦的记忆，总是趋向于忘记。总而言之那时你已渐渐懂事，初步具备童年人的智慧，混沌天真又我行我素，狡黠异常又漏洞百出。你像一匹顽皮的小兽，放任无羁地奔向你向往中的草原，而我则要你接受人类社会公认的法则……为了让你记住并终生遵守它们，在所有的苦口婆心都宣告失效，在所有的夸奖、批评、恐吓以及奖赏都无以建树之后，我被迫拿出最后一件武器——这就是殴打。

假如你去摸火，火焰灼痛你的手指，这种体验将使你一生不会再去抚摸这种橙红色抖动如绸的精灵。孩子，我希望虚伪、懦弱、残忍、狡诈这些最肮脏的品质，当你初次与它们接触时，就感到切肤的疼痛，从此与它们永远隔绝。

我知道打人犯法，但这个世界给了为人父母者一项特殊的赦免——打是爱。世人将这一份特权赋于母亲，当我行使它的时候臂系千钧。我谨慎地使用殴打，犹如一个穷人使用他最后的金钱。每当打你的时候，我的心都在轻轻颤抖。我一次又一次问自己：是不是到了非打不可的时候？不打他我还有没有其他的办法？只有当所有的努力都归于失败，孩子，我才会举起我的手……每一次打过你之后，我都要深深地自责。假如惩罚我自身可以使你汲取教训，孩子，我宁愿自罚，哪怕它将苛烈十倍。但我知道，责罚不可以替代也无法转让，它如同饥馑中的食品，只有你自己嚼碎了咽下去，才会成为你生命体验中的一部分。这道理可能有些深奥，也许要到

你也为人父母时，才会理解。

打人是个重体力活儿，它使人肩酸腕痛，好像徒手将一千块蜂窝煤搬上五楼。于是人们便发明了打人的工具：戒尺、鞋底、鸡毛掸子……

我从不用那些工具。打人的人用了多大的力，便是遭受到同样的反作用力，这是一条力学定律。我愿在打你的同时，我的手指亲自承受力的反弹，遭受与你相等的苦痛。这样我才可以精确地掌握数量，不致于失手将你打得太重。

我几乎毫不犹豫地认为：每打你一次，我感到的痛楚都要比你更为久远而悠长。因为，重要的不是身累，而是心累……

孩子，听了你的话，我终于决定不再打你了。因为你已经长大，因为你已经懂了很多的道理。毫不懂道理的婴孩和已经很懂道理的成人，我以为都不必打，因为打是没有用的。唯有对半懂不懂、自以为懂其实不甚懂道理的孩童，才可以打，以助他们快快长大。孩子，打与不打都是爱，你可懂得？

美丽的错误

——席慕容

张秀亚女士在她的一首诗里，写出了一个极美的境界，这首诗是这样的：

小白花，

像一个托着牛奶杯子的天真孩童

到处倾洒着。

风吹来，

小杯子一歪，

又洒出去一些。

刚看到这首诗时，觉得心里好像非常干净了，然后，才忽然省悟到：我怎么从来没有用这样的一颗心来对待过我的孩子呢？

不是吗？当幼小的孩子拿着杯子歪歪倒倒地走过来的时候，我不是都只会紧张地瞪着他，生怕他会把杯里的东西洒泼出来吗？而若他真的洒了，我不是每次都会很大声地斥责他吗？就算有时候能够控制情绪，不严厉地对待他，可是，每次不也是赶快地拿着抹布东擦西抹地，很强烈地暗

示了他你在做一件错事吗？我为什么要这样对待他呢？

和我的沙发、我的地毡比较起来，我孩子的价值当然应该高出许许多多。可是，每次孩子把牛奶洒在沙发上或者地上的时候，我不是都很快地把孩子赶在一边，然后，很心疼地去收拾残局吗？在那一刻，孩子眼中气急败坏的妈妈，不是好像爱沙发、地毡多过爱孩子吗？

不过，我并不是说，从今以后，在孩子打翻东西的时候我都会鼓掌叫好，并且很快乐地叫他再来一次，好让我能再欣赏一次。

我只是提醒自己，这是上天赋予幼儿的一个特殊的权利。当然，我仍然会急急忙忙地去收拾，我也许仍然会告诉他说：他犯了错了。可是，在我心里，我要感谢上苍，感谢它能让我享受做慈母的幸福。而在我眼里，我要温柔地安慰我的孩子，他是犯了错了，可是，他犯的是一项“美丽的错误”。

人生有好多不同的阶段，在每一个阶段都有不同的特色，我们既然可以欣赏老年的慈和，中年的成熟，青年的美丽，儿童的天真，那么我们为什么不能欣赏幼儿的失误呢？

他不会好好地拿杯子，他不会好好地拿汤匙，他若跑得快就常会跌倒，他若说得急就常会说错。可是，在那样幼小的年纪里，他所有的失误不都是为了惹你怜爱？不都是为了告诉你，他一刻也不能离开你吗？他有软软的双脚、软软的双手以及一颗软软的心，需要我们给他永远不嫌多的爱和安慰，需要我们所有的陪伴。

而当有一天，当他走路不再常跌跤了，当他把杯子拿得很稳了，当他口齿非常清晰了的时候，他就不再“那样地”需要我们了。

当然，他仍是你的儿女，可是他已经开始往自己的路上走去了。他需要的扶持越少，就表示他将离你越远。若他有了悲伤，已不是母亲的一个拥抱或者一次亲吻就可以安慰得了的；若他有了恐惧，母亲的怀中也不再是最安全的地方，有些事情，已非慈母的力所能及了。当然，他仍然会不断地做错事，可是，那些错误就将是一些真正的错误，不再如幼儿时所犯的那样温柔和美丽了。

前一阵子，孩子还小的时候，我和所有年轻的母亲一样，觉得我在数着日子，我们常说："再熬两年，等孩子上幼儿园就好了。"

或者："等孩子都上了学，我就苦出头了。"

今夜，我才发现，我们都在浪掷着上苍给我们的最好的一段时光。在这段时光里，我们原来可以好好地享受孩子给我们的每一刹那和我们给孩子的每一刹那，这原来该是整个世界的一个开始，最最单纯与无私的施与爱，这样的爱，在以后的日子将变得比较稀少了。

亲爱的朋友，让我们来做一个快乐的慈母吧。在这封信的最后，让我再引用张秀亚女士的一段文字来与您分享：有时，偶尔我为一些日常的琐事而抑郁时，墙外传来巷中孩童的不分明的语声，夹杂着纯真的欢笑，每使我莞尔，而想到了那句诗：上帝，孩子的眼中有你!

给儿子的一封信

——白岩松

儿子饱餐一顿后，安静地睡着了，那种照看新生儿的奇妙感受充满我心。我知道，在我们彼此的生命历程中将互相温暖与扶持。

做了父亲，我不该两手空空地迎接他的到来，但孩子那稚嫩的小手还举不起任何可称为礼物的东西，那就让我把祝愿当成礼物，投入生命的信箱，来一个慢性邮递，当他长大的时候，再好奇地拆封吧。

学会宽容

如果所有的美德可以自选，孩子，你就先把宽容挑出来吧。

也许平和与安静会很昂贵，不过，拥有宽容，你就可以奢侈地消费它们。宽容能松弛别人，也能抚慰自己，它会让你把爱放在首位，万不得已才动用恨的武器；宽容会使你随和，让你把一些人很看重的事情看得很轻；宽容还会使你不至于失眠，再大的不快，再激烈的冲突，都不会在宽容的心灵里过夜。于是，每个清晨，你都会在希望中醒来。一旦你拥有宽容的美德，你将一生收获笑容。

不争第一

人生不是竞技，不必把撞线当成最大的光荣。

当了第一的人也许是脆弱的，众人之上的滋味尝尽，如再有下落，感受的可能就是悲凉。于是，就将永远向前。可在生命的每个阶段，第一的诱惑总在眼前，于是生命会变成劳役。

站在第一位置的人不一定是胜者，每一次第一总是一时的风光，却赌不来一世的顺畅。争第一的人，眼睛总是盯着对手，为了得到第一，也许很多不善良的手段都会派上用场。也许每个战役，你都赢了，但夜深人静，一个又一个伤口，会让自己触目惊心。何必把争来的第一当成生命的奖杯！我们每一个人，只不过是和自己赛跑的人，在那条长长的人生路上，追求更好强过追求最好。

爱上音乐

在我们的身边，什么都会背叛，可音乐不会。哪怕全世界所有的人都背过身去，音乐依然会和我窃窃私语。无论你向前走多远，那些久远的音符还是会和心灵很近。生命之路并不顺畅，坎坷和不快都会出现在你的眼前，但爱上音乐，我便放心。

在你成长的时代，信息的高速发展将使人们的头脑独自冥想的空间越来越小。然而，走进音乐的世界里，你会在和音乐的对话中学会独立，学会用自己的感受去激活生命。

每当想到，今日在我脑海里回旋的那些乐章也会在未来与你相伴，我就喜悦，为一种生命与心灵的接力。

其实还有，比如说，来点幽默、健康、有很多真正的朋友……但我

想，生命之路自己走过，再多的祝愿都是耳后的叮咛，该有的终将会有，该失去的也终会失去。然而孩子，在父母的目光里你的每一步都将是我们生命里最好的回忆。

很久很久以后，也许你会为你未来的孩子写下祝愿的话语，只是不知，是否和我今日写下的相似？

生命中，最重要的是心灵路程，所以它和朝代的更迭无关。孩子，当将来你拆开这封今日寄去的邮件时，我还是希望，你能喜悦并接受。

给你的爱一直很安静

——佚名

有一天你突然对我说，你们班那个漂亮的女同学今天更漂亮了。我问为什么，你说，因为她戴上了好看的假发，波浪式的，粉黄的那种。

我知道了，你说的“那种”假发，就是你上次在精品店看了好久的那种。当时，你踮着脚尖透过玻璃橱柜看着那一对假发，小心翼翼地用你的小手攥着我的大手，我读懂了从你手心里传递过来的那种渴望，是一个小女孩对所谓美丽的一种理解。但是我毫不犹豫地牵着你的手离去，我没有让你这种渴望蔓延成请求的话语。尽管，你的依恋和不舍都被我尽收眼底。

你用很委婉很委婉的话语问：“妈妈，你觉得我戴那种假发会怎样？是不是比现在要漂亮些？”

我不能不承认你的聪明，你从来都是这样婉转地表达你的要求，从来不强硬地向我要什么。但是，我不得不拒绝你。我说：“哦，是假发呀！我觉得不怎么样，我的小婉婉现在这个样儿是最可爱的，你不知道吗？你根本不用戴假发的，你自已的头发已经很漂亮了。”

我看见你的眼神迅速暗淡下去。也许你已经在心里埋怨我了：妈妈就是这样的，一点也不解风情。也许，你还在心里暗暗发誓：哼！现在不给我买，长大了我挣钱自己买总可以吧！因为我看见你的眸子又变得水灵灵的了，你一定在为你的这个伟大的计划而兴奋不已。

是的，你对于美丽的理解，与我们的不甚相同。孩子，我不能强求你用与我一样的目光来看这个世界，所以，我不能告诉你，我对于那种假冒的美，是那样反感。但是我相信，你还是会承认的，一切真实自然的美丽。

我还记得那一天，你从学校回来，很高兴地告诉我："妈妈，我数学考了第一名，给我一点奖励吧！"我说好呀，我是真的为你高兴。你说，你想要那种散发着苹果清香的橡皮擦，是你所喜爱的胖小熊的样子。开学时你曾经想买，我没有同意。我给你准备的是那种普通的方橡皮擦。你说过的，妈妈真小气，方橡皮擦比小熊橡皮擦便宜五毛钱。我笑笑，其实我不是像你所说的那么小气，我只是记得自己从一本教育期刊上看过，给孩子准备的学具要简单些，以免让孩子上课时分心。不过，这一次，妈妈决定抛开那些教育理念满足你，也许有时候，一点小小的满足会让你进步更大。

但是第二天我碰见你的数学老师，她不无遗憾地对我说，你的同桌向她举报，你在数学考试中抄袭了她几个计算题。我铁青着脸回到家，你还在乐滋滋地等待我的奖励。我说，想想看，这次考试，真的应该是你得第一吗？你的小脸"唰"地一下变得通红。过了好久好久，你抬起头对我说："妈妈，对不起。我的同桌比我先完成计算题，我想第一个交试卷，

所以就偷看了她几个答案……”从你真诚的话语中，我听见了你的羞愧和自责，你所不知道的是，在你没有承认错误之前，妈妈内心深处的自责和不安，是如何紧紧地互相撕扯和纠缠！

你所期待的奖励又成为了五彩的气泡，在空中漂漂亮亮地飘荡了几下，终于消散不见。但是孩子，我相信有一个方橡皮擦，足以帮你纠正人生中所有过错。

你会在冬至的某个清晨，擦擦冻僵的小手对我说：“妈妈，我能不能戴手套去扫清洁区？外面的天气很冷的。”我笑着摇摇头，告诉你不怕冷的孩子才是勇敢的孩子。我想，更深一层的道理，你以后自然会慢慢理

解：不能经受风霜的树苗，永远也长不成参天大树。

你那么热恋少儿频道的动画片，你喜欢用崇拜的目光去欣赏小鹿姐姐、红果果和绿泡泡，梦想有朝一日你能和他们一样站在演播室，主持自己喜欢的节目。但妈妈总是“不合时宜”地把你从电视机前叫开，提醒你除了看电视，你还有许多的作业要完成。

你总是穿最普通的衣服，留最随意的发型，用最简单的学具。我知道你心里那一个个小小的愿望，但是它们总是那么难于实现，你得付出许多许多的努力。孩子，也许你会说，我不够爱你，但是我相信，终有一天你会明白，我很爱你，只是我给你的爱，一直那么安静，那么地，不张扬，就像一朵盛开在最安静的夜晚的夜来香，绽放的，其实是人世间最沁人心脾的芬芳。

爷爷逼我读两本书

——束沛德

《鲁滨逊飘流记》（连环画）《寄小读者》《爱的教育》《历史人物故事》这些书，是我童年时代爱不释手的读物。这些书中描述的人物、故事，深深地刻印在我小小的脑袋里，对我性格的形成，起了潜移默化的影响。除了这类文艺书，还有两本应用性、工具类的书，成了我童年时代的亲密朋友，一本是《日用杂志》，一本是《尺牍大全》。这两本书都是爷爷逼着我经常读、反复读的。

去年秋天，我带着几分怀旧的心情，踏着江南家乡的青石板路，走进小巷深处我童年时代住过的几间老房子。一进庭院，眼前立即清晰地浮现出小时候在天井里拍皮球、堆雪人的情景。跨进坐北朝南的那三间房，首先忆起的是爷爷让我在一盏煤油灯下记家庭日用账的往事。那时我十一二岁，读小学五六年级。爷爷已是年过花甲的老人，赋闲在家。每天薄暮时分，吃罢晚饭，妈妈刚洗好碗筷，爷爷就催促我："快把今天的账记上!"我打开那印着红格子、分上下两栏的旧式账簿，上栏记载收入项目，下栏记支出项目，都是用毛笔竖写。妈妈坐在我身边，一边想，一边报账。我在账簿上逐项记下：青菜五分、毛豆八分、豇豆一角二分、鲫鱼三角五分、肥皂两角四分、开水两分等等。有时碰到我一时写不上来的生字难字，如“荸荠”“藕”“三瓣头（野菜名）”“鳝鱼”“簸箕”等，爷爷就让我查《日用杂志》。这本《日用杂志》编得好极了，蔬菜、水果、鱼虾、服装、日杂用品……分门别类，还配有插图，查找起来很方便，不消半分钟，就可一一找到答案。天天月月与这本书作伴，几年下来，我把收集在内的各种食物、日用品的名字背得滚瓜烂熟，增长了不少生活知识，而这些都是小学课本里没学到的。

爷爷是个很古板、很严谨的人。他不仅让我天天记账，还要求我每天核对收支是否相符。我拨动算盘珠，打了一遍又一遍，有时仍对不上。即使差几分钱，爷爷也得让妈妈再想想，再想想。妈妈左思右想，实在想不出来。这时奶奶走到我跟前，贴着我的耳朵，悄悄地说，写上零用或零食花了多少吧，对爷爷打个马虎眼。我从小受到省吃俭用、勤俭持家这种家风的熏染，几十年如一日，不管是手头拮据还是略有余裕，都坚持量入为出，精打细算的准则，从没有大手大脚，挥霍浪费过。

爷爷逼我认真读的另一本书《尺牍大全》，也就是《书信大全》。牍是古代书写用的木简，用一尺长的木简写书信，所以叫尺牍。那时，我爸爸远离家乡，在外地就业。每逢接到爸爸来信后，隔上一些日子，爷爷就催我写回信。开头我对书信的格式一点儿也不摸门，读了《尺牍人全》，才知道该怎么起头，怎么落款。于是，也照猫画虎地写起：“父亲大人，膝下，敬禀者。”结尾写上：“敬请福安！儿沛德叩上。”熟能生巧，常常动笔写信，逐步掌握了书信这种应用文体的特点，我对写信一点儿也不发怵了，而且有了兴趣和热情。从那以后，不管是在中学、大学读书，还是东跑西颠，在外工作，我一直勤于给亲人、朋友、同学写信，因而被弟妹、儿女戏称为“写信积极分子”。

《尺牍大全》不仅教会我写信，更重要的是在思想品德、修身治家上，给了我可说是刻骨铭心的影响。我记得，上小学五年级时，学校里开运动会，表演团体操，要求同学做统一的运动服。我回家向妈妈要钱，妈妈死活也不答应。她担心叠罗汉时我从高处摔下来。加上当时家里也不太宽裕，要花这笔额外的钱，她也怕爷爷那里通不过。那时我不理解妈妈的心情和难处，又哭又闹，奶奶、姑姑怎么劝我哄我也不行，甚至连晚饭也不吃了。后来还是妈妈悄悄地答应掏出她的私房钱来交做运动服的款，这场小风波才算平息下来。过了些日子，爷爷针对这件事耐心地教育了我。他翻开《尺牍大全》，与我一起读曾国藩给二儿子纪鸿的一封信，其中有一段写道：“凡仕宦之家，由俭入奢易，由奢返俭难。尔年尚幼，切不可贪爱奢华，不可惯习懒惰。无论大家小家、士农工商，勤苦俭约未有不兴，骄奢倦怠未有不败。”爷爷语重心长地对我说：“你要记住，由节俭变奢靡容易，由奢靡再变为节俭就难了，从小可要养成勤劳、节俭、朴素的作风啊！”从那时到现在，六十年过去了。如今我的脑海里依然不时闪现出“由俭入奢易，由奢返俭难”这十个字。它成了我日常生活的准则，做人治家的座右铭。

你握过母亲的手吗

回 报

——佚名

这是我无意中看到的一个故事：

有一个小孩子，在他很小的时候，经常去一棵大树下玩，大树也常对他说，让我们一起开心地玩吧，每一次那个小孩都答应了。有一天，小孩长大了，不再是原来的那个只知道玩的孩子了，可是大树还是对他说，让我们大家一起玩吧，孩子说：不，我现在不想玩了，我想要玩具，你能给我吗？

大树说，我没有玩具，我只有果实，你可以摘去换成钱去买玩具。孩子很高兴地把果实摘了下来，换成了玩具。

又是很多年过去了，小孩子长大成人了，并且有了自己的家庭，这一天他又来到了大树下，大树还是对他说，让我们一起玩吧。孩子说，不，我现在有自己的家了，我需要房子，你能帮我吗？

大树说，我没有房子，可是你可以把我砍了，做你建房子的材料。孩子照它说的做了，于是大树就只剩下了一个树桩。就这样，几十年过去了。

这几十年中，风也走过，雨也走过，当初那个孩子也成了一个老人，这一天他又来到了大树前，大树对他说，我现在什么也没有了，我帮不了你了。老人说，我现什么都不要了，我只想休息一下。你能帮我吗？

大树说，那你坐下吧！

老人坐在了树桩上，就这样，大树用他的全部，帮助了这个孩子，可以说，它为这个孩子付出了它所有的一切。

如果把这棵树比喻成养育我们的父母，把这个孩子比喻成我们，那就是父母为了我们的一生，付出了太多太多的心血，可是我们却像一只永远也喂不饱的恶狼。父母抚养我们成人，不求任何回报，可我们却总是嫌父母付出的不够多。

有人说，知足常乐，我们知足了吗？为了不让抚养我们成人的父母寒心，从现在开始，好好地用我们的爱报答他们吧！

分到最宝贵的妈妈

——林清玄

一位朋友从国外赶回来参加父亲的丧礼，因为他来得太迟，家产已经被兄弟分光了。

朋友对我说：“在我还没有回家以前，我的兄弟把家产都分光了，他们什么也没有留给我，分给我的只是我们唯一的妈妈。”

朋友说着说着，就在黑暗的房子里哭泣起来，朋友在国外事业有成，所以他不是为财产哭泣，而是为兄弟的情义伤心。

我安慰朋友说：“你能分到唯一的妈妈是最大的福气呀！在这个世界上，有很多很多人愿意舍弃所有的财富，只换回自己的妈妈都不可得呀！”朋友听了，欢喜地笑了。

我说：“要是你的兄弟连唯一的妈妈也不留给你，你才是真的惨呢！”

握住母亲的脚

——春华

日本一位名牌大学的毕业生到一家颇具实力的公司应聘面试，主考官只对这位才华横溢的大学生提了一个问题：“你抱过你母亲的脚吗？”

年轻的大学生被主考官的提问弄愣了，满脸绯红。主考官接着又说：“明天这个时候，请你再来一次，不过有一个条件，你必须抱抱你母亲的脚。”

青年红着脸走了。他闹不明白主考官的用意，但无论如何，自己也要按照主考官的要求抱抱母亲的脚。

青年大学生早年丧父，贫寒的家里只有他与母亲相依为命。母亲靠替人做佣人才送他读完了大学。青年大学生其实是理解母亲的，也很爱他的母亲，但他压根儿没抱过母亲的脚，他不知抱母亲脚时心头会是一种什么样的滋味。

青年回到家时母亲还没归来。他想，母亲常年在外奔波，那双脚一定很疲乏，今晚，我一定要替她洗洗脚，然后轻轻按摩一宿。

母亲很晚了才归来。青年拉母亲坐下，然后端来一盆热水，右手拿毛巾，左手握母亲的脚。陡然间，他发现母亲的脚竟然木棒一样坚硬。青年大学生顿然潸然泪下，紧紧将那双脚拥在怀里，久久也不肯松开。

那晚，青年大学生终于理解了母亲。

第二天，青年如约去了那家公司，心情沉重地对主考官说："我现在才正真明白，做人是多么不容易，成才又是何等的艰难。你让我明白了一个极简单的道理，一个人只有理解了母亲，他才可能善待自己。"

主考官这时笑了，点点头说："你明天来公司上班吧！"

主考官旨在考验年轻大学生的悟性，岂料却让一个人的灵魂获得了升华。

年轻大学生从此铭记着母亲的艰辛，也一刻不忘自己肩负的责任。没几年，他便成长起来，而且做了一家大公司的老板。

故事一度让我感动，也令我深深羞愧。

母亲靠着替别人做洗衣工送我读完了大学。可对她一生的血泪辛酸，我除了感激，似乎已没了别的表达方式。相反，在我放纵自己的性情干无聊事的时候，又总是把母亲的牵挂当做一种负担，甚至不止一次地抢白母亲说："我已经长大了，你就甭管了！"每每这时，母亲眼里便一片茫然。

然而，若干年后，当我看到这则故事，当我抱着比日本大学生更虔诚的心态去替母亲洗脚的时候，我竟情不自禁跪下了，抱着母亲的双脚哽咽不止。我轻抚着母亲脚上的冻疮留下的疤痕，亲吻着被岁月磨损的脚踝，擦拭着经生活挤压变形的脚趾，自己仿佛又回到了童年，眼前满是母亲奔波不停的疲惫身影。

怀里的那双已显衰老的母亲的脚，浓缩了母亲一生一世的沧桑，镌刻着母亲抚育儿子的满腹辛酸。母亲正是靠了那双脚，才满世界奔跑，才一次又一次为她的儿女们带回希望。母亲的脚踩出了儿女的前程，却送走了自己的青春；母亲的脚曾经站立成一棵大树，为儿女遮风挡雨，可同时又被岁月剥蚀，风化成炭；母亲的脚其实已不仅仅是一双脚，那分明是支撑世界的擎天柱，是托举未来与希望的脚手架。

握母亲的脚在手的那个夜晚，我终于读懂了母亲，也才真正弄明白人活着其实就是为了奉献。

许多年以后，当我终于长成一棵大树，当我坐在偌大的教室里给那些虔诚地唤我老师的朋友谈创作体会的时候，我就告诉他们：一个人要想真正读懂人生真谛，不妨回去握握母亲的脚，那是一部比任何经典教材都具震撼力的巨著，读懂了它，你就读懂了整个人生。

我不知我的朋友们是否真回家拥抱过母亲的脚，但我是记住了这点的。大凡我飘飘然的时候，大凡我目空一切找不着自己的时候，大凡我颓丧甚至快堕落的时候，我就会抽时间回到故乡，挑一个有月亮的宁静夜晚，坐在院里，为母亲洗脚，而后轻握着，闭上眼，平心静气地用灵魂去感触那沧桑，那高贵，那凛然。只在眨眼间，整个人就清醒了，亮堂了，没了失落的烦躁，没了落寞的苦恼，没了成功后的自以为是，人回归自然，心态趋于平静。握母亲的脚在手，其实握着的是自己一生的命运。

爱的位置

——佚名

那天下午，公共课老教授给我们讲了一个故事：有个国王有三个儿子，他很疼爱他们，但不知该传位给谁。最后他让三个儿子回答如何表达对父亲的爱。大儿子说："我要把父王的功德制成帽子，让全国的百姓天天把你戴在头上歌颂你。"

二儿子说："我要把父亲的功德制成鞋子，让普天之下的百姓离不开你，让他们明白，是你在支撑着他们。"

三儿子说："我只想把你当做普通的父亲永远放在心里，我要用自己的努力回报你的爱。"最后国王把王位传给了三儿子。

教授讲完后问道："记得父母亲生日的同学请举手。"

举手者寥寥无几。

"寒假里给父母亲洗过脚的同学请举手。"这是他放寒假前布置的一道作业，没有做到的同学将被扣德育分。

几十双手齐刷刷地举了起来，只有坐在最后一排的一位同学没有举手。

“你是不是把我的话当做耳旁风了？”教授有点恼怒。

“我很想给父母亲洗一次脚，可是……”

“可是什么，你不要给自己找借口！”教授严厉地说。

“我的父母亲在一次车祸中失去了双脚，我只能给他们洗头……”

空气在那一刻凝固了，教室里静得能听到心跳声。

“记住，爱的位置不在嘴里，不在头上，不在脚下，只在心中，在我们时刻关爱他人的细小行动中。”

你握过母亲的手吗

——佚名

一次聚会上，大伙儿都准备不醉不归。微醉时，坐在旁边的一位朋友对我说："有一件事你肯定没想过。"朋友托起酒杯，在空中来回晃着，黯红的灯光映出他一脸严肃。他慢慢地说："你握过母亲的手吗？"这话带给我的震撼远远大于问我知不知道母亲的生日是哪一天。

日常生活中，我们最应该记住的却被我们忘记，我们最应该做的却被我们忽略。我只记得母亲手脚不停地忙碌，只记得母亲拿着一根长长的棍子赶着我上学，然而我却从来没有端详过母亲的手，更没有握过母亲的手。

那晚，耳边总是萦绕着"你握过母亲的手吗"这句话。第二天，我就向单位请假回家。一路上，脑子里全是母亲的影子。

前些年家境不好，日子过得非常艰难，父亲一个人在外地上班挣钱，家里边四个孩子上学，家里的一切大事小事全落在母亲一个人的肩上。我上大学的第一年，父亲骤然病逝，家里更显拮据，硬是靠母亲省吃俭用供足我所有的费用，其中的辛苦只有母亲一人才能体会。毕业后，我被分配

到省城，虽然时常寄钱回家，但写信和回家的日子却越来越少，母亲在我自认为潇洒的生活中变得日益疏远起来。

晚上，母亲从外面回来，看见坐在家中的我十分惊奇："你怎么回来啦！""放假，想回家看看。"昏黄的灯下，黑头早已成了白发，额头上写满了岁月的印痕。母亲老了，想到这里，我心里涌起了阵阵悲凉与歉疚。我端来一盆热水，浸上毛巾，让母亲坐下。"妈，把手给我。"我说，这次，母亲显得更加惊奇，她不安地伸出了双手。手背上，一条条青筋突起，皮肤像贴了一层薄薄的皱巴巴的牛皮纸，手心里全是些口子和厚厚的老茧。这就是母亲的手，默默地支撑着这个家、支撑着那段艰苦的岁月的手。我擦拭着母亲被岁月磨起的手茧，轻轻抚摸着刻满生活艰辛的手指，眼前浮现出母亲劳作不息的身影。泪水不由地滑落下来。

那晚，我看清了母亲的手，读懂了母亲的爱。母亲的手，浓缩了她一生的沧桑，刻满了她养育儿女的艰辛。母亲那双手，为我们遮风挡雨却为风雨剥蚀，为我们辟开前程却饱尝辛酸。

母亲的手，是一部震撼灵魂的巨著，读懂了它，你就读懂了整个人生。一个人要想领悟人生的真谛，不妨常回家握握母亲的手。

风　筝

——魏斌

草地上有母子俩在放风筝。小男孩大约六七岁，一脸的孩子气映出了童心的纯净。他的目光被风筝牵得很高，我的思绪也向蓝天深处放纵。

我还没有放过风筝。我也曾有过天真的童年生活，但那时我在贫穷的乡下，根本就不可能去放风筝。长大以后，又没了放风筝的兴致。人生就是这样——放风筝一样。我想，一个六七岁的小孩牵着风筝在草地上奔跑，是多美的事情啊！可是，属于我的童年已经过去了，就像一只风筝断了线，被风吹得无影无踪了，永远不会再回来了……

小男孩在草地上仰着头奔跑，阳光给他的脸庞镀上了一层金色。小男孩、蓝天、白云、草地、风筝……面对这幅美好的图画，我的视线渐渐模糊……

我仿佛看见小男孩变成了一只飞翔的风筝，而线头，则在他母亲手里。小男孩在他母亲的目光里尽情地飞翔……

小男孩的风筝越飞越高，他尽情地欢笑着。突然，他被什么东西绊倒了，不小心手一松，风筝被风吹走了，一会儿就消失在视野中。小男孩扑

倒在他母亲的怀里哭了起来……

小男孩是风筝以外的另一种风筝啊，线头在他母亲手里。在他母亲的关注下，他飞翔得很安全、很快乐。我想，如果他母亲也跌一跤，松开了线头，或者断了线，那么小男孩也会像失去了约束的风筝一样，被生活的风吹得不知去向。这无论如何都将是一种遗憾。

我想起，自己也是一只风筝啊，我的线头还在山那边的母亲的心上……

小男孩被他母亲背走了，大概是去买更美丽的风筝。

我在心里祝福：愿这个世界上的孩子们都能在生活的天空安全、快乐地飞翔。

有个孩子，在他出生的那天，妈妈就离开了人世。从此，每当看到别人从妈妈那儿得到礼物，就非常伤心："啊，我的妈妈，竟来不及给我一件礼物。"

一天，这孩子想起这件事，又伤心地哭了。他独自在街上徘徊，泪水模糊了双眼，撞在一位老人身上。老人并不生气，还关切地问："孩子，你哭什么？"孩子向老人倾诉了自己的哀伤。老人听罢，严肃地说："孩子，你错了！其实，你的妈妈为你留下了最珍贵的礼物，你应该珍惜才对！"

"那我怎么会不知道？"孩子惊奇地问。

老人语重心长地说："首先，妈妈从你出生那天起，就把整个世界，都作为礼物给了你。这难道还不够吗？"孩子眼前一亮。老人接着说："不仅如此，妈妈还给了你明亮的眼睛，让你去观察世界；给了你耳朵，让你去倾听世界；给了你一双腿，让你去走遍世界；给了你一双手，让你去改造世界。这些，难道还不够吗？"孩子陷入了深思。

老人又说："孩子，最重要的，妈妈还给了你一颗充满热血的心，那是为了让你珍惜生活……去热爱这个世界！"

背起父亲去看树

小扇轻摇的时光

——丁立梅

暑假了，母亲一直盼望我能回乡下住几天的。她知道我打小就喜欢吃些瓜呀果的，所以每年都少不了要在地里面种一些。待得我放暑假的时候，那些瓜呀果的正当时，一个个碧润可爱地在地里面躺着，专等我回家吃。

天气热，我赖在空调间里怕出来，故回家的行程被一拖再拖。眼看着假期已过一半了，我还没有回家的意思。母亲首先沉不住气了，打来电话说，你再不回来，那些瓜都要熟得烂掉了。

再没有赖下去的理由了。遂带了儿子，冒着大太阳，坐了几个小时的车，回到了生我养我的小村庄。

村庄的人都是看着我长大的，看见我了，亲切得如同自家的孩子。远远地就笑着递过话来，梅又回来看妈妈啦？我笑着应。就听到他们在背后说，这孩子孝顺，一点不忘本。心里面刹时涌满羞愧，我其实什么也没做啊，只偶尔把自己送回来给想念我的母亲看一看，竟被村人们夸成孝顺了。

母亲知道我回来，早早地把瓜摘下来，放在井水里面凉着。是我最喜欢吃的梨瓜和香瓜。又把家里唯一的一台大电扇，搬到我儿子身边，给我儿子吹。

我很贪婪地捧了瓜就啃，母亲在旁边一边心满意足地看，一边就说，田里面结得多呢，你多呆些日子，保证你天天有瓜吃。我笑笑，有些口是心非地说，好。儿子却在一旁大叫起来，不行不行，外婆，你家太热了。

母亲就惊诧地问，有大电扇吹着还热?

儿子不屑了，说，大电扇算什么？我家有空调。你看你家连卫生间也没有呢。

我立即用严厉的眼神制止了儿子，对母亲笑，妈你别听他的，有电扇吹着不热的。

母亲没再说什么，一头没进厨房间，去给我们忙好吃的了。

晚饭后，母亲把那台大电扇搬到我房内，有些内疚地说，让你们热着了，明天你就带孩子回去吧，别让孩子在这儿热坏了。

我笑笑，执意要坐到外面纳凉。母亲先是一愣，继而惊喜不已，忙不叠搬了躺椅到外面。我仰面躺下，对着天空，手上执一把母亲递来的蒲扇，慢慢摇。虫鸣在四周此起彼伏地响起，南瓜花在夜色里静静开放。月亮升起来了，盈盈而照，温柔若水。恍惚间，月下有小女孩，手执小扇，追着扑萤。依稀的，都是儿时的光景啊。

母亲在一旁开心地有一句没一句地说着话，重重复复的，都是些走过的旧时光。母亲在那些旧时光里沉醉。

月色潋滟，我的心放松似水中一根柔柔的水草，迷糊着就要睡过去了。母亲的话突然喃喃地在耳边响起，冬英你还记得不？就是那个跟男人打赌，一顿吃二十个包子的冬英？

当然记得，那个粗眉大眼的女人，干起活来，大男人也及不上她。

她死了。母亲语调忧伤地说，早上还好好的呢，还吃两大碗粥呢。准备到田里面锄草的，还没走到田里呢，突然倒下，就没气了。

人啊，母亲叹一声。

人啊，我也叹一声。心里面突然警醒，这样小扇轻摇，与母亲相守的时光，一生中还能有几回呢？暗地里打算好了，明日，是决计不回去的了，我要在这儿多住几日，好好握住这小扇轻摇的时光。

六元钱买下爱

——佚名

公司规模扩大后，他就很少回家看望母亲。想起来时，就打个电话，跟母亲说上几句话，大多数时候，都是匆匆忙忙的。甚至有时候，母亲话还没说完，他这边就因为处理手头上的事情，把电话掐断了。

他不知道，电话那头的母亲，握着电话线的手僵着，然后微笑着摇摇头，叹了口气。

那个夏天，他乘飞机回家办事，正好回趟家看望母亲。回到家也没别的事，主要是陪母亲看看电视，聊聊天。

第二天，母亲说，咱俩去买鸡蛋吧！

他一听就笑了。在公司里，他是大经理，有专门的秘书与司机。但他点点头说，好。

随母亲出了门。母亲说，去某某超市。他问，附近不是有家超市吗？母亲眨眨眼，有些得意，说，某某超市的鸡蛋便宜，一斤三块二，附近的这家要三块四。他咋了咋舌。

走到路边，正准备抬手打车，母亲说，坐12路车吧。他问，为什么坐

12路？母亲说，12路车是某超市的专用车，免费，坐别的公交车，还要花两块钱。他又笑了，说好。

坐上12路大客车。车上差不多都是些老头老太太，跟母亲很熟了，听说他是陪母亲买鸡蛋的，都用暖暖的眼神看着他，好像他是大家的儿子。他的心里，也暖暖的。

买了十斤鸡蛋。母亲拉着他在超市的休息椅坐着，说，我们在这里等一小时。他惊讶地问，一小时？母亲点点头说，下趟12路车回来，还得一小时。他觉得有着急的火苗在心里“噌”地蹿起，但还是忍了，用耐性将火苗熄灭。

母亲跟他东拉西扯，说起他上学时的一些事。一小时的时间，过得倒也不算太慢。

终于坐上12路。下了车，他拎着鸡蛋，嘘出一口气。母亲看起来格外高兴，扳着手指算，一斤鸡蛋省两毛钱，十斤鸡蛋省两块钱，来回的车费，两人省四块钱，加起来共省下六块钱。

他脑子里也迅速计算，从出门到现在，共用了四小时，四小时的时间，在公司里，他可以创造出上万元的价值。他在心里叹了一下。

快到家时，走过一个水果摊，母亲用六元钱买下一个大西瓜。

回到家，西瓜切开，露出鲜红的瓜瓤。他早就渴了，拿起一块，迫不及待地吃起来。西瓜甜极了，他吃得“呼噜呼噜”的，像小猪一样。

好久没有这样痛快地吃水果了。一抬头，母亲正看着他，眼睛有些潮湿，脸上却是极大的满足与疼爱。他的心，像琴弦被拨动了一下。这样的场景，似曾相识。

小时候，家里非常穷，他又馋得很。他常常在傍晚，偷偷去捡别人吃剩的西瓜皮，拿到河水里冲一下，便贪婪地啃起来。母亲知道了，用了三个晚上编织草绳，又用编草绳挣的钱给他买西瓜，然后看着他小猪一样吃着。

他怔怔地看着母亲，将满嘴西瓜咽下。那一刻，他忽然理解了母亲。艰难时，母亲靠着勤劳与节俭，供他上学，将他养大；富足时，勤俭作为母亲的生活方式，依然能带给她满足与幸福。而现在，富足的他却换不来时间陪母亲说一会话，母亲用这四个小时换来的，是与儿子共同相处的时光！

他的脸上露出笑容，庆幸今天终于耐住性子陪母亲省下六元钱。这六元钱，跟自己在公司创造的上万元相比，是等价的。因为，许多时候，时间与金钱就该为爱而存在。

我和妻子今年接母亲到城里来过年。

到了我住的那栋旧式楼下，母亲听说我住顶楼七层，再也不肯上去了。母亲说那么高啊，看着就头晕，怎么能住人啊。我对她解释说上去住下后就不显得高了，要是怕头晕就不要往下看，和家里的平房一样感觉，但母亲就是不挪步。

母亲患有时轻时重的老年痴呆症。有几次我回老家，看见母亲早上手里拿着梳子，却急得团团转找梳子。怕她老人家一个人在家出意外，就决意把她接到城里和自己一起住，但她老人家不肯，说一辈子在这个家没出过门，也不想出门，家里鸡鸭猪狗热闹，也离不开。好说歹说，最后约定过了年就把她送回老家去，母亲这才勉强跟着我进城来。好不容易把她连哄带骗接到城里，她却不肯上楼。我知道不能着急，母亲有病，惹恼了她，返身就走那就前功尽弃了。

我心生一计，趴在母亲耳朵边说，还记得小时候你背我上山吗？母亲说咋会不记得。那时候你个懒小子，缠着要和我一起上山摘柿子，走几步

就要赖不走要我背。我说，那时候你总是说我还没有一捆柴火重，一心要我吃得胖一点。现在你看看，你儿子都快要一百五十斤了，妈妈你再背背我试试，看你还能不能背得动我了？

母亲憨笑一声说，傻孩子，都长成大人了还和我顽皮。我说，那你让我背背你，看我能不能背得动你。我背着你在这小花园里转一圈，试试我的力气。母亲说我胡闹，累趴下不是玩的。我说没事的，小时候都是你背我，现在儿子背你一回，就当还账。也是想叫你看看，儿子膘肥体壮，你就是回老家住了不是也放心？

母亲呵呵笑了，老老实实趴在我的背上。我说妈妈你把眼睛闭上一会儿，再睁开的时候一定会看见一样好东西。母亲听话地果然闭上了眼睛，我背起她就顺着楼梯往上蹿。

母亲虽然体重不到一百斤，但连续两层楼梯背上去，我还是禁不住气喘如牛。母亲警觉地问，好像是在上楼啊？我说不是，是儿子背着你模仿上山，感觉就像爬楼梯。等她睁开眼睛，我已经背她上到四楼了。母亲发现我是在往楼上背她，就挣扎着要下来。我说不行，儿子要一个劲儿背你到家才放手。母亲急了，揪着我的耳朵求告说，把我放下来，我自已往家走，一定。

母亲是怕把我累坏，我却怕一松手她又跑到楼下去。靠着楼梯栏杆喘息的时候，母亲一把抓住栏杆再也不放手。我无奈地放母亲下来，但却不松开她。我对母亲说，知道儿子为什么要背你上楼吗？背着妈妈，就是背着幸福上楼，再累也不怕的。让儿子每天都看见妈妈，能多少报答一点母亲的养育之恩，对儿子来说是莫大的幸福，真的。

母亲不再挣扎，却掉了泪，掉在我的脖颈上。母亲说，放开我，我自己走上去。既然我儿说我是幸福不是累赘，那我就住下了。妈妈也知道你是趁过年把我诓到城里，不会再让我回去的。妈妈其实不是怕高，多高的山都上去了，这才有多高？妈妈是怕给你添麻烦。我两眼一热，赶紧扭过脸去深深吸一口气，搀扶着母亲上楼去。

背起父亲去看树

——张枫霞

朋友的父亲病重，得到消息后我决定去医院探望。我决定去是想培养和朋友之间的感情。我和朋友正有一笔生意上的交易，成与败全看他的为人了。

找到那间病房，发现病床是空的。同室的病人告诉我："出去了。很快就回来吧？他还输着液呢。"我把东西放下，坐在床沿上等他们回来。

医院真不是好地方，我呆了不到半个小时就开始烦躁。满眼都是惨白，充耳全是呻吟。仔细分辨，似乎还能感到墙角射出的丝丝阴气。我把目光投向窗外，想从春意盎然的季节里找出勃勃生机。然而，除了高墙与红瓦，连一点绿意也看不到。

终于受不了这种压抑，在没有等到朋友和他父亲的时候我逃出了医院。

第二天又去，担心再次扑空，便央求爱人一同去。身边跟个健康又至亲的人，心里会踏实许多。

果真，朋友和他的父亲又不在。同室的病人又告诉我："他们看树去

了，昨天也是。”

“看树？”

“是啊。医生说老爷子的病是好不了了，想法提高生命的质量吧。儿子问他最大的愿望是什么？老爷子说他种了一辈子树，死之前想多看几眼。儿子就背着父亲去看树了。”

他说得极为平淡，可我的心却像突然被挖空了一样难受，在商海拼杀了多年，坑别人，也被别人坑，心肠早已钢铁般冷漠了，我总以为其他商人也该和我一样吧。然而，朋友却不同。我突然觉得应该和朋友做这笔生意——足以决定我命运的生意，一个背着父亲去看树的人，肯定也有着一颗善良的心。

牵着母亲的手过马路

——佚名

星期六偕妻儿回家，年近花甲的母亲喜不自禁，一定要上街买点好菜招待我们，怎么劝也不行。

母亲说："你们别拦我了，你们回来，妈煮顿大餐请你们，不是受累，是欢喜呀！"我便说："我陪您去吧！"母亲乐呵呵地说："好！好！你去，你说买啥，妈就买啥。"

母亲年龄大了，双腿显得很不灵便，走路怎么也快不起来。她提着菜篮，挨着我边走边谈些家务事。

"树老根多，人老话多。"母亲这把年纪了，自然爱絮絮叨叨，别人不愿听，儿女们不能不听，哪怕装也要装出忠实听众的样子才行。

穿过马路就是菜市场了。母亲突然停下来，把菜篮挎在臂弯里，腾出右手，向我伸来……一刹那间，我的心震颤起来。这是多么熟悉的动作呀！

上小学时，我每天都要穿过一条马路才能到学校。母亲担心我的安危，总是要送我过马路才折身赶去上班。横穿马路时，她总是向我伸出右手，把我的小手握在她掌心，牵着走过马路，然后低下身子，一遍遍地叮嘱：“有车就别过马路。”“过马路要和别人一起过。”

二十多年过去了，昔日的小手已长成一双男子汉的大手，昔日年轻母亲的细嫩软手，已成为一双枯干节深的粗手，但她牵手的动作依然如此娴熟。她一生吃了许多苦，受了许多罪，这些都被她像掠头发一样一一掠开，但对儿女关爱的情肠却永远也掠不去。而她的儿子，却对她日渐淡漠，即使一月半载回来看她，也是出于一种义务，只为了不让别人指责自己不知孝顺、忘恩负义，不只缺乏诚意，更带着私心。

我没有把手递过去，而是伸出手从母亲臂弯里取下篮子，提在手上，另只一手则伸出来轻轻握住她的手，对她说：“小时候，每逢过马路都是您牵我，今天过马路，让我牵您吧！”母亲的眼里闪过惊喜，笑容荡漾开。

“妈！你腿脚不灵便，车多人挤，过马路千万要左右看清楚，别跟车子抢时间。家里有什么难事，不管多忙，我们都会回来的。我是您一泡尿一泡屎，养起来的儿子呀，您还客气什么？”

母亲便背过头揩泪。

牵着母亲的手过马路，心里有几许感激，几许心疼，几许爱意，还有几许感叹。

我们能够爱幼，但我们却时常忘了像爱幼一样尊老。为人儿女者，当你紧紧握住你的儿女的小手时，也别忘了，父母的手更盼望着我们去牵啊！

母亲情怀

——叶倾城

那天是周末，说好了要同朋友们去逛夜市，母亲却在下班的时候打来了电话，声音是小女孩般的欢欣雀跃："明天我们单位组织春游，你下班的时候到威风糕饼店帮我买一袋椰蓉面包，我带着中午吃。"

"春游？"我大吃一惊，"你们还春游？"想都没想，我一口回绝，"妈，我跟朋友约好了要出去，我没时间。"

跟母亲讨价还价了半天，她一直说："只买一袋面包，快得很，不会耽误你……"最后她有点生气了，我才老大不情愿地答应了。

一心想速战速决，刚下班我就飞身前往，但是远远看到那家糕饼店，我的心便一沉：店里竟挤满了人，排队的长龙一直蜿蜒到店外。我忍不住暗自叫苦。

随着长龙缓缓地向前移动，我频频看表，又不时踮起脚向前张望，足足站了近二十分钟，才进到店里去。我已是头重脚轻，饿得两眼冒金星。想到朋友们肯定都去了，更是急得直跺脚。春天独有的温柔的风绕满我周身，而在出炉的面包的熏人欲醉的芳香里，挟裹的却是我一触即发的火气。真不知母亲是怎么想的，休息日在家休息休息不好吗？怎么会忽然心血来潮去春游，还说是单位组织的，一群半老太太们在一起，又有什么可玩的？而且春游，根本就是小孩子的事，妈都什么年纪了？

前面的人为了位次爆发出激烈的争吵，有人热心地出来给大家排顺序。计算下来我是第三炉最后一个。多少有点盼头，我松口气把重心换到另一只脚上接着站。

就在这时，背后有人轻轻叫了声："小姐。"我转过头去，是个不认识的妇女。我没好气："干什么？"她的笑容几近谦卑："小姐，我们打个商量好吗？你看，我只在你后面一个人就得再等一炉。我这是给儿子买，他明天春游，我待会儿还得回家做饭，晚上还得送他去奥校听课，如果你不急的话，我想，嗯……"她的神情里有说不出的请求，"请问你是给谁买？"

我很自然地回答："给我妈买，她明天也春游。"

没想到，当我做出回答时，整个店突然在刹那间有了一种奇异的寂静，所有的眼光一起投向了我，我被看得怔住了。

有人大声问我："你说你给谁买？"我还来不及回答，售货小姐已经笑了："嗬，今天卖了好几百袋，你可是第一个买给当妈的。"

我一惊，环顾四周才发现，排在队伍里的，几乎都是女人。从白发苍苍的老妇到妙龄少妇，每个人手里的大包小包，都在注解着她们的母亲和主妇的身份。

"那你们呢？"

"当然是买给我们的'小皇帝'的。"不知谁接了口，大家都笑了。

我身后的那位妇女连声说："对不起，我没想到，我没想到这家店里人这么多，你都肯等，真不简单。我本来都不想来了，是儿子一定要，一年只有一次的事，我也愿意让他吃好玩好。我们小时候春游，还不是就挂着个吃？"

她脸上浮出的神往的表情使她整个人都温柔起来。我问："现在还记得？"

她笑了起来："怎么不记得，现在也想去啊，每年都想，哪怕只在草坪上坐坐，晒晒太阳也好啊——到底是春天。可总没时间。"她轻轻地叹了口气，"大概，我也只有等到孩子长到你这种年纪时，才有机会吧。"

原来是这样，并不是母亲心血来潮，而只是母亲心中一个埋藏了几十年的心愿，而我怎么会一直不知道呢？我是母亲的女儿啊。仿佛是醍醐灌顶，我看到我自己竟是如此自私的人。

她手里的塑料袋里，全是饮料、雪饼、果冻……小孩子爱吃的东西。沉甸甸地，坠得身体微微倾斜，她也不肯放下来歇一歇。她向我解释："都是不能碰不能压的。"她就这样，背负着她不能碰不能压的责任，吃力而又安详地等待着。

我说："你太辛苦了。"她的笑容平静里有喟叹："谁叫我是当妈的？熬吧，等孩子懂得给我买东西的时候就好了。"她的眼睛深深地看着我，声音里充满了肯定，"反正，那一天也不远了。"

只因为我的存在，她便有了那么大的信心吗？我在瞬间想起了我对母亲的推三阻四，整张脸像着火一样热了起来，而我的心，开始狠狠地发痛。

这时，新一炉的面包热腾腾地端了出来，芳香像原子弹一样地炸开。

我前面的那位妇女转过身来：“我们换一下位置，你先买吧！”

我一愣，连忙谦让：“不用了，你等了那么久。”

她已经走到我身后，略显苍老的脸上明显有生活折磨的痕迹，声调却是天生只有母亲才有的温柔和决断：“但是你母亲已经等了二十几年了。”

她前面的一位老太太微笑着让开了，更前面的只回身看一眼，也默默地退开去。我看见，她们就这样，安静地、从容地，一个接一个地，在我面前铺开了一条小径，一直通向柜台。

“快点啊，”有人催我，“你妈还在家里等你呢。”

我怔怔地对着她们每一个人看了过去，而她们微笑着回看我，目光里有岁月的力量，也有对未来的信心，更多地，只是无限的温柔。

刹那间，我分明知道，在这一瞬间，她们看到的不是我，而是她们长大成人的儿女。是不是一切母亲已经习惯了不提辛苦，也不提要求，唯一的小小的梦想，只是盼望有一天，儿女们会在下班的路上为自己提回一袋面包呢？

泪水模糊了我的双眼，通往柜台的路一下子变得很长很长。我慎重地走在每个母亲的情怀里，就好像走过了长长的一生，从未谙人世的女孩走到了人生的尽头。

终于读懂了母亲的心。

父母也有梦

——佚名

前几天，我给父母订了他们有生以来第一张飞机票。这件事让我情感涌动，也让我意识到，关于我们父母的很多事情，我们都太过想当然。

周四，父母回老家，我去机场为他们送行。父亲一直在印度政府部门工作，从来没有坐过飞机，所以，我想利用这个机会给他一次神奇的经历。尽管父亲让我给他订火车票，但我给他订了捷达航空（印度最大的内陆航空公司）的飞机票。

当我把飞机票递给父亲时，那一刻，我能看出来，他是多么激动。在等待这次旅行的时间里，父亲脸上的激动总是那么明显。他就像一个即将上学的孩子，一直都在为那一天的到来而准备着。我们一起来到机场，父亲在等候安检的时候，完全陶醉在马上就要起飞的喜悦之中。

就在父母即将进行安检时，父亲走到我身边，对我说了声“谢谢”，这时，我分明看到他眼里有亮晶晶的东西在闪烁。我知道，父亲的感动，不是因为我做了什么很伟大的事情，而是因为我做的事，对他来说意义重大。

送走父亲以后，思绪久久难平：

当我们还是小孩子时，我们的父母有多少梦想没有实现？我们不管家中经济状况如何，总是让他们给我们买漂亮的衣服和玩具，带我们外出旅行……而我们有没有想过他们为了照顾我们的愿望而做过多少牺牲？

现在，我们对孩子又在用同样的方法，总要给他们最好的——带他们去主题公园、给他们买玩具衣服等等。但我们很容易就忘记了父母，忘记了他们为能看到我们快乐而曾经付出的代价。事实上，我们有责任去确认父母的梦想是否都已实现，有责任去确认他们是否尝试了他们想要拥有的经历，去弄清他们的人生是否完整。

我想对父亲说一声“对不起”——我不应该让你对我说“谢谢”，只是乘飞机这样一个小小的梦想，我却让你等了那么久。

等待风琴

——张洁

四岁的时候母亲突然来到我当时寄居的住处，还不能理解她和父亲每回到来都如南方天空的雪花，没容得体味就已离去的我，说了一句令她至今不能忘怀的话：“妈妈，带我走吧，再苦再累都不怕，只要跟你在一起。”企望在五岁那年实现。现在想来，这对身心已开始生长的我是多么重要的一步啊！而对当年父亲在干校、背着“家庭问题”下放农村并已带着姐姐生活的母亲，需要多大的勇气和忍耐心。她正是凭着这股韧劲和耐性，一步一步走着崎岖不平的人生之路的。

记忆中的母亲安详而不苟言笑，她的一切除了讲课都似乎于静穆之中完成，匆匆地奔波田野，带学生们农忙；匆匆地走家串村，帮助贫困家庭；匆匆地东奔西走，为学校解决困难……深夜就着一盏油灯，备课或批改作业，再就是安安静静地坐在风琴边，让温柔的音符飞舞。我从小习惯了坐在学校门前的银杏树下等妈妈，习惯了就着如豆之光在妈妈的背影中入睡，习惯了站在小板凳上趴着大灶台烧饭，习惯了痛得再厉害都不肯吭一声，习惯了拎着竹篮跟村里的小孩儿一起去挖野菜……母亲说我是个懂事的孩子，而就是这个懂事的孩子，曾经因为一天又一天出现在老师报出的拖欠学费之列，天天与母亲磨嘴皮，直到有一天我的名字从那串名单中消失，放学后我兴奋地“飞”到母亲身边，她依然温和地看我，又干自己的事去了，我却被一位快嘴的爽性子老师告知：“你妈妈借钱为你交学费呢！”幼小的心凝冻碎裂般“扑”了一下，当晚饭后琴声吟唱时，我的牙齿咬破了唇肉，泪狠狠地倒进了心底，我想成长的我一直崇尚温柔、坚毅，一直希望做有教养、有爱心、有责任感、懂得忍耐和包容的女人，是源于母亲。

后来我们回到了城市。不再有风琴，我总有点儿失魂落魄。母亲没有恢复学医的专业，依然选择了教育。为了腿伤的学生不误考试，她可以起大早背着他上考场；为了成绩不理想的学生能升学，她可以放弃一个又一个休息时间；为了不影响学生功课，她可以将一张一张的病假单放在口袋里；为了按时上提高生辅导课，她可以扔下高烧病中的我；为了不让学生遭受不公，她可以无视压力说真话；为了不向不良风气低头，她可以放弃优越轻松的环境……岁月的风尘渐渐染白她的黑发，母亲的目光变得黯然。

母亲想念风琴吗？我不知道，我只知道她一直同时坚持做着“称职”的家庭主妇，并且至今每年不定期地从自己不算丰厚的薪水中，寄钱给从前乡村的一位老人和一个姐妹；我只知道在众多的高楼大厦、霓虹灯下，一个当年的小女孩一直在季节的风中，为自己全心爱着的母亲守候、等待。（节选）

你是一个寂寞的花架

别让我们的父母感到孤单

——佚名

记得电视里有一则公益广告：一位白发苍苍的母亲张罗了一桌的好菜，这时几个电话接连响起，子女们都说因为有事情，或是和朋友，或是和同事、同学在外面吃饭。母亲一次比一次失望，笑容在脸上僵住了。最后，她也吃不下饭，独自坐在沙发上，等到深夜也不见家人回家。画外音是“别让你的父母感到孤单”。那位母亲伤心落寞的神情和孤独的身影深深地触动了我的心灵，让我油然生出辛酸、凄凉的感觉。

也许，我们只是把这个看做一则广告，但是，这样的情景，并不是只在电视上看到，在生活中，也是常遇到的。

人的一生，从哇哇下地，到长大进入社会工作，这期间，有父母的多少辛酸。是他们用爱把我们呵护大，是他们用青春的岁月和生命把我们哺养大，却从不奢望有一丝丝的回报，儿女们幸福快乐，就是他们最大的安慰与收获。然而，当儿女们长大了，他们却老了。为了生活，我们四处奔波，远离了家乡，远离了爱他们的父母。也因为生活的种种压力而忽视了他们。而他们对我们的牵挂与关怀却从没丝毫减少。他们不指望什么，只

图有多一些与我们团圆的时间。

家，是心灵的港湾。当你在最孤单无助的时候，第一个想到的依然是家。只有家才能给我们最大的欣慰与鼓励。

我们都长大了，父母却老了。以前的贫苦他们从不低头，而现在的孤单，才让他们真正的屈服。请多抽点时间陪陪父母。逢年过节，多回家看看她们，多给点关怀，哪怕是一个电话，一个简单的问候。别让我们的父母感到孤单……

你是一个寂寞的花架

——佚名

你是一个寂寞的花架，我知道，那是你多年的习惯，在每一个早春时节，搭一个漂亮的花架，然后在花架的脚下，种下孩子们爱吃的黄瓜或是豆角，然后任春风吹拂，吹拂着这寂寞的花架。寂寞的花架，因为你的到来而不再寂寞。

而今，你已是满头银发，然而你还是固守着那多年来养成的习惯，在早春时节，搭一个寂寞的花架。

春风似乎能吹老燕子的雏儿，让它们在蓝天里尽情地翱翔。春风吹着它们的羽毛，于是羽毛渐渐丰满，它们开始搏击长空。可是，这样的事实，是不是对老燕有些残酷呢？新燕长大，开始搏击长空，在空空的巢里，只余下两只老燕，扼腕叹息。可是，我想它们并不后悔，因为孩子们有自己的理想，有自己的天空，它们应该飞走，应该找寻属于自己的未来。你也是如此，即便是对着空空的家，也一样有着欣慰，因为孩子们都长大了，成家了，这是对母亲最好的回报。

对孩子们而言，你也是一缕不绝的春风，在你的抚养下，孩子们都已长大成人，并且走上了工作岗位，勤勤恳恳，兢兢业业，在各自平凡的岗位上，做出了不平凡的业绩。

可是，到头来，你却成了一个寂寞的老人，在早春时节，新春刚过，孩子们就走了，你又陷入了深深的寂寞。陪伴在你身边的，只有一个寂寞的花架。

奶奶，如今我来看你了，看你满头的银发在风中翻飞，你到村口迎接我，让我受宠若惊。我那时不知道你的苦衷，我只知道你的孩子都还孝顺，能给你一笔丰厚的生活费，可是我忽略了一个重要的事实，那就是你是一个寂寞的老人，需要儿女绕膝，需要子孙满堂。你希望孩子们守在你的周围——“大儿锄豆溪东，中儿正织鸡笼，最喜小儿无赖，溪头卧剥莲蓬”。这才是你想要的生活。

可是，谁能给你？

只有一个寂寞的花架，在春风里静静地开花，在夏雨里舒展着枝叶，在秋光中结出丰硕的果实——然而却没有人陪你采摘。

奶奶，我来了，我来了，我会多住一些时日，让你不再寂寞。可是我走之后呢？谁来陪你？

我看着那个在早春的晨风里舒展枝叶的花架，静静地笑了，然而偏偏有两行泪水，不争气地从眼角滑落下来，静静地，静静地，我知道，那两行泪水，是为你流的。

趁你们父母健在的光阴

——毕淑敏

我不喜欢一个苦孩子求学的故事。家庭十分困难，父亲逝去，弟妹嗷嗷待哺，可他大学毕业后，还要坚持读研究生，母亲只有去卖血……我以为那是一个自私的学子。求学的路很漫长，一生一世的事业，何必太在意几年蹉跎？况且这时间的分分秒秒都苦涩无比，需用母亲的鲜血灌溉！一个连母亲都无法挚爱的人，还能指望他会爱谁？把自己的利益放在至高无上的位置的人，怎能成为人类的大师？

我也不喜欢父母病重在床，断然离去的游子，无论你有多少理由。地球离了谁都照样转动，不必将个人的力量夸大到不可思议的程度。在一位老人行将就木的时候，将他对人世间最期冀的希望斩断，以绝望之心在寂寞中远行，那是对生命的大不敬。

我相信每一个赤诚忠厚的孩子，都曾在心底向父母许下“孝”的宏愿，相信来日方长，相信水到渠成，相信自己必有功成名就衣锦还乡的那一天，可以从容尽孝。

可惜人们忘了，忘了时间的残酷，忘了人生的短暂，忘了世上有永远

无法报答的恩情，忘了生命本身有不堪一击的脆弱。

父母走了，带着对我们深深的挂念；父母走了，遗留给我们永无偿还的心情。你就永远无以言孝。

有一些事情，当我们年轻的时候，无法懂得。当我们懂得的时候已不再年轻。世上有些东西可以弥补，有些东西永无弥补。

“孝”是稍纵即逝的眷恋，“孝”是无法重现的幸福。“孝”是一失足成千古恨的往事，“孝”是生命交接处的链条，一旦断裂，永无连接。

赶快为你的父母尽一份孝心。也许是一处豪宅，也许是一片砖瓦。也许是大洋彼岸的一只鸿雁，也许是近在咫尺的一个口信。也许是一顶纯黑的博士帽，也许是作业簿上的一个红五分。也许是一桌山珍海味，也许是一只野果一朵山花。也许是花团锦簇的盛世华衣，也许是一双洁净的布鞋。也许是数以万计的金钱，也许只是含着体温的一枚硬币……

但在“孝”的天平上，它们等值。

只是，天下的儿女们，一定要抓紧啊！趁你们父母健在的光阴。

“找点时间，找点空闲，领着孩子常回家看看……”几年前，陈红的一首脍炙人口的歌曲传唱了大江南北，也唱起了多少年轻人对父母无限的关爱和思念。以至于今天从收音机里听到这首歌，仍能让人十分的动情，勾起我归乡的期盼。

世界上最无私的爱是母爱，最博大的天空是父母的心胸，父母对儿女的关爱是世上任何一种文字都难以形容的。记得小时候，年少不更事，过着“衣来伸手，饭来张口”的生活，完全没有懂得父母对自己的呵护是那样的专注、那样的倾心。及至到了自己为人父、为人夫，把同样的一份爱传承给自己的儿女，才懂得做父母的心境。甚至有时感到倾情于儿女身上的呵护是自身在强作欢颜，作出莫大牺牲后才能获取的。

十岁那年，我上小学三年级，十月是我的生日。那时的条件十分的艰难，我们能穿上一件新衣、吃上一顿猪肉都是做孩子的奢侈。于是我十分盼望自己的生日能早一天到来，缘由便是与父母约好穿上一身新衣服、吃一次红烧肉。

从八月桂花香浓的那一天，掰着手指数到九月重阳菊花黄，好不容易转到了十月。十月的天气已经显得寒意渐浓，自己用小笔在书上画着勾，还有十天就要过生日了。我问父亲：“什么时候给我做新衣服，就要过生日了。”父亲用那双带着淡淡忧郁的眼睛看着我，眉头紧蹙，半晌不说话，我又问母亲，母亲也叹了口气：“孩子，还早呢！放心吧，妈一定为你做一身新衣服。”我揪着的心放下了，蹦蹦跳跳地上学去……

第二天父亲便离开了家，我问妈妈：“爸爸上哪儿去了？”妈妈说：“爸爸到别人家帮工去了。”我仍未放在心上，及至到了过生日的前一天晚上，父亲才回到家中，拎回来五斤猪肉还有我的一身新衣服，那晚我的心美极了，为自己的衣服、为明天能吃上的一顿肉。

过了许多年，从母亲的口中才知道，父亲是去一百多里外的沙矿上替别人挑沙，挣回来二十块钱为我过生日，一霎间，我什么都明白了。

从此一有空闲我总回到父母的身边去看看。不为别的，只想起父母亲老了许多，能时常陪陪他们，让他们感受到儿子的孝心！享受亲情的关爱与满足。

家有老人就是福

——佚名

趁着假期的空闲，赶回家拜见我的老母。

回到了我长大的老家，真是倍感亲切！家还是我从小生活的那个地方，只是房子变化了，生活设施也更方便了，这里是老人风风雨雨几十年度过的地方，是充满希望和快乐的地方，这里已成了老人难于割舍的地方。

在家的感觉真好！本想回家后多帮老母做一些事，但老人却执意不肯让我做，还说："你在外辛苦了，回家来就好好歇歇吧！"每到这时，我的心里就有一种莫名的酸楚——我想哭！泪还不能流！母亲的脸上又多了些皱纹，她与父亲把我养育成人，十几岁的我就离开他们很远，没能为老人做些什么，带给他们的却是更多的思念和牵挂。而如今当我想起他们时只能在电话里互道珍重，在心理默默祈祷双亲健康快乐！

在家的日子里，我最喜欢的就是陪老母聊天，我喜欢每天坐在她身边，听她倾诉，听她唠叨，偶尔插上几句，说来也奇怪，从未感觉烦，却感觉有说不完的话题，感觉有说不出的惬意，有说不出的温馨和甜美。在

老母面前我永远都是她的孩子，我与老人更加依恋。而此时最觉时间常常故意跟我作对——过得飞快！因此我时常为快要离别而在背地里暗自伤感！

俗话说：“养儿才知娘辛苦！”已为人父的我，现在真正体会到做父母的滋味，父母就是常在寒冷深夜起床看你盖好被子没有的人，就是拼命给你盛鱼夹肉自已却说不爱吃这些东西的人，就是你远行时送你到路口看你远去直至走出他们视野仍在眺望的人，是……父母可以为了孩子付出一切，总是将最好、最宝贵的留给孩子，父母的爱是无条件的施予而不望回报。而对自己的烦恼、苦痛却从不轻易地流露给孩子，怕孩子担心，这就是父母。

亲爱的朋友，珍惜你与父母在一起的每一天，这才是你把握在手中的最真实的幸福和爱！

二十多年前，母亲忍着剧烈的阵痛，父亲怀着满腔的渴望，焦急地等待着我的降临，听到我响亮的啼哭，他们疲惫的脸上却绽开了灿烂的笑容。

在这个陌生而古老的城市，终日漫无目的地生活。没有了往日的天真，没有了曾经的烂漫，生活没有一点规律，在外的孤单让我对父母的思念与日俱增。

如今，我却只能眼看着他们日渐衰老，我满心的惶恐和担忧却无法挽留他们匆匆前行的脚步。父母曾经花费了很多心思，教我学会迈出人生的第一步，看着我摇摇晃晃离开他们的扶持，独立走向前方，他们是怎样的一种骄傲！如今，他们可能在过马路时反应迟钝了，甚至站也站不稳，走也走不动了，那么，就让我紧紧地握着父母的手，陪着他们，慢慢地，就像我们小时侯一样，带着他们一步一步地走！

当年，父母曾经怎样绞尽脑汁，回答我们不知道从哪里冒出来的千奇百怪的问题；如今，他们可能会整日重复我们着孩提时代一些老掉牙的故事，可能会终日哼唱着以往的老歌，那么，就让我们陪着父母一起唱，和他们一起讲，让他们深深陶醉在那些悠悠往事的回忆中！

当年，父母曾经花了很多时间，教我们慢慢学会用汤匙、用筷子吃东西，教会我们系鞋带、梳头发、抹鼻涕；如今，他们可能会在吃饭时总是咳个不停，他们可能会忘了系扣子、系鞋带，梳头发时手会不停地颤抖，那么，就让我们以一颗饱含温柔和爱意的心，帮助父母完成这些，让他们衣冠整洁、精神焕发地出现在同伴当中！

当年，父母曾经怎样悉心呵护，日夜守候着生病的我们，寸步不离，焦虑不安，等到我们病好如初、欢蹦乱跳的时侯，他们却早已熬红了眼睛，人也瘦了整整一圈；如今，他们可能会经常生病，他们可能会大小便失禁，甚至会长卧病榻，那么，就让我们用足够的耐心和时间，问寒问暖，让我们帮父母擦洗身体，清理房间，让他们生活得干净舒适！

也许您的父母仍值壮年，也许您的父母已风烛残年，不管怎样，趁着父母还在，多花些时间照料他们吧，如果自已确实没有时间，就请您找个可靠的人来替您照料，并请您千万千万要经常去探望他们，不要让他们觉得被遗弃了。要知道，从我们出生开始，父母就一直在照料我们，不眠不息，无休无止，把他们一生的心血全部倾注在我们身上；如今，他们的器官正在老化，他们日益需要我们的体贴和帮助，请您一定要警觉父母身上的细微变化，千万不要吝啬对他们的关心和爱！角色互换，善待父母，让我们用孝心陪伴着他们，无憾地走完人生的旅程。

无私的爱

——尤晓英

世界上有一种爱，它是滋润人心田最甘甜的清泉，它是温暖人心窝最炽热的火炉，它是抚平人创伤最有效的膏药，它是庇护人心灵最强大的避风港，它是世间最纯真、最至高无上、最无私的爱，这就是父母对子女永不知疲倦的爱。

从我们降世的那一天起，就一直贪婪地享受着这份爱，一切都显得那么理所当然，以致我们有时竟然忽视了它，甚至忘了它的存在。然而，在我们伟大的亲爱的父母心中，他们从不曾忘记对他们的子女时刻地付出这份爱。我们多像一个剥削者，尽情地剥夺着他们的心血、青春，无情地在他们脸上刻下了沧桑的印记，消瘦了他们本也强壮的身体。他们的付出只求一个愿望：儿女们过得好。无价的付出只求一个无私的愿望，相信普天之下除了父母，再没有谁能拥有如此宽广的胸襟与博大的包容。

好好地爱我们的父母吧，并且要学会为他们付出——尽管我们的付出远远无法回报他们的给予。

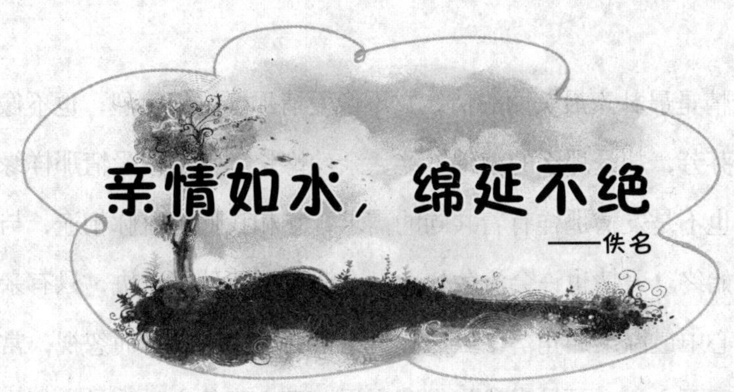

亲情如水，绵延不绝

——佚名

是什么样的思绪在安静的夜晚里悄悄泛起，随即那一点牵挂便涨满了整个心房？是什么样的感动在一个毫不相关的瞬间突然掠过心头，让我们不由自主地回忆？是祖父抚爱我们的粗糙的手掌，是外婆慈祥纵容的笑容，是童年不苟言笑的父亲的脸，是母亲没完没了的叮咛，是兄弟姐妹互相争吵嬉闹的画面……一张张平凡如水的剪影沉淀在岁月之河的深处，随着时间的流逝和年龄一起慢慢变得深沉耐读。

这是生命里最难忘的感动——亲情。

亲情没有隆重的形式，没有华丽的包装，它透迤在生活的长卷中，如水一样浸满每一个空隙，无色无味，无香无影，于是也常常让我们在拥有时习以为常，在享受时无动于衷。亲情是饭桌窗前的晏晏谈笑，是柴米油盐间的琐碎细腻；是满怀爱意的一个眼神，是求全责备的一声抱怨；是离别后辗转低回的牵挂，是重逢时相对无语的瞬间。常常，一个简单的电话，一句平常的问候，都是对亲情最生动的演绎和诠释。没有荡气回肠的故事，没有动人心魄的诗篇，从来不需要费心费力地想起呵护，却永远如水般静静地流荡在我们生活的每一个角落，悄悄滋养温暖着我们的身体和心灵。

亲情是最朴素最美丽的情，它不像爱情那样浓郁热烈，也不像友情那样清新芬芳，却是那么的缠绵不绝、余韵悠长。它不似爱情那样缘于两情相悦，也不是友情那样有着共同的需求，它和我们的血脉相连，与我们的生命相始终。爱情也许会流散死亡，友情也可能反目成仇，只有亲情永远是我们心中最温柔的角落。虽然我们常常会因为它平常而忽视，常常会因为它朴素而忘记，可是当我们伤痕累累，满心疲惫之时，最先想到的只能是我们最亲的亲人，只有他们可以不计得失地敞开胸怀接纳我们。

亲情不是浓烈的醇酒，不是甜美的饮品，它只不过是一杯纯净平淡的白开水，虽然无色无味，却是我们生活中不能须臾离开的。它不会让我们兴奋，却能让我们安静；它不会给我们刻骨难忘的体验，却始终为我们提供着不可或缺的营养。亲情中自有一份纯朴和自然，不用刻意雕琢，在我们意识到时，它早已悄悄浸润在我们的指尖脉络中。

在纷繁的红尘世界，因为有了这一份亲情在，不管距离远近，无论喧嚣寂寞，我们的心始终是安然从容的。

亲情如水，纯净透明；水如亲情，绵延不绝……

花 宴

——金波

我永远不会忘记外祖父那小小的庭院，那儿是花的世界。外祖父常常拉着我的手，带着我在花丛里漫游。我认识了玫瑰、藤萝、白玉兰，还认识了腊梅、曼陀罗、夹竹桃……

我记得第一次见到外祖父，他给我吃玫瑰酱。那是他在春天里采下花瓣儿，捣碎以后，加糖腌制的。我还记得，外祖父看着我啧啧地吃着，笑得那样开心。

我越吃越高兴，便问外祖父，所有的花都能做这样好吃的酱吗？外祖父告诉我，美丽的花不一定都能吃。他指着曼陀罗、夹竹桃说："那是有毒的，而绣球花有怪味儿。"

以后我每到外祖父家做客，他都请我吃掺有花做的食品。有时他请我吃藤萝饼，有时又用萱草花炒菜，还请我喝过香甜香甜的桂花粥。我还记得，外祖父说：如果有一座花园，他能给我开一桌百花宴哩！

我还记得，那次外祖父送我一串茉莉花的项链。我戴着它，走到哪儿，哪儿就说："香姑娘来了！"回到家里，妈妈告诉我，茉莉花可以熏

茶。我高兴地送给她了。

外祖父那小小的庭院，在我童年的记忆里，是一片永远走不到尽头的花的世界，那里有花香、色彩和慈爱。

遇见世上最好的爱

遇见世上最好的爱

——刘继荣

请你一定相信，遇见了孩子就是遇见了世上最好的爱。

大学时的好友假期出游，顺路来看我，就在家中住了几天。正遇上老公出差，孩子感冒，我忙得不可开交。几天下来，她感慨道："看见你这样忙忙碌碌、身不由己，我是绝不敢要孩子了。"

我一愣："你都看见什么了？"她同情地说："看见你一日三餐洗煮烧煎，比保姆还辛苦；看见你栉风沐雨，又接送孩子上学，又忙工作，几乎变成机器人；看见你凌晨两点还不能安歇，要给孩子喂药喂水，像个苦役犯；还看见你的皱纹与眼袋，看见你无穷无尽的付出。"

她叹息："女人最好的年华就这样交付掉了，人生还有什么乐趣。你看我，工作时无忧无虑，出游时无牵无挂，多好。"我笑了，对她说："你什么都看见了，可唯独没有看见我的快乐和幸福。"

她瞪大眼睛，惊讶地看着我，半开玩笑地说："你不是在自欺欺人吧？"

我告诉她，儿子刚上幼儿园，第一次吃鸡翅时，才两岁半的他，将鸡翅藏在白衬衣的袖子里，晚上带回来要与我分吃。我至今记得，他津津有味地吸吮那半截鸡骨头的馋相。每每想起他衣袖上留下的那片鹅黄色油渍，我心里就会有一片淡淡的温暖。朋友若有所思，脸上不再是戏谑的表情。

我告诉她，走在路上，儿子像个小小男子汉，懂得让我走在他的右边。他说："妈妈是近视眼，我是千里眼，我来保护你！"过马路的时候，他会冲着车流大喊："你们通通快让开，我妈妈要过马路了！"仿佛我是至尊至贵的女王，所有人都得谦恭礼让。母亲，就是孩子心灵国度里最值得敬爱的女王。朋友爽朗地笑起来，她说："好羡慕你，女王陛下。"

我告诉她，去年五月的一个中午，儿子很晚还没回来。在外环路上，我找到了他。这一路，槐花开得纯白如雪，幽香扑鼻，儿子正专心致志地往树干上写字，一棵一棵地。他对我说："今天是母亲节，我没能买到康乃馨，就来到了这里。"花开得那么好，却有人采摘，儿子就用水彩笔写下了这些稚拙的留言："这是我送给妈妈的花，请让它好好地开，不要摘。"望着这一路盛开的槐花，我知道，这是最好的母亲节礼物。牵着孩子的手，我感觉自己是世界上最幸福的人。听到这里，朋友的眼神变得柔和起来。

我告诉她，就在前天，我和儿子一起去医院验血。当医生宣布儿子和我是相同血型的时候，他一下子欢呼起来："太好了，如果以后妈妈生病需要输血，就可以抽我的了！"旁边验血的人，还有医生，都感动地说："有个这样的孩子，真好。"我平静地陈述完这些片段，朋友的眼睛却在

刹那间湿润了。

我对朋友说："你没有看到，我在辛苦的同时享受到多少甜蜜，你也无法感受，我生命中最深的温暖。但请你一定相信，遇见了孩子，就是遇见了世上最好的爱。"朋友郑重地点了点头，露出了赞同的微笑。

穿西装的斑点狗

——刘继荣

儿子一直认为他的名字太没有创意，不能让人刮目相看，于是自己作主起名斑点狗，没有人叫他，他自己也忘记了这个很酷的名字，只有我还记得。

他和大多数孩子一样慢慢长大。到了五岁，仍然没有表露出任何成为神童的征兆：他不喜欢吃梨，自然没有让梨的故事；我家里只有一个小小的金鱼缸，根本没有砸破水缸的机会；对唐诗宋词的爱好比较特殊，他一直固执地认为孟浩然就是幼儿园小班的那位女老师。他常常充满期望地说，妈妈将来可以当警察，奶奶将来最好也当警察。我们在他的眼里还有许多美丽的未来，就这样在一起，像春天一样快乐而傻气，直到五月末的那天早晨。

闹钟响的时候，我立刻像往常一样起床，今天要快一些，因为斑点狗要参加六一节目彩排，给我安排了化妆任务。可是我忽然感觉手没有了力气，仔细看看，手在，连一片指甲也不曾少，薄薄的丝袜在手里打转，可怎么也套不上，手指捏不住衬衫的纽扣，我嘻嘻哈哈地叫醒了熟睡的儿子："大侠今日遭人暗算，全身没有力气，请你帮帮忙吧。"他迷迷糊糊地坐起来，眯着眼帮我穿好了衣服。我下床时突然失去重心，感觉脚软绵绵的，似乎不存在了。定定神，慢慢走到卫生间，让我大吃一惊的是，居然怎么也挤不出牙膏来。我的手仿佛是纸做的，成了假的，所有的力气都消失了。我怀疑是不是在做一个噩梦，想掐一下自己看疼不疼，可无论是左手还是右手都软绵绵地不肯配合，只好作罢了。

在儿子的帮助下，我艰难地完成了洗漱。拿着他给我的牛奶，手抖得喝不到口中。我没有叫他帮忙，他正在给自己化妆，穿上演出服后，他对我说："我先送你去医院，再去演节目。"

我看着他脸上拙劣的化妆，仿佛是红孩儿洞里跑出来的小妖怪，穿着歪歪扭扭的演出服，简直就是一个小丑，可是我只能静静地看着却无能为力，因为我整个人像一个正在融化的冰激凌。我扶着沙发慢慢地站起来，"你去幼儿园，我自己去医院。"

到了医院，医生要我通知单位和家人，我的手指连电话的键也按不下去了，同时也不能够再站起来。我仿佛被风化了一样，一寸寸地成了粉末，只有头脑异常地清醒，绝望的感觉潮水般淹没了我的全身。这时候，我能通知到的家人都在很远的地方，除了幼儿园的斑点狗。

我躺着，接受医生的反反复复的检查，医生确诊我为格林巴利综合征，可是我仍然奢望着，这只是一个噩梦，一会儿就会醒来，我安慰着自己。斑点狗来了，他穿着演出服，脸颊涂得鲜红，眼圈黑黑的，手里拿着一个香蕉，站在我床前。我已经感觉到说话没有了底气，声音是从来没有过的软弱，甚至不能抬起头来。他站在我的同事和医生中间，看上去是一

个很小很小的小不点儿，没有哭，只是看着我。医生指定了陪床的人，他擎着香蕉推开所有人，安静地坐在我的床边说："我要留在这里，我不放心你们照看我妈妈。"他化了妆的脸很像一个女孩子，只有英挺的眉毛让他像个有主见的男人。他离我很近，我闻到了他身上儿童护肤霜的味道，这令我在一瞬间有些恍惚，仿佛很快就能回家，我找到了一种安定的感觉。

后来，我不停地转院，去了很多能去的医院，最后又坐着轮椅回来了，只有在做梦的时候，我享受着行走自如的感觉。我变成了每时每刻都要别人帮助却在任何时候都有脾气的病人，我憎恶着现实，憎恶着自己。

这时候，五岁的斑点狗守在我旁边，我固执地要他走开，他坚持要喂我吃药，我烦躁地说："你太小了，知道吗？你还要人照顾呢！"我看见他睫毛下面两大滴泪闪来闪去，却不肯落下来，仿佛那泪也怕碎了似的。我气得发抖，用眼神命令他出去，他看懂了，也服从了，在他轻轻带上门的那一刹那，我的泪滚滚而下，我知道生命真的是太重太重了，已经压得我抬不起头了。

过了很久，他轻轻地推开门，走到我面前，他的硬硬的倔强的头发上好像打了摩丝。他穿着爸爸的西装，衣襟拖在膝盖下面，单眼皮的黑眼睛，长长的脖子，像足了那个叫三毛的流浪孩子。领带看上去像条绊马索，可是他的每一个扣子都扣得很齐整，领带也打得很像样子，他平静地说："妈妈，你现在看清楚了吗？我是大人。"

也许我真的没有发现，他居然能做很多的事，给我喂药，梳头发，洗脸，洗脚，扶我慢慢地学习走路。我那时动不动就做噩梦，常常会在深

夜里惊叫，每一次都是小小的斑点狗把台灯打开，叫醒惊悸的我。昏黄的灯光里，他的脸看上去很安静，小小的手，为我拭着额上的冷汗，给我盖好被子，不住地对我说："不怕，不怕，我在这里，妈妈不要害怕，有我呢！"

可是，我的病情就那样不好不坏，仿佛要永远这样。

那天，他在电话里对别人说："我妈妈已经好了，她能走路了，也能做饭了，她每天都领我去公园里划船。"

这惹恼了暴躁的我，我愤愤地骂了他一顿，怪他向别人撒谎。他站在我身边，没有争辩，也没有流泪。我使劲地推了他一下，他流泪了，惊叫起来："妈妈你好了，你已经有力气推人了！"我愣住了。

午睡被一种很轻的声音惊醒，原来儿子正在自言自语。他用了极低的声音说："妈妈已经好了，妈妈会走路了，妈妈每天都领我去公园。"

我躺着没有动，他用祈祷的声音低低地一遍一遍地说着，也数不清说了多少遍，那么专注，那么认真，那么固执，好像要一直说下去。

西方那个远远的上帝会听到他的祷告吗？东方那个莲花座上的慈悲女人会听得到他的祷告吗？

我微微睁开眼，他将玩具兵摆放在自己面前，拉出一个很神气的兵说："你是院长吗？为什么还不把我妈妈的病治好呢？"

"我已经用了最好的药了。"

"你一定没有用，要不我妈妈早就好了，请你一定要治好我妈妈。"

他又拉出两个兵来："你是医生，你是护士，对吗？你们为什么不赶快治好我妈妈的病呢？你们说吧，想吃馄饨还是想吃板刀面？"那两天正

上演《水浒传》，这正是阮小二对宋江说的话。

我忍不住想笑，忍住了之后，又觉得想哭。

“你别急，你妈妈就要好了。”

“求求护士阿姨，求求院长叔叔，求求医生叔叔，求求你们，求求所有的医生，快给我妈妈治病吧。”

他累了，却总是不肯好好睡下，他在独自一个人做着游戏，做着妈妈会好的美梦，他在求一切他认为有能力有爱心的人，他相信这些力量一定可以救治他的妈妈，而我却相信着他的力量。

于是，我学习走路，学习吃饭，学习穿衣服，在三十岁以后，我学习着在三岁就掌握了却在一场病中失去的本领。

学会刷牙的时候，我有一种满足；能够洗脸的时候，我有一种惊喜；一个人蹒跚地走在路上，看见大片大片的野菊花把路两边都染成了深紫色，我更是有一种异样的幸福。请原谅这个太容易满足、太容易惊喜、太容易幸福的人，因为她体会了失去一切东西时的艰辛，所以，现在她活在一种快乐里。

我的孩子总会紧紧地跟在我的身后，他如同一个不放心的大人看着一个小孩子出门那样，在后面悄悄地看着我，看我会不会跌倒，并时刻准备着跑过来搀扶我。

在那些漫长的日子过后，他终于可以放心我一个人出去了。

现在，他是一个四年级的学生了，他从来没有得过第一，只有一次考过第二名。

现在，他就在我旁边，我正写着这篇文章，电脑里播放着《中国功

夫》：“南拳和北腿，少林武当功，太极八卦连环掌，中华有神功。”他举着一根晾衣竿，演练着自创的武功，一招一式都虎虎生风。是的，你不得不承认，他赢了，也许他根本没有把这当成一场战斗，只是他很投入，投入到赢了还不知道自己做了什么，所以他才会赢。

现在，他仍然是那个没有什么特长的孩子。像大部分孩子一样，会淘气，会惹祸，会哈哈大笑，有时候会害羞，会在你想让他表现的时候说出一句让你颜面扫地的话，因为他不知道大人的面子有时候要小孩子来支撑。

他不觉得他遇到了什么，那一场风波没有让他老成起来，没有让他特别懂事，或者在别的方面有了什么感悟。仿佛一场风一场雨，来了就来了，去了就去了，没有惊心动魄，也没有劫后余生的欣喜若狂。他太小了，就让他浑然不觉吧。也许这才是对的。

生命里有许多的东西，而他有他的快乐，我有我的悲喜，我们在戈壁遇到一场意想不到的风暴，沙尘暴或许惊吓了成人，在孩子眼里却是风景。在尘世里我们相遇了，并且成了一家人，成了互相依靠的朋友，就这样好了。

此时，他靠着我，看我写下的字，一会儿笑了，就是这样的！他叫道。有时，他迷惑地说，是这样吗？我忘了，还记得一点点。

而我，怎么可以忘记呢？

我和我的“小男人”

上班前，他突然问我：“你上班好玩吗？”我想也没想地回答：“怎么会好玩！很辛苦的！”他说：“很辛苦，那你可不可以不上班？”我说：“那怎么行？不上班怎么能挣钱买我们想要的东西呢？”想了一会儿，他说：“那我去上班吧，我去挣钱买我们想要的东西。”

我心里像被什么牵动了一样，暖暖的温情立刻氤氲起来。我蹲下来，吻了吻他的脸，温柔地注视着他说：“哦，你现在还小，只是个小男人，等你长成大男人再说。”他郑重地点了点头：“好，那我快快长大！”我说：“那就要好好吃饭，好好喝牛奶！”他又点点头，伸出小指头：“拉钩！”认真拉了钩，他笑了。他的白衬衫很精神，他的小板寸很有型，他是我的——“小男人”。

三年前，大男人去了另一个世界。这三年多来，一直和我相依为命的便是这样一个渴望长大的“小男人”。现在他已经开始长大，关于我可不可以不上班的问题，半年前，他的反应是这样的——

“你可以不上班吗？”

“哦，我不上班怎么……”

“唉，我知道你要给我买东西……那你什么时候才可以不上班呢？”

“等我老了，像奶奶那么老的时候，我就在家不上班，给你做饭。”

“不，我不要你老。你还是上班吧！”他噙着泪水紧紧地抱着我说。

那一刻，我的心如水漫过。时间可以催人老，红了樱桃绿了芭蕉。可是，亲爱的，在你还没有长大前，我又怎么舍得老？

然而，不过半年，他突然就开始长大。三个月前，我突然病了，面目严肃的医生通知我立刻住院。我委托同事周末去接“小男人”，到她家住两天，周一再把“小男人”送回幼儿园。然后我到幼儿园里去看他，告诉他我生了点小病，可能要到医院里让医生好好检查一下。他疑惑地问：“要检查很久吗？”我说：“大概十天。”他说：“那周末我回家，你也从医院回来吗？”我说：“可能不行啊，我要全托十天，十天后才能回家。”他说：“那你全托的时候会想我吗？”我点了点头，他很满意地笑了，说：“我也是！”泪水突然就弥漫在我眼里。

十天，很漫长。我无时无刻不在想念着我的“小男人”——他吃饭了吗？他睡觉了吗？他笑了吗？他哭了吗？

我没有按照医生说的那样再留院观察几天，执意回了家。我对医生说：“不过是个小手术！不要紧！”我清楚，我回家是因为我跟“小男人”说好十天。十天就是十天，“小男人”两个巴掌上一共也就十个手指头啊。

我去幼儿园把“小男人”接回家。一路上，“小男人”很兴奋，坐在自行车后座上不断大声唱歌。晚饭后，我按医嘱服药，“小男人”

说："苦吗？"我摇摇头。他问我："医生检查要打针吗？"我说："要的。"他说："你哭了吗？"我摇头，他非常钦佩地说："你真勇敢！"

我笑了。那个晚上，"小男人"蜷伏在我身旁沉沉睡去，摸着他青茬茬的大脑袋，感觉很踏实。

第二天一早，半醒中随手一摸，却摸不到那青茬茬的大脑袋——"小男人"不见了！倏忽一惊，立刻醒过来。睁开眼，看到"小男人"正在餐桌前捣鼓着什么。过去一看，他正在冲牛奶，桌子上有食堂的饭卡和两个包子。看到我，他说："我去买了早点回来！我是不是长大了？你是不是该表扬我一下呢？"我紧紧地抱住他，说："是！你长大了，长成一个男子汉了！"这句话出口，他笑了，我哭了。

早上送他去幼儿园的时候，他突然跑过来，抱住我的肩膀，在我耳边悄悄说："美女，告诉你一个秘密，你穿红裙子真漂亮。"

是的，他喊我"美女"。更多的时候，他喊我"妈妈"。

我的愿望是当一条狗

——江流

有一天，我去看望在山区教学的朋友，山里生活很苦，可孩子们却很懂事，学习也很刻苦。在那里教学的朋友为此很欣慰。

晚上，朋友在灯下改作业，我闲来无事，顺手翻看桌上的考试卷。所谓的考试卷其实就是一张大纸，正面写着数学，反面写的是作文。作文题目是《我的愿望》，孩子们的愿望和我们当年一样：当老师、当解放军、当科学家。突然，一行字闯入了我的视线：“我的愿望是当一条狗。”我一惊，又觉得好笑，接着往下看：“阿爸走了，家里只剩下我和阿妈。山村的夜很黑，听人们说黑夜里有鬼，我怕鬼，阿妈也怕，阿爸不怕，可是他再也回不来了。还听人们说，有狗的人家鬼就不会去，可是我家没有狗。我如果是一条狗的话那该多好啊，我就可以天天守在阿妈的门口，她就再也不会害怕了。”

在那面墙上

——金波

就在小镇的那面墙上，张贴着我的作文，那篇比赛获奖的作文，题目就是《我的妈妈》。

我多么高兴，每当我走过那面墙，就会情不自禁地停下脚步，多望它几眼。

我还会侧耳听一听同学和老师，还有过往行人的交谈。当我听到他们谈起我那篇作文的时候，就止不住地心跳。我多么想听听他们夸奖的话啊！

我并不想告诉他们，这篇作文就是我写的。他们不认识我，却能说出夸奖的话，那才是最真实的话呢！

但我最大的愿望，是妈妈能来到这面墙的前面，忽然发现了她的孩子的作文贴到了墙上，而且那是一篇写妈妈的获奖的作文！

可是，我并不想去告诉妈妈。我想，如果她意外地发现了这篇作文，才会得到最大的快乐。

谁知道那天刮了一夜大风，把墙上的作文刮跑了。第二天清晨，我难

过地在墙跟前站了很久很久……

晚上，我告诉了妈妈我的作文获奖的事。

妈妈让我带她去看看。我告诉她，大风刮跑了我的作文。

妈妈望着我难过的神情，安慰我说：“你长大了会写得更好。”

啊，那时候，我多么希望快快长大啊！

金色花

——（印度）泰戈尔

假如我变成了一朵金色花，为了好玩，

长在树的高枝上，笑嘻嘻地在空中摇摆，

又在新叶上跳舞，妈妈，你会认识我么？

你要是叫道："孩子，你在哪里呀？"

我暗暗地在那里匿笑，却一声儿不响。

我要悄悄地开放花瓣儿，看着你工作。

当你沐浴后，湿发披在两肩，穿过金色花的林荫，

走到做祷告的小庭院时，你会嗅到这花香，

却不知道这香气是从我身上来的。

当你吃过午饭，坐在窗前读《罗摩衍那》，

那棵树的阴影落在你的头发与膝上时，

我便要将我小小的影子投在你的书页上，

正投在你所读的地方。

但是你会猜得出这就是你孩子的小小影子吗？

当你黄昏时拿了灯到牛棚里去，

我便要突然地再落到地上来，

又成了你的孩子，求你讲故事给我听。

“你到哪里去了，你这坏孩子？”

“我不告诉你，妈妈。”

这就是你同我那时所要说的话了。

一朵玫瑰花

——佚名

有位绅士在花店门口停了车，他打算向花店订一束花，请他们送去给远在故乡的母亲。绅士正要走进店门时，发现有个小女孩坐在路上哭，绅士走到小女孩面前问她说："孩子，为什么坐在这里哭？"

"我想买一朵玫瑰花送给妈妈，可是我的钱不够。"孩子说。绅士听了感到心疼。

"这样啊……"于是绅士牵着小女孩的手走进花店，先订了要送给母亲的花束，然后给小女孩买了一朵玫瑰花。走出花店时绅士向小女孩提议，要开车送她回家。

"真的要送我回家吗？"

"当然啊！"

"那你送我去妈妈那里好了。可是叔叔，我妈妈住的地方，离这里很远。"

"早知道就不载妳了。"绅士开玩笑地说。

绅士照小女孩说的一直开了过去，没想到走出市区大马路之后，随着

蜿蜒山路前行，竟然来到了墓园。

小女孩把花放在一座新坟旁边，她为了给一个月前刚过世的母亲，献上一朵玫瑰花，而走了一大段远路。

绅士将小女孩送回家中，然后再度折返花店。他取消了要寄给母亲的花束，而改买了一大束鲜花，直奔离这里有五小时车程的母亲家中，他要亲自将花献给妈妈。

爱意悠悠

——（美国）小埃弗雷特·阿尔瓦兹

八岁那年，我和祖母一起生活在加利福尼亚州的萨利纳斯。一天，她把我叫到一边，小声提醒我那天是妈妈的生日。我想给妈妈买点好东西，可我一分钱也没有。只有一个办法：捡空汽水瓶，一分钱一个卖到拐角废品站。

于是，我就开始拖着我粉红色的小货车，在邻居的垃圾堆里找瓶子。每装满了一车，我就拖到废品站去。

天很晚了，我估计我已经凑够了，就拉着小货车到了山上的杂货店，拿出我亲手挣的硬币。这些钱除了买一个生日卡外竟然还有点富裕。

我的眼睛盯住了棒糖，剩下的钱刚好还能给妈妈买一块。我把糖塞进裤兜里，把生日卡叠好放进衬衣，便向家跑去。

这时，天已黑下来。当我绕到拐弯处时，看见妈妈正在找我，她一定很担心，甚至很生气。“你干什么去了？让我到处找你！”

我很紧张，当被拉进屋里时，我哭了起来。

“你去哪儿了？”妈妈大声说。

我哭得更厉害了，委屈地说："我捡瓶子卖钱给你买生日礼物了。"

我从衬衣里拿出没签字的生日卡，只有脏手在上面留下的黑印，我又抽出几乎断成两半的棒糖："还有这个。"

妈妈什么也没说，扑过来紧紧抱住我，把脸埋进我的头发里，嘤嘤地哭了。

那天晚上，邻居们问窗台上怎么有块糖?

"儿子送我的生日礼物！"妈妈自豪地说，眼睛湿润了。

一袋父母心

一袋父母心

——马相才

那年，我在苏北一个劳改农场服刑，有一次送来一个灶河的人，当他看到别人的家属都是隔三差五地来看望，非常羡慕。于是便一封又一封地向家中写信。可是，半年多过去了，家里也没有人来看他。最后，他终于急了，给家里发了一封“绝交信”。

他的爹娘就他这一个娃儿，其实早就想看他，只因家中实在太穷——几十元的路费都借不来。当接到娃儿的“绝交信”时，老两口再也坐不住了，经过一番认真考虑和准备，决定去看儿子。

他们把自家的板车弄了出来，仔细检查轮胎有没有漏气。感到没啥大问题了，就把家里仅有的一条被子铺到车上，然后向劳改农场出发了。

在路上，老两口始终保持着一个拉车、另一个在车上休息，谁累了谁歇，但板车不能停。他爹不忍心让他娘累着，就埋着头拉车，被催得急了，才换班歇一歇。因为走的路远，他爹的鞋子很快磨破了。出现这种意外，他们当初可都没想到。当他娘给他爹挑扎在脚里的刺儿时，气得直摇头嘴里不住地哀叹。可是路还得赶，从清早到晚上，一直走到天黑得看

不清东西，才找根木棍把车一支，两人在大野地睡上一会儿。等天刚蒙蒙亮，又开始赶路。就这样，二百多里路程，他们走了三天三夜才到达。

劳改农场跟监狱不一样，在那里，一个犯人的家属来看望，一圈人围着看。所以灶河犯人的家属来看望时，我和很多犯人也在场。

那天，当我们得知老两口徒步从二百多里外的家乡来看儿子，在场的所有人都为之震撼了！尤其看到从那双磨破的鞋中探出的黑色脚趾，围观的犯人们都掉泪了，连管教干部都转过头去，用手擦拭着眼睛。这时，只听“扑通”一声，灶河犯人重重地在爹娘面前跪了下去！

见此情景，我们赶忙上前去拉他，可无论如何，他就是跪地不起。管教干部发话了：“谁也别拉他，就让他跪着，他也该跪跪了！”说完，撇下灶河犯人，硬拉着两个老人进了干部食堂，并吩咐做饭的师傅赶快做些汤面。片刻功夫，满满两大碗汤面就端上来了。看样子，老两口真是饿坏了，也没过多推让，也不往椅子上坐，原地一蹲，便大口大口吃起来。三下五除二就把面条吞个精光，连汤都没剩一点，直吃得满头大汗。

吃完后，管教干部又过来了，手里握了一把零钱：“大爷大娘，这是我们几个干部凑的一百二十元钱。钱不多，算我们的一点心意。”然而，不管怎么说，他们就是不收，嘴上还念叨：“这就够麻烦你的了，咋能要你们的钱呢？你们也拖家带口的，不容易不容易。”他娘转过身对仍跪着的儿子说：“娃啊，你在这里一定要好好改造，等明年麦收了，我和你爹还来看你……”

本来，一般家属看望只有半个小时，管教干部觉得老两口来一次不易，就尽量放宽时间。最终，他们无声地端详了娃儿好久，才依依不舍地

上路了。临走前，又费力地从板车上拖下一只大麻袋。说是娃儿在这里干活改造，怕他吃不饱，给留点吃的，等儿子饿了时慢慢吃……

看着老人一步三回头渐渐远去的背影，灶河犯人还在地上跪着，满脸泪痕。我心里一阵发酸，同时也纳闷，这么一大麻袋都是什么吃的？既然他们带了食物，怎么饿成那样？正好有两个同是灶河的犯人，上前帮忙抬起那个麻袋。其中一个不小心，手没抓住麻袋的扎口，“砰”地麻袋摔在了地上。一下子，一堆圆圆的东西乱跳地滚了一地！我走近一瞧，满地骨碌滚动的都是馒头，足足有几百个！大的、小的、圆的、扁的，竟没有一个重样的——显然，他们并非出自一笼，而且这些馒头已被晾得半干了。看到这些，我的脸上好像被人扇了一记耳光，火辣生疼。在“道上”曾以“铁血石心”著称的我，刹那间再也控制不住自己的情绪了。就在灶河犯人的身边，我也“扑通”一声跪下了。这一举动仿佛具有感染力，只听“扑通、扑通、扑通”，在场所有的犯人，也都齐齐地跪了下去！

我不敢想象，老两口徒步百里看儿子的情景；更不敢想象，老两口是怎样挨家挨户地讨要了这么多馒头！最让我心痛的是，怕儿子一时吃不完再坏了，他们一人拉车，一人在车上晾晒馒头……其实，他们哪里知道，劳改农场的饭菜过量，这儿的“杠子馍”，一个就有一斤重……

这麻袋里装的不是馒头啊，分明是一袋鲜活的心，一袋父母心！他刺痛着我的眼睛，更刺痛着我的灵魂！这时，我的耳边传来撕心裂肺的嘶喊：“爹、娘，我改！”

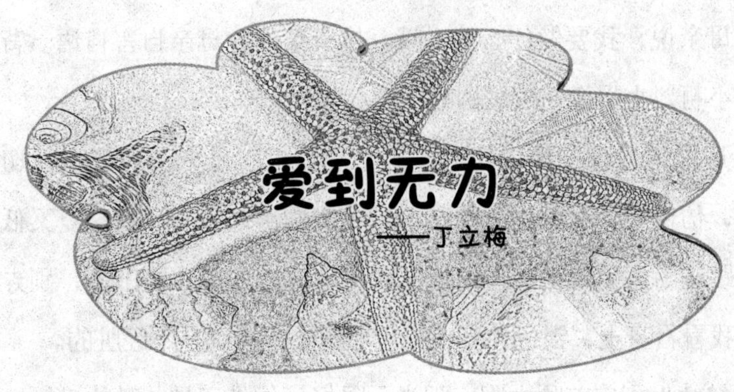

爱到无力

——丁立梅

母亲进厨房有好大一会了。

我们兄妹几个坐在屋前晒太阳，等着开午饭，一边闲闲地说着话。这是每年的惯例，春节期间，兄妹几个约好了日子，回到母亲身边来拜年。母亲总是高兴地给我们忙这忙那。这个喜欢吃蔬菜，那个喜欢吃鱼，这个爱吃糯米糕，那个好辣，母亲都记着。端上来的菜，投了人人的喜好。临了，母亲还给离家最远的我，备上好多好吃的带上。这个袋子里装青菜，那个袋子里装年糕肉丸子。母亲恨不得把她自己，也塞到袋子里，让我带回城，好事无巨细地把我照顾好。

这次回家，母亲也是高兴的，围在我们身边转半天，看着这个笑，看着那个笑。我们的孩子，一齐叫她外婆，她不知怎么应答才好。摸摸这个的手，抚抚那个的脸。这是多么灿烂热闹的场景啊，它把一切的困厄苦痛，全都掩藏得不见影踪。母亲的笑，便一直挂在脸上，像窗花贴在窗上。母亲突然想起什么似的说，我要到地里挑青菜了。却因找一把小锹，屋里屋外乱转了一通，最后在窗台边找到它。姐姐说，妈老了。

妈真的老了吗？我们顺着姐姐的目光，一齐看过去。母亲在阳光下发愣，母亲说，我要做什么的？哦，挑青菜呢，母亲自言自语。背影看起来，真小啊，小得像一枚皱褶的核桃。

厨房里，动静不像往年大，有些静悄悄。母亲在切芋头，切几刀，停一下，仿佛被什么绊住了思绪。她抬头愣愣地看着一处，复又低头切起来。我跳进厨房要帮忙，母亲慌了，拦住，连连说，快出去，别弄脏你的衣裳。我看看身上，银色外套，银色毛领子，的确是不经脏的。

我继续坐到屋前晒太阳。阳光无限好，仿佛还是昔时的模样，温暖，无忧。却又不同了，因为我们都不是昔时的那一个了，一些现实无法回避：祖父卧床不起已好些时日，大小便失禁，床前照料之人，只有母亲。姐姐的孩子，好好的突然患了眼疾，视力急剧下降，去医院检查，竟是严重的青光眼。母亲愁得夜不成眠，逢人便问，孩子没了眼睛咋办呢？都快问成祥林嫂了。弟弟婚姻破裂，一个人形只影单地晃来晃去，母亲当着人面落泪不止，她不知道拿她这个儿子怎么办。母亲自己，贫血，多眩晕，手有严重的风湿性关节炎，疼痛，指头已伸不直了，家里家外，却少不了她那双手的操劳。

我再进厨房，钟已敲过十二点了。我的孩子嚷饿，我去看饭熟了没。母亲竟还在切芋头，旁边的篮子里，晾着洗好的青菜。锅灶却是冷的。母亲昔日的利落，已消失殆尽。看到我，她恍然惊醒过来，异常歉意地说，乖乖，饿了吧？饭就快好了。这一说，差点把我的泪说出来。我说，妈，还是我来吧。我麻利地清洗锅盆，炒菜烧汤煮饭，母亲在一边看着，没再阻拦。

回城的时候，我第一次没大包小包地往回带东西，连一片菜叶子也没带。母亲内疚得无以复加，她的脸，贴着我的车窗，反反复复地说，乖乖，让你空着手啊，让你空着手啊。我背过脸去，我说，妈，城里什么都有的。我怕我的泪，会抑制不住掉下来。以前我总以为，母亲，永远是母亲，永远有着饱满的爱，供我们吮吸。而现在母亲犹如一棵老了的树，在不知不觉中，它掉叶了，它光秃秃了，连轻如羽毛的阳光，它也扛不住了。

母亲，终于爱到无力。

可怜天下父母心

——佚名

“你这小孩也太不懂事了！”

“不要你管！”

“你是我儿子，不要我管？不想让我管，你给我滚出去！”

他和妈妈又吵架了。

他生气地跑出家门，越跑越远，也不知走了多长时间，突然觉得肚子饿了，刚巧前面有个馄饨摊，可惜出来的时候太急，身上连一颗硬币都没带，他对着卖馄饨的阿姨吞了吞口水，阿姨会意地笑笑，“你是不是饿了？来吃碗馄饨。”

“可我没带钱！”

“没关系，这碗阿姨请你。”

他小心翼翼地吃起了馄饨，看着跟妈妈差不多年纪的阿姨，他不禁流下了眼泪。

“阿姨，你太好了，请我吃馄饨，我妈妈刚才骂我，还叫我滚出去，我妈要是像你一样多好啊！”

“孩子，你怎么可以这么想呢，我才给你煮了一碗馄饨就说我好，你想想你妈妈把你养这么大，给你做过多少饭，吃完快回家吧，别让你妈等急了。”

他含着泪往回走，脑子里一直在想阿姨的话。

突然前面传来熟悉的声音：“你跑哪去啦？饭都做好了，说你一句就跑，饭都凉了，快回家吃饭。”

他又一次地泪流满面！

永远的风景

——张玉清

那天是他的生日，妈妈说：“儿子，你提个要求吧。我一定满足你。”

他想了好长一会儿，说：“妈妈，我想要您跟我去看一场电影。”

妈妈说：“好，妈妈陪你去看一场电影。”

他从小就爱看电影，妈妈也是从小就爱看电影，并且长大了也爱看。他小时候，妈妈经常带着他去看电影，那时每次从电影院出来母子两人都满足得惬意，惬意得幸福。这样幸福的日子，一直伴随他到小学三年级。

可是后来，他们不去看电影了。那是在爸爸和妈妈离婚以后。爸爸走后，家里失去了经济支柱，妈妈只是个普通工人，厂子的效益也不好，工资很低，母子俩的生活过得捉襟见肘。从那时起，他也再也没有进过电影院，他知道他家不应该再有买电影票这项开支了。

几年了，他一场电影也没有看过。今天是他的生日，妈妈让他提一个要求时，他想了好久，他能体会出妈妈此时的心情，妈妈是想让他高兴。唉，妈妈一定是，并且一直是认为他跟着她受苦了，妈妈总是想方设法让他高兴，只是他家太拮据太困难了，容不得半点“奢侈”呀。

最初他并没有想到电影，电影在他心里已是一种久违的疏远的感觉。最初他想的是让妈妈送他一件生日礼物，他于是在心里对那些可以做生日礼物的物品一件件做着选择，想选一件既自已喜欢同时又能让妈妈也高兴的礼品，可是选来选去却没有一件合适的，因为选哪一件他都觉得妈妈或许会心疼，现在礼品店里可以做生日礼物的物品，哪一件的价格都会高到足以令妈妈“小小地心疼一下”。

可是他是多么想让妈妈高兴啊，这就像妈妈是多么想让他高兴一样。他宁可不要生日礼物，也不愿让妈妈心疼，哪怕是“小小地疼一下”。是想到了一定要让妈妈高兴，他才从礼物想到了电影。他记起来了，妈妈曾经是那么喜欢看电影，他记起来了，小时候妈妈带着他走进影院，那是一种多么幸福的感觉。于是他说：“妈妈，我想去看一场电影。”

他家附近就有电影院，路上，妈妈高兴得有点像个年轻的姑娘，仿佛一下子年轻了十岁，脸上平时总也抹不掉的抑郁一扫而光。妈妈脚步轻快，牵着他的手，有一点把他往前紧拽的感觉，好像妈妈比他还要更迫切地想马上走进影院。母子二人就这样手牵着手，高兴地兴奋地快快地向电影院走，他觉得小时候那种久违的感觉又回来了。他看着妈妈高兴的样子，心想妈妈是多么喜欢看电影啊，他又想起爸爸曾经讲过他跟妈妈恋爱的时候带着妈妈看了一场又一场的电影，进了一家又一家的影院，全市几十个大小影院他们全去过，爸爸全凭了一场又一场的电影才把漂亮贤惠的妈妈娶到了手里，爸爸一边讲一边得意一边狡黠地挤着眼睛笑。那时的爸爸，还是个好爸爸。

很快到了影院，卖票的小窗口，有人在排队。妈妈很吃惊地看着影院的门面，这已不是她心里的那家影院了，变化真大呀，真是漂亮，真是豪华，影院正面整个是一面两层楼高的巨大的宝蓝色玻璃墙，荧光闪闪，街上的景物扰攘的人流和汽车都在上面隐约而现。是什么时候这里装修一新了呢？他告诉妈妈是去年装修的。

妈妈进而更加吃惊的是电影票的票价，她就要走上前排队时，看见了售票口用漂亮的美术字贴着的票价：每张票五十元。

妈妈的脚步停住了，她定睛细看，想知道是自己看错了，但她没有看错，确确实实是五十元。妈妈吃惊而窘迫，天哪，五十元！一场电影！何况两张票是一百元哪，那是他们母子二人十天的生活费！

妈妈轻轻嘟哝了一句："这么贵。"

"是美国大片。"他解释道。

妈妈不懂什么"美国大片"，妈妈只知道一张电影票要五十元实在太难于让人接受了。妈妈犹豫着。

他知道妈妈在犹豫，他这时真想说妈妈咱们不看了。可是，这时候影院的大门又是那么强烈地诱惑着他。这个大片已经上演几天了，班上男生都看过，下课时总有人闹嚷嚷地讲述电影里的故事和刺激惊险的镜头，但他一点没有插言的资格，只是怪难堪地听着，耳根都有些发热。现在，已经来到影院门前了，他是太想看了。

妈妈仍在犹豫着，放映厅入口处，工作人员一丝不苟地检着票。妈妈终于像下了决心似的走向了售票口，迅速买了票回来，塞在他手心里，小声说："儿子，你自己去看吧，妈妈在这里等你。"

"妈妈……"他一时没有明白妈妈的意思。

“妈妈这么大年岁了，早就没兴趣了，你自己去看吧，妈妈在这里等你就行。”妈妈说。

“妈妈……”他想说什么。

“好啦，快进去吧，马上要开演了，去吧。”妈妈推了他一把，说，“妈妈又一定在这里等你，等你出来时你准会看到妈妈在这里等你。”

妈妈又在后面推了一下，催他加快脚步，入场的人只剩下几个了。他快走了几步，放映厅里已拉响了铃声，灯光也灭了，他匆匆进去了，没有来得及回一下头。

等他找到座位坐下，电影已开演，他什么也没有来得及想便被裹进紧张惊险的气氛里了。

两个小时，电影结束了，人们从紧张的心情里缓着神儿慢慢往外走。从黑暗里走出来，外面的阳光显得格外明亮，他一出影院的门，一眼看见妈妈就等在那里，正在望着出来的人丛找他。他猛地想起来他进影院时妈妈说的话，当时电影马上要开始，他没有细想这句话，也没有顾得上顺口说出让妈妈不用等他的话，他只是想妈妈那是在哄他，让他自己去看电影，他没想到妈妈竟会真的等他，他这么大了，妈妈不用等他，完全可以自己先回家呀。可是，妈妈竟真的在等他！

他没有想到妈妈竟真的就那么在影院门前孤单单地站了两个小时，此时妈妈站的位置就是两个小时前她塞给他电影票时的那个地方！

妈妈！他猛地在心里叫了一声，只觉胸腔里猛地塞满，堵得难受，呼吸也在喉咙里哽住。他撞开前面的人，几步扑到了妈妈跟前，双手猛地把妈妈的一只手臂搂在怀里。妈妈慈爱地微笑地望着他的脸，问他：“好看

吗？”

他说不出话，鼻腔酸得难受。他点点头，就势把头埋下去，眼泪在眼眶里沉沉地打着转，他拼命地咬紧腮帮，才不让自己的泪水落下来。他想叫一声妈妈，但他只在心里叫着，他此时只要稍一出声就会哭出来。

“好吗？”妈妈伸手理一理他的头发，仍在问，仿佛想知道，这五十元钱花得值吧？是吗？

他紧紧地把妈妈的手臂搂在怀里，心底拼命叫着：妈妈，妈妈……

那是他上初一时的事了，现在回想起来，他那时那么小，那么幼稚，完全是个小孩子。

但自从那一场电影之后，他就觉得自己长大了，再也不是个小孩子了。在他心里，那一次生日，那一次电影，好像是他最后一次做孩子，做母亲的孩子。

他永远记住了这最后一次做孩子的经历，永远。

“等你出来时，你准会看到妈妈在这里等你。”

哦，妈妈！

他永远记住了妈妈站在影院门前等他的身影。这身影是那么深刻地印在了他的记忆里，时间越长，岁月越久，这身影越牢固，越清晰。

随着岁月的流逝，妈妈的身影在他的心里站成了一道永生不忘的永远的风景。

永远的风景！

母亲的心

——叶雄飞

有一个小男孩三岁了还尿床。每次尿床后，他的妈妈就会立刻把他抱到另一边，而自己则睡到儿子尿湿的地方。有一次，小男孩好奇地问他的妈妈："妈妈，为什么我每次尿床后，你都会睡到我尿湿的地方呢？"他的妈妈微笑着回答："傻孩子，因为你尿湿的地方妈妈睡着舒坦啊。"小男孩听了，高兴地说："好啊，我一定要多尿床，让妈妈天天睡着都很舒坦。"妈妈轻轻拍了一下儿子的屁股，然后微笑着在儿子额头上吻了一下。

上小学后，小男孩天天都要到几里外的学校读书。但他胆子小，一个人不敢去上学。这时，他的妈妈对他说："我每天都要到学校旁边的集市里买东西，不如我们一块儿走啊。"小男孩一听，顿时乐了，背起小书包就和妈妈出门了。过了几天，小男孩开始抱怨他妈妈了，"都是你，都是你。同学们都说我没出息，上学还要妈妈跟着。以后，我要一个人去学校，让他们知道我是有出息的。"妈妈脸上依旧挂着那副小男孩最熟悉的笑容："好啊，以后我就托人带东西，再也不去集市了。"

上中学了，因为家穷，小男孩没有住读。天天骑一辆自行车到十几里外的学校上课。学校上课很早，小男孩每天早晨天不亮就要往学校赶，但他的妈妈每天都比他起得早，为他做好早饭。有一次，小男孩偶然发现他的碗里有一根长长的头发，于是他抬头看了看他的妈妈，烛光中的妈妈正佝偻着身子清扫灶台。这次，小男孩含着泪到了学校。

中学毕业后，小男孩已经长大了。尽管他学习很好，但他还是决定出去打工。他要去一个很远的地方，远到他也不知道那是哪儿。临行的前一天晚上，男孩和他的妈妈都没有睡觉。男孩家太穷了，没多少东西可以让他带在身上，但他的妈妈还是帮他整理了一个晚上，唠叨了一个晚上。男孩默默地没说一句话，只是拼命地点头。那晚，男孩第一次看到他的妈妈哭了，但男孩没有哭，他不断地做着深呼吸。

天亮的时候，男孩对他的妈妈说："我想给您做一次早饭。"做早饭的时候，男孩的妈妈就坐在男孩旁边，她的眼睛始终没有离开过儿子一寸。有时候男孩也回过头来看看妈妈，看着妈妈已经开始变白的头发，他更加坚定了去远方的决心。

来到远方这座繁华的城市后不久，男孩开始想家了，但他没有要回家的念头。每天，他都背着他的破包裹在大街上走着，他的眼睛紧紧盯着街道两边一家家的商铺，希望能找到一家要招工的店子。但对于这座城市来说，男孩的学历太低了，他似乎是一个多余的人。

几天后，男孩被一家商店的保安抓住了，因为他偷了一件衣服。保安看着眼前这个又瘦又矮的小偷，猛地跑上前去狠狠地踹了两脚："小小年纪就开始偷东西了。你妈怎么教你的？"男孩浑身发抖，脸一直红到了脖

子根，眼泪刷地流了下来。这个年长的保安并没有将男孩送到公安局，他命令男孩写了一份悔过书。当保安知道了男孩偷衣服是为了能在新年送给母亲一份礼物时，保安的眼睛湿润了！他郑重其事地把小男孩叫到自己的跟前，告诉他说："孩子，物质的享受并不会让你的母亲真正得到安慰，她需要的仅仅是子女健健康康地成长，踏踏实实地做人！"

男孩泪眼婆娑，朦胧中似乎看到了母亲那为之跳动的心。

最沉重的土豆丝

——佚名

朋友曾经对我讲述了这样一个关于她自己的故事：

我是一个独生女，父母都是高级知识分子。也许是望女成凤吧，他们从小就对我十分严厉。虽然在生活上不亏待我一点儿，但是在思想上却很少和我交流，在学习上更是高压管制，从不放松。当时就觉得他们很残酷，现在才明白，他们和其他盲目溺爱孩子的父母没什么两样，只不过溺爱的方式不同而已。

我十分孤独。所以从开始学习写作文起，我就养成了写日记的习惯。每天晚上做完功课之后，我都要尽情地在日记上倾吐我的酸甜苦辣和我的秘密心情。日记，成了我最要好的朋友。

在这种状况下，我考上了我们市的重点高中。学校离家很远，为了节省往返的时间，我每天早上都带着午餐去上学，中午在学校里把饭盒一热，就在教室里吃。带午餐的同学还挺多，大家免不了会在一起“交流”，要是觉得哪个同学带的什么菜好，我就会在日记里题上一笔，有时有人夸我带的菜，我也会顺手写上两句。开始还没留意，后来，我慢慢发

现，凡是我在日记里记过的那些味道不错的好菜，隔上一两天，妈妈就会让它们出现在我的饭盒里。

莫非他们偷看了我的日记？我不愿意相信。在这之前，我从没想过这个问题。我的日记本就在抽屉里放着，我从没有上过锁。我丝毫没有怀疑过父母，他们一个是工程师，一个是编辑，那么温文尔雅，风度翩翩，他们怎么会这么做呢？

但是，我不愿意看到的事情还是发生了。我发现日记里的书签好几次被动了地方——对这种细节，青春期的我有着一种异乎寻常的敏感。可是我还是没有贸然出击，我想了一个花招儿。那天晚上，我在日记里写道："中午，大家在教室里吃各自带的盒饭，张伟丽带的是土豆丝，是用青椒丝和肉丝拌着炒的，脆脆的，麻麻的，真香！张伟丽的妈妈真好！张伟丽真幸福！"

第三天早上，我打开饭盒，扑入眼帘的便是青椒丝和肉丝拌着炒出来的香喷喷的土豆丝！我愤怒极了，当即就把饭盒扣到了地上。妈妈吓愣了，呆呆地看着我。我冷冷地说："你们是不是看了我的日记？"妈妈说不出话来。爸爸走过来说："就是看了日记又怎么样？你也不能这样对待你妈妈！"我叫道："那你们是怎么对待我的？你们知不知道你们这种行为有多么不道德！多么卑鄙！"

说完我就冲出了门，在大街上逛了一天。那是我第一次逃学。我忽然发现这个世界实在是令我失望：连父母都不值得信任，生命还有什么意义？连生命都没有什么意义了，那么学习呀，成绩呀，高考呀，前途呀等等这些附属品更不值一提。现在想起来似乎难以置信，但是我确实就是这

样钻进了牛角尖里，开始了严重的心理封锁和自我幽闭。

往后的事情愈发不可收拾：我成了那个时候少有的“问题少女”，被学校建议休学一年。就那么守在家里，和父母几乎不搭腔。他们想和我说话，我也不理他们，只是把自己关在房里胡思乱想，有几次甚至差点儿割腕自杀，只是因为勇气不足而临阵退却了。过了一段时间，爸爸给我办了一张图书馆的借书证，我就开始去外面看书。就这样，我熬过了漫长的一年——现在想来，能熬过那一年，还真亏了那些书呢。

这之后，我又到一所普通高中复读，高中毕业又上大学，大学毕业后顺理成章地参加了工作。不知不觉间，我的生活又步入了正轨。唱歌、跳舞、交朋友，成了一名平凡而快乐的年轻人，以前的阴影似乎淡淡隐去了。

二十四岁生日那天，妈妈做了很多菜——二十四岁是本命年，父母相当重视。其中一道菜就是土豆丝。看到土豆丝，我一下子又想起了旧事，便以开玩笑的口气对他们回忆起我当时的糟糕状况，没想到父母当时就都哭了。妈妈说：“你知道这些年我是怎么过来的吗？看到一盒土豆丝把你弄成了那样，给你承认错误，聊聊天，谈谈心什么的，你都不让。我真是连死的心思都有啊！”

我震惊极了。我从没有想到那盒土豆丝居然在父母的心上也压了这么多年，并且膨胀成了沉重的千斤担，而且他们负载的是自己和女儿的双重痛苦。当年他们固然有错，但从本意上讲，他们也是为了我好。他们虽然是父母，可也并不是圣人。他们也有犯错误的权利，也有在人生中学习的权利。他们也像我一样，是个会受委屈的“孩子”，需要在犯错误和学习

的过程中得到理解和宽容。

此时，我终于明白了，也许我们对待父母最公正的态度，就是用成人的态度而不是孩子的态度，只有这样，我们才可能与他们平等地进行沟通和交流，才能设身处地地理解他们和尊重他们。

“‘父母虽然不能理解我们，但他们的爱仍然是我们生命中最重要最宝贵的财富！’这是奥地利诗人里尔克的话。”朋友最后说，“而我想说的却是：如果父母的爱能够理解我们，我们的爱也能够理解父母，那么这两种爱便可以融会成我们生命中最重要、最宝贵也最美好恒久的财富。”

骄傲的红薯

——佚名

母亲很少去看她的儿子，近些日子尤为如此。有时在校门口匆匆见一面，母亲塞给儿子零食和钱，表情局促不安。然后母亲说，该回去了。儿子说再聊一会儿吧，眼神却飘忽不定。母亲笑笑，转身，横穿了马路，走出不远，又躲在一棵树后面偷偷回头。她想再看一眼儿子，哪怕是背影。儿子却不见了。儿子像在逃离，逃离母亲的关切。

母亲很满足——一个读大学的儿子，高大英俊，学生会干部，有奖学金——还有什么不满足的呢？母亲想，既然她不能给儿子带来骄傲和荣耀，那么，就算儿子说她已经过世，她都不会计较。

可是今天她很想见儿子一面。其实每天她都想见儿子一面，今天，她有了充足的借口。老家人送她一小袋红薯，个儿大皮儿薄，脆生喜人。煮熟了，香甜的红瓤化成蜜，直接淌进咽喉里。母亲挑了几个大的，煮熟，装进保温桶，又在外面包了棉衣，然后骑上她的三轮车。儿子从小就爱吃红薯，一路上母亲偷偷地笑。

是冬天，街上的积雪未及清理，就被车轮和行人压实，变成光滑的冰

面。家离学校约五公里。雪还在下，母亲头顶白花花一片，分不清是白发还是雪花。她把三轮车在街角停下，想到马上就能见到儿子，母亲再一次偷偷地笑了。

所以，她没有注意到开过来的一辆轿车。车子在冰面上滑行好几米才停下来。司机摁响了喇叭，母亲一惊，忙往旁边躲闪，却打一个趔趄，然后滑倒。她慌慌张张爬起，未及站稳，又一次摔倒。她的手里，仍然稳稳地抱着那个保温桶。她的脸被一块露出冰面的玻璃碴儿划开一条口子，现在，已经流出了血。

司机吓坏了。说，我得陪你去医院看看。

母亲笑笑说，没事。

司机说："可是你的脸在流血……""在流血吗？"母亲变了表情。果然，汽车的反光镜里，她看到自己流血的脸。她想这样的脸，怎么去见我的儿子呢？

司机看着母亲，好像除了脸上的伤口，她真的没事。司机便掏出两百块钱和一张名片。这上面有我的电话，他说，随时可打电话给我。

母亲一只手抱着保温桶，一只手推搡着名片和钱。突然她停下来，认真地对司机说，你真的想帮我吗？如果你真的想帮我，那么，能不能请你，把这个保温桶转交给我的儿子……他在这个大学读书，他功课很好……

母亲指了指那座气派的教学楼，脸上露着骄傲的表情。

片刻之后司机在校门口见到母亲的儿子。说，你妈让我带给你的。

男孩说，哦。眼睛紧张地盯着校园里一条卵石小路。小路上站着他的

同学。

司机提醒他说，是煮红薯。你妈让你先吃一个……她说，还热着。

男孩突然想起一个问题，他问司机，她人呢?

她摔倒了。她横穿公路，我的车开过来，她一紧张，滑倒了……脸被划破一条口子，流了血。她可能，怕你伤心，都摔倒了还保护着这个保温桶……她嘱咐你现在就吃一个……她说，现在还热着……

男孩愣愣地看着保温桶，慢慢将它打开。那里面，挤着四五个尚存温热的煮红薯。

司机拍拍男孩的肩膀，说，她还没走。顺着司机的手指，男孩看到了风雪中的母亲。她躲在一棵树的后面，偷偷往这边看。似乎儿子看到了母亲的笑容，似乎母亲发现了儿子的目光。母亲慌慌张张地上了三轮车，转一个弯，就不见了。母亲的头发，银白如雪。

男孩没有追上去。他知道母亲不会让他追上去，不想让他追上去。可是他已经决定，今晚，就回家看看母亲。他还会告诉同学，母亲并不是退休干部，她一直靠收废品供他读大学。她是一位伟大的母亲，她是他的骄傲。

母亲的需要

——佚名

罗德是旧金山最成功的商人之一。他唯一苦恼的事情，就是母亲纽卡夫人不肯从淘金小镇上的简陋的家里搬到自己在旧金山的别墅来。

纽卡夫人七十多岁，头发花白。因为早年劳累过度，所以现在走路直不起身子。她穿最便宜的衣服，吃简单的面包和几片生菜叶子。陌生人谁都不相信，他的儿子是富豪罗德。

这是她年轻时养成的习惯。罗德三岁的时候，父亲因为结核病无钱医治死去。她带着罗德为了生存，不得不像个壮男人一样，加入到了开山挖石的队伍当中。

每块被崩下来的石头，至少有三四百斤的重量。在漫天的尘土中，纽卡夫人和那些赤裸着上身，满身沁出汗珠的男人们争夺着这些石头。因为每搬运一块石头，就能够得到五十美分的工钱。而从事这个行业的人很多，竞争激烈。

纽卡夫人的工具，是一辆自己用铁皮做的小车。小车虽然看上去单薄，但是却很坚固。放上两块石头，会咯吱咯吱作响，但是却没有因此出过任何问题。

罗德记得最清楚的就是母亲干活时的样子。没有平日里的温柔，显得格外地彪悍。石头被崩下来之后，她便高声指责着企图跟自己抢夺的男人，让他们“滚”一边去，一边快速地弯腰去挪动石头。用力过渡让她脸色通红，脖子上青筋绽了出来，看上去非常吓人。

就算这样，抢夺依旧非常激烈。纽卡夫人不得不在崩落的石头没有落地前，就大概选择好位置，保证自己可以抢到这块石头。可是这样做的危险性太大，被崩落得零落的、漫天飞舞的小石头打到身上火辣辣地疼，而且大块的石头也极其容易给人带来危险。

有一次，纽卡夫人抬起石头的边缘，去挪动那块石头的时候，另外一块石头滚落下来，巨大的冲击力使她刚抬起的石头狠狠地落在了地上，一阵钻心的剧痛，纽卡夫人的头上挂满了豆大的汗珠，她坚持咬着牙关，尝试着把手指抽出来，可是根本感觉不到手指在哪里。

就这样，她失去了十个手指的指尖。但是生活逼迫她必须一直坚持做下去。

罗德成功后，有人说纽卡夫人终于可以享福，住别墅，出入都有最好的汽车了。可是纽卡夫人的生活却没有任何的改变。除了她不再工作，性格也没有以前那样暴躁和冲动。她大喊的时候越来越少，脸上总是带着和蔼的笑容。

可是纽卡夫人很快就病了，而且很严重。医生说，纽卡夫人是因为年轻时候过度的劳累，透支了自己的生命。她的各个器官老化严重，很可能支撑不过一年的时间。

伤心欲绝的罗德给母亲买来了最好的营养品，他要去请全世界最好的医生来给母亲治疗，却被母亲拒绝了。纽卡夫人像罗德小时候那样，用粗糙的手抚摩着他的脸说：“亲爱的罗德，我知道自己没有多少时间了，所以你不要再为我费心。我现在感觉很好。”罗德强忍着眼泪，从母亲的眼里，他看到的是面对死亡的坦然。

就在纽卡夫人一天比一天变得虚弱，一天比一天老态龙钟的时候，无心生意的罗德先生生意上也出了些事情，一个合伙人席卷了他的钱财和契约逃之夭夭。一下子，罗德先生似乎老了十岁，以前那个意气风发的他显得苍老憔悴，嘴边总挂着一丝苦涩。

豪华的奔驰换成了一辆老得不能再老的二手福特。罗德先生把车停在离家很远的地方，然后步行回了自己在小镇上的家里。纽卡夫人很奇怪，儿子怎么突然回来过夜。可是还是很欣喜地收拾出了罗德以前的小房间。

消息很快就通过镇子上的邻居们传到了纽卡夫人的耳朵里。罗德的生意失败了，没了存款，欠了一大笔债务，他卖了别墅、汽车和旧金山的一切。而且现在在一家小公司为别人打工。看样子，罗德是没有东山再起的机会了。

惊讶的纽卡夫人一一登门，向邻居们央求，不要再说与儿子相关的一切事情。她怕他伤心，她像个勇敢的狮子一样，对不愿配合的人喊着：“别去招惹罗德！否则对你不客气！”

纽卡夫人的病似乎被自己遗忘，她吃了一些药后，很快生龙活虎起来，她在镇子上摆了个摊子，贩卖一些自己做的糕点。也许是因为味道好的缘故，总是会卖个精光。

纽卡夫人每天晚上，在给罗德做好饭菜后，就会回到屋子里，把卖糕点的钱一张张地存放到一个盒子里，然后在一张白纸上写下数目。

罗德先生早出晚归地忙碌着，纽卡夫人不知道儿子在做些什么，虽然她想问，可是最后还是把这个疑问埋在了心里。

这样一闪，就是二十年。纽卡夫人的糕点成了远近闻名的美食。九十二岁的时候，纽卡夫人因为风寒去世，罗德先生伤心地为母亲办了一个盛大的葬礼。

镇子上所有的人都惊呆了，罗德先生的生意已经更上一层楼。而旧金山的一些政要也出席了纽卡夫人的葬礼，他们都是罗德的朋友。

罗德先生今年六十岁，在旧金山，我和他有过一些交往。我问过罗德先生，为什么要伪装得那么落魄地回到镇子上去。他告诉我，因为他觉得母亲只有自己先有了活下去的信念和配合治疗的想法，她才能活下去。

“让妈妈坚持活下去的理由，没有什么比儿子需要她更加有力。因为那始终是世界上所有母亲最为牵挂的事情！”

罗德先生纪念母亲纽卡夫人的餐馆，开遍了整个美国甚至欧洲。纽卡餐厅的甜点，为很多喜欢美食的人所称道。

妈妈的电话

——佚名

我上床的时候是晚上十一点，窗户外面下着小雪。我缩到被子里面，拿起闹钟，发现闹钟停了——我忘买电池了。天这么冷，我不愿意再起来，就用家里的座机给妈妈打了个长途电话：

“妈，我闹钟没电池了，明天还要去公司开会，要赶早，你六点的时候给我个电话叫我起床吧。”妈妈在那头的声音有点哑，可能已经睡了，她说：“好，乖。”

电话响的时候我在做一个美梦，外面的天黑黑的。妈妈在那边说：“小桔你快起床，今天要开会的。”我抬手看表，才五点四十。我不耐烦地叫起来，“我不是叫你六点吗？我还想多睡一会儿呢，被你搅了！”妈妈在那头突然不说话了，我挂了电话。

起来梳洗好，出门。天气真冷啊，漫天的雪，天地间茫茫一片。公车站台上我不停地跺着脚。周围黑漆漆的，我旁边却站着两个白发苍苍的老人。我听着老先生对老太太说：“你看你一晚都没有睡好，早几个小时就开始催我了，现在等这么久。”

是啊，第一趟班车还要五分钟才来呢。终于车来了，我上车。开车的是一位很年轻的小伙子，他等我上车之后就轰轰地把车开走了。我说："喂，司机，下面还有两位老人呢，天气这么冷，人家等了很久，你怎么不等他们上车就开车？"

那个小伙子很神气地说："没关系的，那是我爸爸妈妈！今天是我第一天开公交，他们来看我的！"

我突然就哭了，不禁想起一句犹太人谚语：

父亲给儿子东西的时候，儿子笑了。

儿子给父亲东西的时候，父亲哭了。

母亲，在被索要中快乐着

——佚名

入冬，街上第一缕烤红薯的香味飘起来的时候，我就忙着给母亲打电话，让她给我准备一袋子红薯带过来。

母亲接到我这类电话，总显得格外欢喜，连声说好，生怕我反悔，生怕我不再问她要东西。然后，赶紧乐颠颠地去准备。

这一次也是，才隔一日，一袋红薯已托人带来，每一个都经过母亲的手，细细挑选过。稍稍破点皮的，个儿不大的，母亲肯定挑出来。母亲认为不甜的，肯定不给我。

父亲背地里告诉我，母亲为我准备那些东西时，嘴里还哼着歌。我想象得出那样的情景：屋檐下，母亲半蹲着，用手一一整理着要带给我得东西。母亲的白发上，母亲的心中，一定充满甜蜜。天下的母亲，无不因给予儿女而快乐。

我们楼上住着一个老太太，儿子女儿都在外地工作。平时，老人生活得较寂寞，几乎看不到她忙碌的身影。但一到秋天，她就忙碌起来，每天楼上楼下地跑，人仿佛年轻了几岁。我们还听到她跟别人打招呼，声音十分响亮。别人笑着问她："奶奶，又准备腌咸菜啦。"老太太响亮地回答："是哩是哩，我儿子女儿都写信回来说，他们就是喜欢吃我腌的雪里蕻。"第二天，只见楼前空地上，晒着许多洗净的雪里蕻。老太太在一边守候着，像守候着她的孩子，眼睛半眯着，是极快乐的样子。

我的好友玲从小与母亲相依为命。当她去外地读大学时，她的母亲突然患了很多病，又是失眠，又是头疼。玲很着急，买了许多好药寄回来，有些还是外国进口的药品，但都无济于事。后来，朋友告诉她说，她母亲或许是因为不适应女儿突然离开，一下子空虚而害病。玲恍然大悟，再打电话回家，硬跟母亲要东西，今天要母亲帮她织件毛衣，明天又要母亲帮她做双棉拖鞋。母亲的病，竟不治而愈。

所以，儿女要让母亲高兴，不但要记得买些东西给她，更要时不时地向母亲"索要"。儿女要告诉母亲，就是喜欢吃母亲做的肉丝面，就是喜欢穿乡亲做的棉布鞋。这比买什么补品都管用，母亲会因此而快乐、健康。

豆浆，热豆浆……

——周莲

我三岁就失去了父亲和母亲，只好与我五岁的哑巴哥哥相依为命。因为小，又不懂事儿，常常整天地哭个没完。我的哥哥为了哄我不哭不闹，常常趴在地上给我当马骑……哥哥把我送进学校读书，我的童年是在哥哥的背上玩过去的！小时候，哥哥的背是我的摇篮，也是我的家园……直到有一天，我哭哭咧咧地不去上学，才知道我的哑巴哥哥为了我能有书读，他历尽了多少艰辛，吃尽了多少苦头，经历了多少磨难……

哥哥为了能使我读书，开始和南方人合伙卖菜刀。南方人做买卖赚钱非常精明，一把本来十分普通的菜刀，经过他们的包装，就可以卖出令人刮目的好价钱！卖刀人习惯叫他们“菜刀帮”帮主，他们以十分低廉的价格，从当地的铁匠铺，用最低的本钱买来成百上千把菜刀，然后，他们不是去市场推销，而是临时雇用一些像我哥哥这样的聋哑人走村串户去卖。往往人们一看聋哑人卖菜刀，都会去买。其中，善良的人们，一半是信任，一半是可怜……那时候，我每天上学走时，都会看到哥哥背着个袋子，背着几十把菜刀，踉踉跄跄地往家走。放学回来以后，天黑下来，才

看到哥哥汗流浃背地回了家……坐在昏黄的油灯下，我在写当天的作业，哥哥在数着一角一角的零钱，把一元的大票放在一边，那是准备给老板的，皱皱巴巴的毛票放在一边，那是留给自己的。日复一日，月复一月，哥哥卖菜刀的日子大约过了几个月。突然有一天，我正在油灯下写作文，只听门被推开了，一阵冷风挤进来，之后，看见哥哥满脸的血，浑身是土和泥，衣服被撕扯得稀巴烂……

原来，哥哥因为一把劣质的菜刀是卖还是不卖的问题上，和老板发生了争执，结果，被老板的帮凶痛打一顿，从此也把自己的饭碗砸了！

哥哥呜呜哇哇了大半夜，反复诉说着老板的不是，用手语告诉我：人到什么时候，不能失去人性……

哥哥失去了卖菜刀工作的那些日子，整天蹲在屋檐底下用我写完作业的废纸卷纸烟抽闷烟儿，大口地吸进去又大口地吐出来，反复把时光化为灰烬……

一天，附近村子的一个修鞋匠从我们家门前路过，可能是口渴了，就朝哥哥摆摆手：有水吗？给一口喝……哥哥站起来，从水缸里舀出一舀子，送给那修鞋人。哥哥对修鞋的工具感兴趣，一个劲儿摆弄修鞋人的工具，比比划划，嘴里"乌拉乌拉"说着什么，修鞋人明白了，对哥哥说：你这么聪明，也可以学的……哥哥乐了！

时间不长，哥哥不知从哪儿弄来修鞋的全部工具，起了个大早，就去附近的集市上去摆摊修鞋。

其实，哥哥除了聋哑智力一点都不比常人差，属于从小就心灵手巧的那种，什么活儿，都难不倒他。时间不长，哥哥的修鞋手艺已经有了十足

的长进。当他推着自行车来到十几里外的集市上摆摊儿修鞋时，已经早哥哥来到这里的修鞋人一看哥哥是聋哑人，谁也没有看得起他，有的还嘲笑哥哥：修几天，看不把这哑巴赔进去……哥哥很争气，开始修鞋工钱凭人赏，给多少算多少，没钱的就算白修，就是这样，哥哥每天仍然可以挣十几元。

时间一长，哥哥身边的几个修鞋人受不了了！他们说哥哥抢了他们的生意，几个人合伙偷哥哥的修鞋工具……到后来，干脆，几个心胸狭窄的修鞋人，竟然找人想把哥哥赶出这个修鞋市场。因为手艺好，收费低，常常会在赶集回来的路上受到陌生人的攻击。几个身强力壮的人受人收买，充当打手，把哥哥几次拽倒。常常是哥哥的衣服被几个可恶的人扯烂……哥哥回到家，从来也不告诉我是如何受的伤，衣服是如何撕坏的……我做完作业后，就借着昏黄的油灯，给哥哥用针线缝补撕破了的衣服，稍不小心，锋利的针刺破了我的手指肚，鲜血汩汩地流出来……哥哥看了，看上去特别地心痛，示意我把针给他自己缝起来……边缝撕破的衣服，嘴里“乌拉乌拉”说着什么：

“好妹妹，你要给哥哥争气！好好读书……”

我常常是含着泪点点头……

从此以后，几个非常自私的修鞋人硬是把哥哥的鞋摊儿地盘挤没了！

没办法，我的哑巴哥哥只好收摊儿。

哥哥不再修鞋，该干什么去呢？我看了哥哥实在有些为难，就说：“我不念书了，我也去打工挣点钱吧……”哥哥听了我的话，平生第一次打了我一个嘴巴。火辣辣的真痛，可我没有哭，也没有掉一滴眼泪。那一次，哥哥却哭了，哭个痛痛快快……

第二天，哥哥选择了走村串屯去卖冰棍儿，主要是卖冰棍儿，有几块钱本钱就够了。哥哥卖冰棍儿，每根可以挣二分钱。走村串户，为了多卖些冰棍儿，哥哥买了个喇叭。我反对哥哥浪费钱，用十几元血汗钱来买喇叭，就和哥哥怄气。我不给他买的喇叭喊话录音，看他怎么用喇叭……哥哥不服输，自己对着喇叭录音。可他"乌拉乌拉……"好半天，怎么也喊不出声……哥哥无奈，只好找来一块纸壳儿，歪歪扭扭地写上：冰棍儿一毛钱一根……

哥哥走出家门的时候，我正躲藏在离家不远的树丛中，偷偷地在掉泪……推着自行车逐渐走远的哥哥，看上去却是相当的自信，他一边走着，一边再哼着一首说不清是什么曲调的歌儿，如果细细地听上去，好像是一首朦胧版的《九月九的酒》……

我偷偷地跟在哥哥的不远处，深为没有帮助无助的哥哥内疚。这时候，哥哥出现在附近村屯的村口，村子呼啦跑出来一群顽皮可恶的孩子，他们欺侮哥哥不会说话，大老远地就朝哥哥做鬼脸：

"哑巴——哑巴——"

哥哥没有理他们，不一会儿，有几个调皮的孩子，说买冰棍儿。可是，当哥哥从冰棍箱里拿出来递给他们以后，几个孩子就迅速作鸟兽散，四处跑远了……哥哥没有收到卖冰棍的钱，只好呆呆地站在那里……

快晌午的时候，太阳毒辣辣的。村中跑出来一个两三岁的小孩儿，说要买冰棍儿，可这孩子没有钱，只好从自己皱巴巴的兜里掏出一个沾满泥巴的玻璃球儿："买一根冰棍儿……"哥哥点点头。当哥哥知道这孩子没

有钱时，就把孩子的玻璃球还给孩子。孩子收回哥哥还给他的玻璃球，眼巴巴地瞅着哥哥的冰棍箱子发呆，嘴上流口水。哥哥毫不犹豫地白送给那孩子两根冰棍儿……

“哑巴，哑巴……卖冰棍儿的哑巴——”那几个调皮的孩子吃完冰棍儿又出现在哥哥的面前。

我听了，心里特别难受，仿佛是在喊我，因为，哥哥是听不到的呀，而我是听得到的。我紧紧地握了握拳头，发誓总有一天，我会长大，等我长大了，我一定会揍扁这几个可恶的臭小子……

半年以后，哥哥再也不卖冰棍儿了，而改卖五毛钱一杯的豆浆。……

经过多年不懈的努力，我终于在哥哥的支持下，考上了一所理想的大学。当我考上大学以后，哥哥本来是听不到声音的，可他却执意给我买了手机。家中安了一台固定电话，邻居说，每个周末，哥哥在卖完豆浆以后回到家第一件事儿，就是坐在电话旁，等着电话闪亮。因为只有电话红灯一闪，这就意味着我在给哥哥报平安。有一天我因为参加大学里的活动，没有及时报平安，哥哥在电话旁，整整坐了一宿……

这次春节放假，我和卖豆浆的哥哥去赶集。头天晚上，我把我甜美的声音给哥哥的喇叭录了音。第二天，附近十里八村的赶集的乡亲，听到哥哥的喇叭里传出了他读大学的妹妹的声音，都感到非常亲切，纷纷来买哥哥的豆浆。哥哥的生意很好，一整天下来哥哥赚了十几元。我看着哥哥数钱的得意神情眼泪流了下来……

一转眼，一个寒假过去了。

我要回学校读书了。哥哥起了个大早，卖完了豆浆，给我买了车票，把我送上车。我与哥哥分手告别的时候，看见哥哥已经消失在寒冷的北风中……望着哥哥的背影，我把泪含在双眸中，没有落下来……

到了我读书的大学，我常常在梦里看到哥哥推着推车，吃力地行走在刺骨的北风中，车上的喇叭里，依然传出我那十分甜美的声音：

“豆浆，热豆浆……”

只要我上街，或者走在街上，只要听到“豆浆，热豆浆……”的声音，我都会老远地跑过去，仿佛看到了我的哥哥……

这时候，我心中会爆发出无穷的力量：哥哥，我的哥哥，妹妹报答你的最好方式就是把书读好！我紧紧地攥了攥拳头……

爱比恨只多一笔

爸爸星

——唐士儿

那个夏天，全家跟随爸爸调职搬到北投时，我刚读完小学一年级。接下来的暑假时光特别新奇，样样充满了趣味，甚至带些浪漫。

虽然当时妈妈有病在身，但爸爸下班后总会分担家务，保持家庭正常的气氛，从未让我们孩子感受到压力，反而过得自由自在。

新家位于郊区，附近流着一条潺潺小溪，可以望见形如美女的“观音山”。但最吸引人的还是屋后那一大片，被微风吹拂的青青草原。草原带来新鲜的空气，也提供了一个天然的昆虫教室，让我在草丛中认识了蜻蜓、蝴蝶、蚱蜢、螳螂、小瓢虫，还有从软软的屁股中发出冷冷黄光的可爱萤火虫。印象里，它们总是那么多、那么多，那么容易见到，就和爸爸时常在我们身边一样，那么理所当然……我像小海绵一样，尽情吸取着轻风白云，吸取着花色草香，也吸取着爸爸的爱。

有一天，我们吃过晚饭后又在想着要做什么——那时大多家庭没有电视，总会找些别的活动来打发时间。

爸爸忽然心血来潮，要带家人散步到他办公的地方，去看一看。我和

哥哥姐姐都为这趟夜游兴奋起来。那晚，妈妈也兴致很好地一起去了。我们一家大小聆听着蛙叫蝉鸣，伴着萤火虫一明一灭的光在草丛中前行。

爸爸上班的地方，并不如想象中好玩，但是那段返家的路程，却使我永生难忘。

爸爸决定带领我们穿越小溪，走另一条快捷路径。当大家牵手奋力踏上草原后，不禁被眼前巨大的星空震慑住了。

乡间的夜空晴朗广阔，像块缀有无数亮片的布幔盖过天际。我正惊呼着这景象时，爸爸亲昵地弯下腰来，问我想不想认“北斗星”。

“在哪里？”我望着满天繁星，急切地问爸爸。

“看那儿！有七颗星，排成一个勺子的形状……”

我顺着爸爸的大手指示寻找，突然间，那七颗星神奇地在群星中浮现，再也隐退不掉。

“好像哦！真的好像一个勺子……”我开心地叫道。一路上，又忍不住频频抬头看它，心中一直奇怪着，为什么星星能够做出勺子呢？

二十几年过去了，当我长大懂事，深深明白爸爸照顾一个家是多辛苦时，爸爸却和上天约定了似的，负完应尽的责任便离开了。如今，我用任何东西也无法换得和爸爸相聚片刻，只有凭借回忆的点滴想念他。

萤火虫光虽难再见，幸好天上的星星永恒不变。每当我有机会仰望星空时，总会第一个去找“北斗星”那个勺子，那和爸爸一样亲切、简单而又完美的星星。

感悟父爱

——佚名

常说，父爱是一座山，高大威严；父爱是一汪水，深藏不露；父爱更是一双手，抚摸着我们走过春夏秋冬；而父爱更是一滴泪，一滴饱含温度的泪水。

小时侯，父亲是一种严厉的象征，父亲像一把斧头把我的恶习统统改掉，父亲常说："你就是一棵树，树会乱长枝干，现在就要把你的毛病统统去除，养成良好的习惯。"父亲从不关注我的学业，父亲坚信有了良好的习惯就有了一切。就是这个信念，伴着我走到了现在。父亲这个坚强的信念与神情，一直浮现在眼前。没错，父亲是坚强的。

即将踏上旅程的我，在车窗口作别父母。母亲拉着我的手，哽咽不语。我了解母爱的绵延和柔情。而父亲只是站在远处，以固有的坚强支撑着他的威严。他就那样地看着这列车，看着这个车窗，看着我，然后微笑，微微扬起嘴角。是一种自豪，还是一种说不出的苦涩。而后他静默，微微低下头，紧握一下拳头，再抬头。我看见了父亲眼里的湿润晶莹的东西，它震颤着我的心弦。父亲见我望着他，转过身去，用那双手擦拭着泪

水。那饱含着难舍的泪水，冲毁了他坚强的伟岸，他对我的不舍最终汇成了一滴泪。

父爱没有延长的柔水，没有体贴的温馨的话语，不是随时可以带在身边的一丝祝福，也不是日日夜夜陪你度过的温度，父爱是一滴泪，概括了全部的语言。

认识父亲

——戎林

父亲是什么？父亲是你爷爷的儿子，是你儿子的爷爷；父亲是和母亲通力合作赋予我们生命的男人。

我们对父亲是那样地熟悉，又是那样地陌生，陌生得许多做儿女的全然不理解父亲那颗炽热的心。我常听人说，父亲对儿女的感情是百分之百，而儿女对父母却总要打些折扣。我不知这话准确到何种程度，但我却亲眼目睹，多少可怜的父亲为儿女吃尽了天下苦，受尽了世间罪。有的父亲为儿女，宁愿献出自己仅仅一次的生命。

一位给我写过信的小读者在南京住院，动手术那天我也去了。当他被推进手术室以后，他的父亲像傻子似的呆立在走廊上，整整五个小时，屏息凝神，一动也不动。傍晚，手术车推出来了，当儿子猝然出现在他的面前时，这位四十八岁的父亲竟然往后一倒，当场晕死过去。医生们吓坏了，一边忙着照应刚动过手术的少年，一边抢救那位父亲，整个病房乱成了一锅粥。

少年的父亲是军人出身，他见过无数惊心动魄的场面，从来都是眼不

眨心不跳，而此刻，面对着亲生骨肉，再也不能控制自己。事后我问他，他说也不知是为什么，反正他不能看到儿子受罪。

像这样的父亲何止一个。我曾在另一家医院见过一位姓陶的年轻工人，他在一次施工中不小心从高楼上摔了下来，被送到医院抢救。他十多天一直处于昏迷状态，醒来后，发现面前站着一位白发老人，便问："你是谁？"那人回答："我是你父亲。"

父亲？小陶苦苦思索，怎么也记不起来。在他的印象里，父亲不老，而且是一头黑发。他哪晓得，就在他徘徊在死神门槛前时，竟把他那五十不到的父亲急成了一个白头老翁。

儿时常听外婆说伍子胥过昭关一夜急白了头的故事，以为是外婆的创作，可望着小陶父亲那满头白霜，我确信外婆没有骗我。

在离我住处不远的一间小屋里，躺着一个叫戴小川的残疾青年。他的父亲是个老报人，从年轻时就背着儿子四处求医。一次他背着儿子在泥泞的小路上走了十几里。儿子感觉得到父亲胸膛里那颗心在剧烈地跳动，汗水顺着脖颈的皱褶直往下淌。他恨自己，怎么这样没用，给父亲带来这么大的麻烦，忽然冒出一句，"爸，电风扇来了！"说着撅起嘴巴对着父亲那汗漉漉的脖子猛吹起来。父亲再也忍不住，泪水和着汗水滴滴答答地洒在地上，融进了早春的泥泞。以后每谈起此事，父亲的眼睛里总闪出两点亮晶晶的东西，他说他对不起儿子，至今没治好他的病。

我一直忘不了那年在唐山采访时听说的一件真实的事。地震袭来时，墙倒屋塌，一块沉重的水泥板从天而降，屋里一对年轻的夫妇跃然而起，头顶头，肩搭肩，死死地坚持着，不为别的，因为在他们身下有一个嗷嗷

待哺的婴儿。当抢救人员赶来把婴儿抱走后，他们便再也无力支撑，水泥板轰然压下。

是谁给这对父母注入如此大的力量？是他们的儿女。儿女是父母生命的延续，为了这个延续，为了让儿女更好地活着，他们情愿献出自己的生命。世界上还有什么比这更加崇高和伟大？

也许有的儿女片面地理解了“生命既然开始，便已经走向死亡”这句话，他们毫不珍惜宝贵的生命，有意或无意地将生命交给死神，轻而易举地就那么一甩手走了，但把父亲推进了无边的苦海。

我的一位同事是颇有影响的钢琴家，他的妻子早已离去。他和儿子相依为命地生活在一起，将一身艺术细胞传给了儿子，把他拉扯成人，送进了剧院。儿子也挺争气，很快适应了紧张的剧院生活。不料在一次装台的义务劳动中从顶棚跌下，当场停止了呼吸。剧院院长把儿子的父亲接了去，问他有什么要求，那位几次从昏迷中醒来的父亲把头摇摇，说想到儿子出事的地点看看。

那是一个寂静的冬夜，院长叫人把剧院的大门打开，领着他走到台前。父亲实在憋不住，一下子扑倒在儿子摔下来的地方，再也无力站起。

整个剧场空空荡荡，无声无息，一只只椅背像大海的波涛，在这苦难的父亲的胸中掀起了滔天的巨澜。至今，在那个家中，儿子住过的房间还完好地保留着。每天上班，父亲总会在门口轻轻说声：“儿子，再见！”回来时又说一声：“父亲回来了，儿子！”吃饭时，儿子坐过的桌边依然放着一双筷子，它正无声地向父亲诉说着儿子在另一个世界的一切。

我一直不敢从离我住处不远的那条街上走，不为别的，只怕看到一位

伫立在街头的老人。他几乎每天都在人们下班的时间站在那里，面对着澎湃的自行车和人流，眺望着，等待着，寻觅着他那早已离开人间的儿子。

他的儿子是我的朋友，在一家大公司工作。一个雷雨交加的夜晚，他在回家的路上碰上了一根断在地上的电缆，触电身亡。谁也不忍心把这个消息告诉他的父亲，最后还是我去了。

我以为老人会失声痛哭，其实没有，他没有一滴眼泪。我想也许是年纪大了，见得多了，泪水早已干涸。许久，那位父亲才喃喃自语，“不会的吧——”他不相信他那健壮如牛的儿子会突然离去，以为我在跟他开玩笑。

我不知老夫妻俩是怎样熬过那些揪心的日日夜夜的，只看见那位老父亲每日黄昏站在街头，目不转睛地盯着过往车辆。有好几次，竟突然大叫：“下来，儿子！你给我下来！”

所有人都为之一震。

大年三十，街上行人稀少。老人仍在寒风中苦苦地等待。我真想上前安慰他几句，可走了几步又站住了。我能说什么呢？人世间还有什么语言能解除老人心中的痛苦？我默默地站着，远远地望着他那凄苦的身影，一直到夜幕降临，一直到除夕鞭炮四起的午夜时分。

九泉之下的朋友，你可知道，你的父亲还在等你回去吃年夜饭呢！

父亲是伟大的，是坚强的。严酷的现实常常扭曲了父亲的情感，沉重的负担常常压得父亲喘不过气来。天灾人祸，狂风暴雨都被父亲征服了，是他用点点血汗，以透支的生命为儿女们开出了一条成功之路，也给自已带来无尽的欢乐。

但也有一些不谙世事的儿女们被花花世界所迷惑，有的甚至被投进了牢房，让青春定格在冰凉的小屋里。对此，他自己倒不以为然，总是以为以后的路还长。可他们没想到，这给父亲带来了多么大的不幸与悲哀。我在采访中了解到一个中学生因犯盗窃罪而被捕，他的父亲与我是老相识，但碍于面子，一直瞒着我。他想儿子想得几乎发疯，实在迫不得已才来求我，想托我找找人，让他去狱中看看儿子。

我去了，看守所所长答应他们父子在二号房会面。

那是一间长方形的小屋，两头都有铁网，即使见面，也只能相隔十米，望儿兴叹。

儿子见到父亲，大声呼唤，诉说自己的不幸，一声声像利刃剜着我的心。但父亲却神色木然，不住地点头，摇头。儿子哪里想到，当父亲第一次得知儿子被捕的消息时，仿佛感到有一千面锣在耳边轰响，两只耳朵顿时发麻，接着便什么也听不见——他聋了！

聋子怎么能听见儿子的说话声呢？他只是不停地重复着：“好好的，儿子！你好好的，呵——”

泪水爬满了他那苍老的面颊，流进那不停嚅动的嘴唇。

我告诉那少年，你父亲聋了，是为你才聋的。少年一下子蹲倒在地，一只手死死地抓住铁丝网，胳膊被划出了一道血口子，鲜血把袖子染得通红，看得出，他的心在流血。

那少年被遣送到长江边的一个农场服刑。他的父亲每个月都要到千里之外去看儿子。农场离车站还有十里，得走一个多小时。一次回来的路上，不知是碰上了风雨，还是因耳聋听不见汽车的鸣笛，父亲被一辆大卡车撞死在路旁。也不清楚那个不争气的儿子知道不知道。

父亲是一部大书，年轻的儿女们常常读不懂父亲，直到他们真正长大之后，站在理想与现实、历史与今天的交会点上重新打开这部大书的时候，才能读懂父亲那颗真诚的心。

歌德说："能将生命的终点和起点联结到一起的人才是最幸福的人。"我想说，你那生命的起点是父母亲用血肉铸成的，它不仅属于你，也属于你的父母，属于整个人类。能把自己的生命和父母的生命，以及全社会连在一起的人才是最伟大的人。

那一只灯

——马德

总有一些东西，是岁月所消融不了的。

八岁那年春节，我执意要父亲给我做一个灯笼。因为在乡下的老家，孩子们有提着灯笼走街串巷熬年的习俗，在我们看来，那就是一种过年的乐趣和享受。

父亲说，行。

我说，我不要纸糊的。父亲就纳闷：不要纸糊的，要啥样的。我说要透亮的。其实，我是想要玻璃罩的那种。腊月二十五那天，我去东山坡上的大军家，大军就拿出他的灯笼给我看，他的灯笼真漂亮，木质的底座上，是四块玻璃拼制成的菱形灯罩，上边似乎还隐约勾画了些细碎的小花。大军的父亲在供销社站柜台，年前进货的时候，就给大军从遥远的县城买回了这盏漂亮的灯笼。

我知道，父亲是农民，没有钱去买这么高级的灯笼。但我还是想，父亲能给我做一个，只要能透出亮就行。

父亲说，行。

大约是年三十的早上，我醒得很早，正当我又将迷迷糊糊地睡去时，我突然被屋子里一阵沙沙沙沙的声音吸引了，我努力地睁开眼睛，只见父亲在离炕沿很远的地方，一只手托着块东西，另一只手在里边打磨着。我又努力地醒了醒，等我适应了凌晨有些暗的光后，才发现父亲正在打磨着一块冰，姿势很像是在洗碗。父亲每打磨一阵，就停下来，在衣襟上擦干手上的水，把双手捂在自己的脖子上暖和一会儿。

我说：爹，你干啥呢？

父亲说：醒了？天还早呢，再睡一会儿吧。

我说：爹，你干啥呢？

父亲就把脸扭了过来，有点尴尬地说：爹四处找废玻璃，哪有合适的呢，后来爹就寻思着，给你做个冰灯吧。这不，冰冻了一个晚上，冻得正好哩。

父亲笑了笑，说完，就又拿起了那块冰，洗碗似的打磨起来。

父亲正在用他的体温融化那块冰呢。

我看着父亲又一次把手放在脖子上取暖的时候，我说，爹，来这儿暖和暖和吧。随即，我撩起了自己的被子。

父亲一看我这样，就疾步过来，把我撩起的被子一把按下，又在我的前胸后背把被子使劲掖了掖，并连连说，我不冷，我不冷，小心冻了你……

末了，父亲又说，天还早呢，再睡一会儿吧。我胡乱地应了一声，把头往被子里一扎，一合眼，两颗豌豆大的泪就洇进棉絮里。你知道吗，刚才父亲给我掖被子的时候，他的手真凉啊！

那一年春节，我提着父亲给做的冰灯，和大军他们玩得很痛快。伙伴们都说这个冰灯做得有意思。后来，没几天，它就化了，化成了一片水。但灯，还在我心里。

无言的情怀

——佚名

小时候，我常牵着爸爸的手去河边垂钓，也时常蛮不讲理地爬到爸爸的肩头，高声地叫着“骑马喽”“骑马喽”。尽管爸爸有时也生气地说：“这丫头这么淘气，快下来！”但每次都是高兴地拉着我的两只小腿跑两圈。

有一次，他跑着跑着，忽然停下了，什么东西热乎乎地顺着背往下爬。嘿嘿，真不好意思，我撒了爸爸一身尿。父女俩乐得拍拍打打，那一间永远难忘的小屋里充满着浓浓的情和深深的爱。

慢慢地，我长大了，很少和爸爸去垂钓，也没有闹着要骑马了。我也时常学着大人的模样，躲进自己的小阁楼里，把欢乐与痛苦抑郁和忧伤压在心底，也把对父亲那深深的爱，锁进了那紧紧关闭的心扉。

眼看着爸爸的两鬓慢慢地出现了白发，那双一直炯炯有神的目光变得昏暗了。他在人生的跑道上望着远去的青春，很不情愿地退休在家，他已不再拥有这个世界的紧张和喧闹了。

过去，他是那么的勇敢和自信，带领数百上千号人马，拼博在云贵高原的一方热土上，使这块曾经是豺狼出没的荒土上耸立起一片片厂房、楼房。而今，老年的孤独和寂寞困扰着他，使他常常不知该做什么才好。

过去，他是那么的开朗和活跃，穿梭在援外工程的洽谈会上，使沙漠上通了电视，使非洲热带雨林中生长出多种中国的蔬菜。而现在，面对突然安静的生活环境，他总是不知说什么才好。

多少次，我尽女儿的心，为他做完该做的事。可看到的仍然是一双期待的目光。

多少次，我真想叫转那落寞而辛劳的背影，对他说一声："爸爸，我爱你！"然而，一种少女的矜持和怯懦挡住了它，最终，我还是什么都没说。

九五年的夏天，我终于接到了出国的通知，我强压着兴奋和留恋之情，来到爸爸身边。他当时正在医院里吊着点滴，他久久地用一种无比留恋和充满期待的目光看着我，说："孩子，你长大了，去飞吧，可要自己多注意点。"

"嗳，您也要多保重！"我什么也说不出来了。

带着一种不放心的感觉，我缓缓地走出大门，泪水止不住往下落。

我就这么走了吗？不！我不能这样走，我要回去，要把我压抑埋藏了这么多年的情感向他老人家说清楚。

于是，我从心里爆发出一声热切的呼唤："爸爸！"飞快地跑到病房门口。

爸爸把头转向床内，伸出那只满是皱纹的手，向我摆了摆。我，最终又是什么也没说。

三年，那只手，那只风尘仆仆的手，一直在我的心中晃啊！晃啊！……

九八年的夏天，我终于回国探亲了，带着三年内多少思念多少梦，带着三年的多少情怀多少爱，我飞到了爸爸的身边。爸爸的头发更加花白了，目光里充满了喜悦。那本是十分宁静的生活，突然变得热烈而活跃。

难得一聚，不知不觉地，我又该登上远去的飞机。

临行的前一天，父亲轻轻地对我说："你真像一片叶子一样，轻轻地被风吹来，还没好好和我们说说话，又被风吹走了。"他说完，又轻轻地笑了。那笑容，包含着多少话要说，包含着多少的无奈和期待呀。

我心里一阵茫然，是啊！三年了，我心中萦绕着的无数的话语和那无言的情怀，什么时候才能了啊？望着父亲那花白的头发和那饱经风霜的面容，我终于强压着心里涌动的热潮，在爸爸的脸上深深地亲了一口，"爸爸，我爱你！"

爸爸把头侧向一边，双肩抽动起来，"孩子，我盼了好久，等了多日，就是这句话啊！"

他把头转了过来，我没有看到父亲的眼泪，他把我拥在怀里，我却哭了。在父亲的怀中，我又找到了儿时的那种感受，是那么的幸福，那么的安慰。

没有电闪雷鸣般的呼唤，没有翻江倒海般的激情，爱，永远在家中，在那个不需要华丽的地方，永远在那无言的情怀里。

父亲与二十五元车钱

——佚名

父亲好不容易进一次城，我陪他看过高楼大厦后，又打的去一处风景区玩。下车时，父亲看见我给了司机二十元，就说："坐一阵车怎么要这么多钱？"我说："不多，这已经是最便宜的了。"

从风景区出来后，父亲不肯坐车了。从风景区到家有十公里，走回家那还不得累死？我还是叫了一辆的士。父亲见我不听他的话，就生气地自己走了。我问司机要多少钱，司机说最少要二十五元。我预先付钱给司机说："等一会儿见到我父亲，你就说只要两块五毛。"司机问我为什么要骗父亲，我说："我父亲刚从乡下来，他心疼钱，死活不肯坐车。"司机愣了一下才说："好吧。"司机把车停到父亲身边。我叫父亲上车，父亲却要我下车。司机说："大叔，你上来吧。我是顺路捎你们回去。只收两块五毛。"父亲这才上了车，一个劲地谢司机。

司机一路跟父亲说话，把我们送到家门口时，还亲自给父亲打开车门。等父亲下了车进了家后，司机又把我叫回到身边，将那二十五元还给我说："这钱，你拿去买一瓶酒给大叔喝吧。"我莫名其妙地问："你

为什么不要钱？”司机说：“因为你的父亲太像我的父亲了。我父亲进城后，也是心疼钱，不肯坐车。”我问：“你父亲还好吧？”司机说：“他走路回家时，被车撞死了。”

司机眼里涌满了泪水，他默默地开车走了。那二十五元钱，我至今还保存着。

拿到数学老师发下的单元测试卷，看到上面批着鲜红的“及格”两字，我顿时像泄了气的皮球。

回到家，我正想着如何应付父亲，却听见父亲问：“小平，听说你们上次的数学单元测验分数出来了，拿出来让我看看！”我慢腾腾地将试卷递给父亲，不敢正视他严肃的面容。

“及格，这可是你数学成绩中最‘好’的一次。平时让你在学习上多下工夫，你就是听不进去。没有知识，将来怎么在社会上立足。”

“别说了！”我终于大吼了一声。父亲一下子愣住了，他怔怔地看着我，好像第一次认识我。我再也控制不住自己的泪水，“呜呜”哭着跑进自己的房间，“砰”的一声关上门，伏在床上哭了起来。这是我生平第一次对父亲发这么大的火。

不知过了多久，我走进厨房，揭开锅盖一看，饭菜在锅里热着，还有我平时最爱吃的荷包蛋，一股后悔之情涌了上来，想想母亲在外地教书，父亲工作很忙，还要照顾我，为我做饭、洗衣、盖被子，一个人又当爹又

当妈。我清楚地记得，一个风雨交加的夜晚，我突发高烧，父亲连雨衣也来不及穿，冒雨把我背到医院，忙了整整一夜。

我决定向父亲认错，便鼓起勇气，轻轻推开房门，只见父亲躺在沙发上已经睡着了，那张试卷放在桌子上，我拿起来一看，错误的地方已经全部改正。

我拿了一条毛毯轻轻地盖在父亲身上，在他对面的椅子上坐下来，我看见父亲的白发又增添了很多，刚过四十岁，看起来却显得苍老。我分明看见，父亲的眼角有一颗晶莹的泪花！

父亲是一个性格坚强的人，工作虽苦，却从未叫过一声累。我想，一定是我刚才的话语伤了他的心，想到这里，我的心里一阵酸楚，泪水又流了下来。

生命的阶梯

——盛永明

听奶奶说生我的那个晚上天很冷很冷，河里结着厚厚的冰。父亲与大叔抬着临产的娘去九里外的乡卫生院，又遇大雪。雪烟横飞，北风呼啸，半躺在竹椅上的娘冷得瑟瑟发抖，缩作一团。父亲见状连忙脱下身上的黄大衣给娘披上，尽管这样，赶到医院娘已嘴唇发紫，黄大衣已成白大衣了。日后，娘回忆说若没有父亲那件大衣，或许自己早已冻死在半路上，我也根本就出不了娘胎。

或许我未出娘胎已受寒，或许家穷缺乏营养，总之我的生命一直靠药罐儿维持……初二那年，大概是学习紧张，我的身体也不知为啥突然出了“故障”——高烧不退，肚子疼得直打滚。听人说学校老师告诉父亲说我生病被送进了医院，父亲急得扔了农具来不及穿鞋就往卫生院跑。父亲赶到乡卫生院我正在打吊瓶。父亲弯下腰看着我，泪水开始成串成串地往下淌，那是我第一次看到父亲流泪。母亲说当时看到我躺在病床上脸像纸一样白，父亲心都碎了。

我的病差一点要了我的命。父亲带我四处求医，为了给我治病父亲开

始举债过日子，最后将娘种的蔬菜挑上街去卖。父亲为了我，挑肿了肩，挑弯了腰，挑白了发，那是一段艰难的人生旅程。第二次复查要去县城医院，而且必须空腹，那就得前一晚上住在城里。这下可把父亲难住了，城里既没亲戚又没朋友，住旅馆又住不起，那可怎么办？最后父亲想到有一个同学早年当兵，复员回来被分配到县城的国营化工厂，如果能找到他，在他那里投宿一夜就可解燃眉之急了，可怎么才能找到他呢？时间已经不允许父亲再去打听，唯一的就是去了再说。乘轮船到县城已是日落西山，父亲凭着仅有的记忆，带着生病的我找到化工厂，向门卫打听，门卫说有那个人但已经下班了，父亲乞求他能帮助寻找一下，可他说几千号人上哪里找呢？这可怎么办？街上路灯渐渐亮起来，北风夹着寒气向我们扑来，父亲将我搂在怀里，为我驱寒挡风，而他脸上的无助被黑夜紧紧地围困住，我知道他心里一定很着急，为我的病，也为今晚的去从。天无绝人之路，正在此时父亲同学的儿子从外面回来，父亲一眼就认出来了，把他叫住。

那晚我就跟这位陌生的哥哥住了一晚，而父亲则在客厅里坐了一夜。

我的病整整拖了十八个月。此时，学校正式将我除名。为此父亲与学校领导大吵一场，差一点儿打架。父亲扯住校长的白衬衫不放，说：我儿子是读书累病的，不是犯纪律，凭啥要除名？校长说那是校规。父亲说哪有不让学生读书的校规？父亲欲再去扯校长的衣领，被几个老师哄出了校长室。在你推我拉中，父亲的脸上留下好多血痕，直到现在痕迹依然没有褪去。每每见到，我的心里都会发酸。父亲不得不为我办理转学。那时，我真的不忍心看着被沉重生活慢慢压弯背的父亲，提出去做工，以减轻家庭负担。父亲却圆睁着布满血丝的眼睛说：我为你治病就是能让你继续上学，难道你想跟我一样种一辈子田吗？

父亲最后将我送到邻镇的一所中学。那天，他借了一辆自行车送我，父亲的车技不高，加上路坑坑洼洼，带着我更显摇晃。我说下车走吧，父亲却说十几里路走到啥时！于是安慰我，说放心，骑一段就平稳了。然而父亲还是在一个凹坑前因躲闪不及，连人带车摔倒了。摔倒的父亲连忙爬起来翻开自行车搀我，并急着问我摔着了没有？说着又拍去我身上的尘埃。此刻，我看到父亲手臂上的鲜血已经染红了他的衬衣，又顺着袖口往下淌。这下可把我给吓坏了，拉着父亲的手直哭。父亲笑着说没事，没事，不就擦破一点皮嘛。说完父亲整了整自行车还要骑，我却再也不要父亲送我，而是想找个地方给父亲包扎伤口，可前不着村后不着店，去哪里包扎伤口呀。父亲与我一路走，血一路滴，十几里路父亲是用自己的血走过的。

父亲一边还债一边供我念书，曾经的一头浓密黑发已稀疏得所剩无几。父亲几乎用他全部的心血为我垒起了一座生命阶梯，让我踩着他一级一级向上攀援。我对自己从此不敢懈怠，只有认真读书，才不会辜负父亲对我的一片期望，才能报答他的养育之恩。

爱比恨只多一笔

——佚名

父母离婚后，他和妹妹跟了母亲。父亲搬出去，和那个叫刘小敏的女人一起离开了小城。

母亲常常坐在家里，精神恍惚，单位领导替她打了病休报告。

长大是一件不容易的事。那时，他只恨自己长得不够快。为了省几个钱，他去很远的郊外打荒草，再背进家门。母亲的间歇性精神病发作了，他把泪往肚里咽了又咽，终于没有哭出来。

他没考大学，子弟学校正在招老师，他居然考上了，做了休育老师。

后来，他结了婚，日子过得磕磕绊绊。就算母亲犯了病，损坏了东西，妻子也不吭声。他觉得，这就够了。

日子刚过安稳，有一天，父亲回来了，原来，那女人花光了他的钱，跟别人走了。父亲说："好歹你是我儿子，有血缘关系。"

妻子说："该养儿子时，不见你的影子；快要养老时，你就跑出来当爹。"

母亲走过，拉住儿子的手，说："让他回来吧。"

儿子不吭声，抽了一地的烟头。末了，他问母亲："你真的不恨他？"既是问母亲，又是问自己。

他去了父亲居住的小屋。已是深秋，那里冰冷冰冷的，只有一张小床、一个小电炉、几包方便面。

父亲见到他，紧张得像一个孩子，说："坐吧。"

他坐在床上，居然比父亲高了一截。两个人对着抽烟。

后来，他站起来，走到门口，说："星期天，我来接你。"

他在离家很近的地方，给父亲租了房，跑前跑后地忙着装修，墙壁是他亲自刷的，屋里的桌椅碗筷，都是他去买的，做这些事时，他好像不恨父亲，居然有些欣喜。

妹妹来了，说："哥，你想好了？"

他点点头。

母亲跟着父亲生活很久都没犯病。他经常去坐在小院里，很少说话。

他看到父亲给母亲梳头，很轻很轻，掉的头发，他一根根拾起来，放进一个小盒子里。

父亲说："老伴啊，叶子都掉光了，我们这两棵老树，就该走啦。"

母亲微微一笑。

他站起身，他的心第一次变得宽广了。

那天，他教邻居的孩子写字猛然发现，爱比恨只多一笔。就这么一笔，写出的却是人间的冰火两重天。

妈妈的味道

母亲

——肖复兴

那一年，我的生母突然去世，我不到八岁，弟弟才三岁多一点儿，我俩朝爸爸哭着闹着要妈妈。爸爸办完丧事，自己回了一趟老家。他回来的时候，给我们带回来了她，后面还跟着一个小姑娘。爸爸指着她，对我和弟弟说："快，叫妈妈！"我们任爸爸怎么说就是不吭声。"不叫就不叫吧！"她说着，伸出手要摸摸我的头，我扭着脖子闪开，说就是不让她摸。

望着这个陌生的娘儿俩，我首先想起了那无数人唱过的凄凉小调："小白菜呀，地里黄呀，两三岁呀，没有娘呀……"我不知道那时是一种什么心绪，总是忐忑不安地偷偷地看着她和她的女儿。

在以后的日子里，我从来不喊她妈妈，学校开家长会，我硬是把她堵在门口，对同学说："这不是我妈。"有一天，我把妈妈生前的照片翻出来挂在家里最醒目的地方，以此向后娘示威，怪了，她不但不生气，而且常常踩着凳子上去擦照片上的灰尘。有一次，她正擦着，我突然向她大声喊着："你别碰我的妈妈。"好几次夜里，我听见爸爸在和她商量："把照片取下来吧！"而她总是说："不碍事儿，挂着吧！"头一次我对她产

生了一种说不出的好感，但我还是不愿叫她妈妈。

孩子没有一个是省油的灯，大人的心操不完。我们大院有块平坦、宽敞的水泥空场。那是我们孩子的乐园，我们没事便到那儿踢球、跳皮筋，或者漫无目的地疯跑。一天上午，我被一辆突如其来的自行车撞倒，重重地摔在水泥地上，立刻晕了过去。等我醒来的时候，已经躺在医院里了，大夫告诉我："多亏了你妈呀！她一直背着你跑来的，生怕你留下后遗症，长大了可得好好孝顺她呀……"

她站在一边不说话，看我醒过来便伏下身摸摸我的后脑勺，又摸摸我的肚子。我不知怎么搞的，第一次在她面前流泪了。

"还疼？"她立刻紧张地问我。我摇摇头，眼泪却止不住。"不疼就好，没事就好！"

回家的时候，天已经全黑了。从医院到家的路很长，还要穿过一条漆黑的小胡同，我一直伏在她的背上。我知道刚才她就是这样背着我，跑了这么长的路往医院赶的。以后的许多天里，她不管见爸爸还是见邻居，总是一个劲埋怨自己："都赖我，没看好孩子！千万别落下病根呀……"好像一切过错不在那硬邦邦的水泥地，不在我那样调皮，而全在于她。一直到我活蹦乱跳一点儿没事了，她才舒了一口气。

没过几年，三年自然灾害就来了，只是为了省出家里一口人吃饭，她把自己的亲生闺女，那个老实、听话，像她一样善良的小姐姐嫁到了内蒙古。那年小姐姐才十八岁，我记得特别清楚，那一天，天气很冷，爸爸看小姐姐穿得太单薄了，就把家里唯一一件粗线毛大衣给小姐姐穿上，她看见了，一把给扯了下来："别，还是留给她弟弟吧，啊！"车站上，她一句话也没说，只是在火车开动的时候，向女儿挥了挥手。寒风中，我看见她那像枯枝一样的手臂在抖动，回来的路上她一边走一边叨叨："好啊，好啊，闺女大了，早点寻个人家好啊，好！"我实在是不知道人生的滋味儿，不知道她一路上叨叨的这几句话是在安抚她自己那流血的心。她也是母亲，她送走自己的亲生闺女，为的是两个并非亲生的孩子，世上竟有这样的后母？望着她那日趋隆起的背影，我的眼泪一个劲往外涌。"妈妈！"我第一次这样称呼了她，她站住了，回过头来，愣愣地看着我不敢相信这是真的，我又叫了一声"妈妈"，她竟"呜"的一声哭了，哭得像个孩子。多少年的酸甜苦辣，多少年的委屈，全都在这一声"妈妈"中融解了。

母亲啊，您对孩子的要求就是这么少……

这一年，爸爸因病去世了，妈妈先是帮人家看孩子，以后又在家里弹棉花，攫线头，她就是用弹棉花攫线头挣来的钱供我和弟弟上学。望着妈妈每天满身、满脸、满头的棉花毛毛，我常想亲娘又怎么样！从那以后的许多年里，我们家的日子虽然过得很清苦，但是，有妈妈在，我们仍然觉得很甜美，无论多晚回家，那小屋里的灯总是亮的，橘黄色的灯光里是妈妈跳动的心脏。只要妈妈在，那小屋便充满温暖，充满了爱。

我总觉得妈妈的心脏会永远地跳动着，却从来没想到，我们刚大学毕业的时候，妈妈却突然地倒下了，而且再也没有起来。妈妈，请您的在天之灵原谅我们，原谅我们儿时的不懂事。而我永远也不能原谅自己。我知道在这个世界上，我什么都可以忘记，却永远不能忘记您给予我们的一切……世上有一部永远写不完的书，那便是母亲。

童 谣

——金波

我和你一样，喜欢听小鸟在树林里婉转鸣啼，喜欢听蟋蟀在草丛里振翅弹琴。可是，我更喜欢听妈妈为我诵唱童谣。

那童谣是她小时候，从她的妈妈那儿学会的，她一直牢牢地铭记在心上。她珍藏了二十多年，她知道将来会有那么一天，她要唱给一个孩子听；她知道那个孩子一定很喜欢听，他会静静地依偎在她的身边，仰着小脸听着。此刻，我就是那样听着，听着。

当妈妈为我诵唱童谣的时候，如果是在清晨，那些小鸟就不再吱吱喳喳地唱了；如果是在夜晚，那些蟋蟀也不再嚁嚁嚁嚁地弹琴了，它们都安安静静地和我一起倾听着、倾听着。

妈妈教我的童谣，是开启生活大门的钥匙，它在我面前展现了绚丽多彩的世界；它又是我心灵的翅膀，让我开始了人生最早的飞翔。

童谣永远活在人们的记忆里，它是古老的，又是永远年轻的。

它像一条永不干涸的小河，从妈妈的心里流进我的心里。

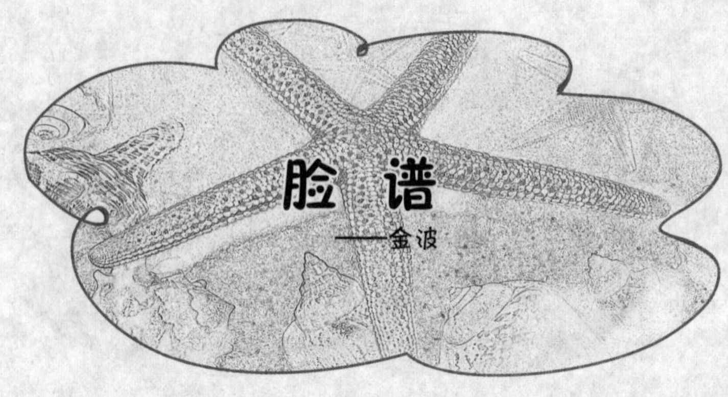

脸 谱

——金波

我在小摊前已经痴迷地站了很久很久了，我望着那粘土制成的孙悟空脸谱，舍不得挪动脚步。

妈妈已经是第三次唤我去吃晚饭了。

直到小贩子收起了摊子，我望着他把那些脸谱一一收进他的箱里，我才回家。

那夜在灯下，我一遍又一遍地画着孙悟空脸谱。似乎只有这样，我才能得到一点点满足。

第二天，我带着节省下来的早点钱，去买那脸谱。小贩说，钱不够的，回家再向妈妈要吧！

然而，我不肯，因为我知道妈妈拿不出为我买玩具的钱。

又一天放晚学的时候，我又站在那小摊前，凝视着那一排排孙悟空脸谱。它们睁着火眼金睛，好像也在望着我。

今天，那个小贩似乎很高兴。他问我：“向妈妈要钱了吗？”

我只好摇摇头。

小贩挑选了一个油彩剥落的孙悟空脸谱，减价卖给了我。

我高兴地赶快把攥得发热的钱给了他，接过脸谱飞也似的跑回了家，我真怕他后悔哩！

回到家里，我嗫嚅着告诉妈妈，我买了一个残品，因为钱不够。

妈妈没有吭声，她接过脸谱，端详了半天。她把我的图画颜料找来，教我涂上色，又打上蜡，于是我的孙悟空脸谱容光焕发了。

在我看来，它比小摊上所有的脸谱都要美丽。

我觉得我的妈妈是这个世界上手儿最巧的人，因为她倾注了她的爱。

点滴的母爱

——王胜厚

蓝蓝的天空白云飘，我想飞身上天把这洁白的云轻轻摘下给妈妈，做她的围巾。雪梅峰上雪梅开，我不畏路险风萧萧，也要把雪梅摘下献给我伟大的妈妈。

小鸟啾啾细柳枝，春花遍地开。妈妈每在新春之前，总是要为自己定下一个计划，今年要在那亩地开辟一片瓜地，让瓜结得大大的，甜甜的，让儿女们假期美美地吃上好瓜；或者在田埂上种些高粱、玉米，好让儿女们过节能吃上甜甜的高粱饴、香喷喷的玉米棒。妈妈总是想着让我们能吃上可口的美味的东西，从不说她要吃什么。

全家团圆，妈妈忙前忙后，总像有使不完的劲儿。儿女们叫妈妈休息一下，妈妈却倔强而喜悦。妈妈虽银丝飘飘，却心明眼亮。每每饭后茶余，把我们集中在一起，询问学习、生活、人际关系。我们进步时，妈妈就满脸微笑，温柔地表扬我们；当我们沮丧失落时，妈妈就谆谆教导，循循善诱，犹如春天雨露，滋润着我们的心田。

孩子将要远行，昏暗的灯光下，妈妈手拿针线，密密缝补着孩子的衣

服。妈妈眼睛不好，总是缝一针，落两针。她那轻轻的叹息声，飘至我的心中，我总是泪湿枕巾。

离家几千里，每每眺望远方，我似乎看见妈妈，妈妈站在小山坡上，手搭凉棚，在寻找着，在凝视着，盼望儿女们归来。我时时在梦中望见妈妈展开双臂，呼唤着我，向我走来，我跳床而起，向妈妈扑去……

妈妈给了我们坚强的性格，上进的精神，我的妈妈是世上最好的妈妈。

妈妈的味道

——佚名

每当想家的时候，总有一股特殊的味道从心底浮起，香香甜甜，像桂花，又像芝麻，在血液里，在灵魂里，飘散开来，让我的心啊肝啊，五脏六腑，都为之陶醉。

我知道，那就是家的味道。

我从小身体较弱，所以，妈妈总要瞒着弟弟妹妹，额外给我弄些好吃的。现在，我还清楚地记得，小时候，妈妈用自己悄悄攒下的钱，给我买了好多饼干，偷偷地藏在家中的红漆箱子里，每天早晨，我和弟弟妹妹们一起上学，走到院子里的时候，她再把我喊回来，说我忘记了带东西，等我回到屋子，就飞快地从箱子里拿出两块饼干，塞到我的书包里。

因为体质不好，我经常生病。医生建议妈妈给我好好补补身体。那年冬天，妈妈卖掉了自己的一件首饰，买了半只羊，每天给我熬一碗羊肉汤，当弟弟妹妹们睡去后，把我叫起来，当夜宵给我吃。

喝了一冬天的羊肉汤，我的身体变得结实起来。看着我走路有劲儿了，也不再三天两头病了，妈妈的脸上挂出了笑容。也许是养成了习惯，

也许是这个天生孱弱的儿子更易惹起她的爱怜，她还是会偶尔为我悄悄地做些好吃的。

那年的元宵节，由于家里穷，买不起更多的江米面和馅料，妈妈忙乎了一下午，做了好几个菜，可是元宵端上桌子的时候，每个人的碗里只有四个元宵，为了让碗里的东西显得多一些，妈妈煞费苦心地把鸡蛋煮熟后剥了皮，从中间的部位切开，然后让光滑圆润的那部分浮在上面，不细看，就像真的元宵一样。

很快，四个元宵就如猪八戒吃人参果一样，不知其味地下肚了，看着我和弟弟妹妹们吧嗒着嘴，妈妈没舍得吃自己碗里的元宵，给爸爸、我和弟弟妹妹碗里一人分了一个。

那可能是我记忆中吃得最快的一顿饭，没几分钟，我们就吃完了，人人的脸上都挂着“没饱”两个字。

天黑了，我和弟弟出去放了会儿鞭炮，又看别人家放了焰火，早早地睡了。

正睡得迷迷糊糊时，突然有人拍我。我睁开眼睛，揉了揉，是妈妈正站在床前。手里端着一碗东西，还冒着热气。我掀开被子，刚要爬起来，觉得一股寒气钻进被窝，妈妈把我按下，手放在唇边，做了个“嘘”的姿势，看着我，小声说：“快钻被窝里，慢慢吃。”

那是两个芝麻馅元宵，散发着扑鼻的香气。我抓起筷子，捞起一个就往嘴里塞，险些烫着。妈妈悄声说：“别急，都是你的。”

我用热气哈着脸，一股特别的味道直沁心脾。慢慢地在嘴里嚼着元宵，品尝着、回味着。不知道吃了多长时间，两个元宵终于吃完了，妈妈拿走了碗，我也翻身睡去。元宵的香气一直飘散到梦里，让我睡得非常香甜。

长大了，我离开家，到北京工作。每逢元宵节，我都不能在家里过，只能吃上一碗爱人买的好利来汤圆，因为这里可以找到妈妈的味道。

今年的元宵节，我已经安排好了自己的时间，一定要在家里和妈妈一起过，吃一碗她亲手做的元宵。

如果有可能，我要求妈妈再为我做一件事：我想让她再煮一碗元宵，半夜悄悄把我叫醒，送到我的被窝里。

我想悄悄地告诉妈妈：那碗元宵里，有我终生不忘的味道。

我妈妈是典型的农家妇女，从前的农家妇女几乎是从不休息的，她们除了带养孩子，还要耕田种作。为了增加收入，她们要养猪种菜做副业；为了减少开支，她们夜里还要亲自为孩子缝制衣裳。

记忆中，我的妈妈总是忙碌不堪，有几个画面深印在我的脑海。

有一幕是：她叫我和大弟安静地坐在猪舍前面，她背着我最小的弟弟洗刷猪粪。妈妈的个子矮小，我们坐在猪舍外看进去，只有她的头高过猪圈，于是，她和小弟的头在那里一起一伏，就好像在大海浪里搏斗一样。

有一幕是：农忙时节，田里工作的爸爸和叔伯午前总要吃一顿点心止饿。点心通常是咸粥，是昨夜的剩菜和糙米熬煮的，妈妈挑着咸粥走在仅只一尺宽的田埂，卖力地走向田间，她挑的两个桶子，体积比她的身体大得多，感觉好像桶子抬着她，而不是她挑桶子，然后会听见 声高昂的声音：“来哦！来吃咸粥哦！”几里地外都听得见。

还有一幕是：只要家里有孩子生病，她就会到庙里烧香拜拜，我每看到她长跪在菩萨面前，双目紧闭，口中喃喃祈求，就觉得妈妈的脸真是

美，美到不可方物，与神案上的菩萨一样美，不，比菩萨还要美，因为妈妈有着真实的血肉。每个人的妈妈就是菩萨，母心就是佛心呀！

由于我深记着那几幕母亲的影像，使我不管遭遇多大的逆境都还能奋发向上，有感恩的心。

也使我从幼年到如今，从来没有开口说过一句忤逆母亲的话。

与众不同的妈妈

（美国）珍玛丽·库根

小时候，妈妈简直就是我的“心腹大患”，因为她太与众不同了。我很早就知道了这一点。

去其他孩子家玩的时候，他们的母亲开门后，说些“把你的脚擦干净”或“别把垃圾带到屋里”之类的话，不会让人觉得意外。但在我家，却是另外一种情形。当你按响门铃后，就会有故作苍老的孩子的声音从门里传出来：“我是巨人老大，是你吗，山羊格拉弗？”或者是甜甜的假嗓子在唱歌：“是谁在敲门呀？”有时候，门会开一条缝，妈妈蹲伏着身子，装得跟我们一样高，然后一板一眼地说：“我是家里最矮的小女孩，请等会儿，我去叫妈妈。”随后门关上大约一秒钟，再次打开，妈妈就出现在眼前——这回是正常的身形。“哦，姑娘们好！”她和我们打招呼。

每当这时候，那些第一次来的伙伴会一脸迷惑地看着我，仿佛在说“天哪，这是什么地方”。我也觉得自己的脸都让妈妈给丢尽了。“妈——”我照例向妈妈大声抱怨。但她从来不肯承认她就是先前那个小女孩。

说实话，大人们都很喜欢妈妈，但毕竟与妈妈朝夕相处的是我，而不是他们。他们一定无法忍受“观察家”的存在。这是个隐形人，妈妈经常跟他谈论我们的情况。

“你看看厨房的地面。”往往是妈妈先开口。

“哎呀，到处是泥巴，你才把它擦干净，”“观察家”同情地答道，“他们就不知道你干活有多累？”

“我猜他们就是健忘。”“那好办，把污水槽的抹布交给他们，罚他们把地面擦干净，这样才能让他们长记性。”“观察家”建议。

很快，我们就人手一块抹布，照着“观察家”给妈妈的建议开始干活了。

“观察家”的语调和妈妈如此迥异，以致根本没人怀疑那就是妈妈的声音。“观察家”注视着家庭成员的一举一动，不时地挑毛病、出主意，所以我的朋友们经常问我：“谁在跟你妈妈说话？”

我真不知如何来回答。

时间流逝，妈妈的言行没有丝毫变化，但她在我心目中的形象有了改善，一个偶然事件使我第一次意识到，拥有与众不同的妈妈是很不错的事。

我家住的那条街，有几棵参天大树，孩子们喜欢沿着树爬上爬下。如果一个妈妈逮到哪个孩子爬树，马上就会引来整个街区的妈妈们，然后是异口同声的呵斥：“下来！下来！你会摔断脖子的！”

有一天，我们一群孩子正待在树上，快活无比地将树枝摇来摆去。刚好我妈妈路过，看到了我们在树上的身影。当时，大伙儿都吓坏了。“没

想到你还能爬这么高，”她大声冲我喊，“太棒了！小心别掉下来！”随后她就走开了。我们趴在树上一言不发，直到妈妈在视野中消失。“哇！”一名男孩情不自禁地轻呼。“哇！”那是惊讶，是赞叹，是羡慕我拥有这样一个与众不同的妈妈。

从那天起，我开始注意到，同学们下午放学回家的时候，总喜欢在我家逗留一段时间；同学聚会也经常在我家举行；我的伙伴们在自己家里沉默寡言，一到我家，就变得活泼开朗，跟妈妈有说有笑。后来，每当我和这些伙伴遇上成长的烦恼时，总愿意向妈妈求助。

我庆幸自己是妈妈的女儿，我终于喜欢上了妈妈的与众不同，而且为有这样的妈妈感到十分自豪。

每次回到家里，总想解读母亲的深情厚意。她的每一次眼神与每一次问候都会勾起我无限的思绪。

早在去年寒假临近期间，母亲便隔三差五地打电话来询问我的归期，等到我把日期准确告知以后，母亲才安下心来，并祝福我一路平安。这么平凡的事情似乎不值得牺牲笔墨，可是一等我回到家后父亲告诉我，母亲在我回家的那天差点得了风寒。原来，母亲盼儿心切，每当听到有人从门口经过的脚步声就打开房门，出来看看，几次三番下来，母亲并未见到我的身影，可她不灰心，索性坐在家门口等待我的归来！而那时已是寒冬天气。听着父亲的讲述，我沉默了，并非无言，可一时，叫我说什么才好呢？我望了望正在厨房忙碌的母亲，突然感悟：母亲其实就是一种岁月。

是的，母亲是一种岁月。从幼苗长成参天大树的岁月，从江河流向大海的岁月，从沙漠走向绿洲的岁月，也是从苦难走到幸福的岁月。在这些岁月里面，究竟包含着什么，包含了多少，我想，纵使最伟大的诗人也无法抒写出准确的诗篇，最优美的音乐也难以表达得淋漓尽致。我只知道，

随着岁月的流逝，我慢慢地由幼年长到了童年，再从童年长成了青年，也告别了花季、度过了雨季，现今的我正如日中天；我也知道，这种岁月值得我时时回味，值得我用一生来感激！

母亲是一种岁月。因为在人世间忍受最多苦难、咽下最多泪水、包容最多无知、体贴最多心灵的是母亲，是伟大的母亲。

岁月无情，而母亲有情。小的时候，当别家的小孩起早摸黑起来放牛的时候，母亲却叫我起来上学；长大后我成了壮小伙子，别的伙伴都纷纷背起了行囊南下打工，母亲却嘱咐我好好学习考上大学。本该在毕业后好好孝敬父母，可母亲还是一如既往地支持我、鼓励我争取继续深造的机

会。岁月的流逝总是无情的，它夺去了母亲的青春，还在母亲的额头刻下沧桑的印记。这是怎样的一种岁月啊，我把它解读成爱的象征！

母亲是一种岁月。因为岁月没有轮回，也不着边际，而母亲的爱正是这样的浩无涯际。母亲有时甘愿做一根甘蔗，任凭儿女吮吸着甘甜的蔗汁；母亲有时又是一座大山，用坚实的臂膀抚平儿女的创伤。母亲为了我的将来，曾两度搬迁：从农村搬到城郊，再从市郊搬到市中心，而唯一的理由是为了我读书方便。此时此刻，我不由得想起了“孟母三迁”的故事，也顿时明白，这种母爱其实更是一种拯救。它拯救孟轲于顽劣的孩童之时，又将他引向知识与思想之路。它是人类的摇篮，也是引导人性至善至真的北斗。即使人性的堕落如高山滚石，母亲也会用她的身躯拦住，并用爱心去鼓舞它、激励它，并陪伴它远离深渊，重新攀登。

虽然我成不了像孟子那样伟大的人物，但是我的母亲，乃至普天之下的母亲，都可以与孟母相媲美。

母亲是一种岁月。岁月如歌，母爱无限……

透早的枣子园

——林清玄

返乡的时候，我的长裤因脱线裂开了，妈妈说：“来，我帮你车一车。”

我随妈妈走进房间，她把小桌上的红绒布掀开，一台裁缝车赫然呈现在我的眼前，这个景象震慑了我，这不是三十多年前的那台裁缝车吗？怎么现在还在用？而且看起来像新的一样？

“妈，这是从前那一台裁缝车吗？”

妈妈说：“当然是从前那一台了。”

妈妈熟练地坐在缝纫机前，把裤脚翻过来，开始专心地车我裂开的裤子，我看着妈妈专注的神情，忍不住摩挲着缝纫机上优美的木质纹理，那个画面突然与时空交叠，回到童年的三合院。

当时，这一台缝纫机摆在老家的东厢房侧门边，门外就是爸爸种的大片枣子园，妈妈忙过了养猪、耕田、晒谷、洗衣等粗重的工作后，就会坐在缝纫机前车衣服，同时监看在果园里玩耍的我们。

善于女红的妈妈，其实没有什么衣料可以做衣服，她做的是把面粉袋、肥料袋车成简单的服装，或者帮我们这一群“像牛一样会武”的孩子补撕破的衫裤，以及把太大的衣服改小，把太小的衣服放大。

妈妈做衣服的工作是至关重大的，使我们虽然生活贫苦，也不至于穿破衣去上学。

不车衣服的时候，我们就会抢着在缝纫机上写功课，那是因为孩子太多而桌子太少了，抢不到缝纫机的孩子，只好拿一块木板垫膝盖，坐在门槛上写字。

有一次，我和哥哥抢缝纫机，不小心跌倒，撞在缝纫机的铁脚，在我的耳后留下一条二十几厘米的疤痕，如今还清晰可见。

我喜欢爬上枣子树，一边回头看妈妈坐在厢房门边车衣服，一边吃着清脆香甜的枣子，那时的妈妈青春正盛，有一种秀气而坚毅的美。由于妈妈在生活中表现得坚强，常使我觉得生活虽然贫乏素朴，心里还是无所畏惧的。

如果是星期天，我们都会赶透早去采枣子，因为清晨刚熟的枣子最是清香，晚一点就被兄弟吃光了。

妈妈是从来没有假日的，但是星期天不必准备中午的便当，她总是透早就坐在缝纫机前车衣服。

坐在枣子树上，东边的太阳刚刚出来，寒冬的枣子园也变得暖烘烘的，顺着太阳的光望过去，正好看见妈妈温柔的侧脸，色彩非常印象派，线条却如一座立体派的浮雕。这时我会受到无比的感动，想着要把刚刚采摘的最好吃的枣子献给妈妈。

我跳下枣子树，把口袋里最好吃的枣子拿去给妈妈，她就会停下手边

的工作，摸摸我的头说：“真乖。”然后拉开缝纫机右边的抽屉放进枣子，我瞥见抽屉里满满都是枣子，原来，哥哥弟弟早就采枣子献给妈妈了。

这使我在冬日的星期天，总是透早就去采枣子，希望第一个把枣子送给妈妈。

有时觉得能坐在枣子树上看妈妈车衣服，生命里就有无边的幸福了。

“车好了，你穿上看看。”妈妈的声音使我从回忆中回过神来，妈妈忍不住笑了：“都是大人了，整天憨呆憨呆的。”

我看着妈妈依然温柔的侧脸，头发却都花白了，刚刚那一失神，时光竟匆匆流过三十几年了。

小学三年级的时候，老师问我妈是干什么工作的。我愣了半天，说："我妈？我妈……不就是个当妈的？"

真的，很久以来，我都以为妈妈只是个在家当妈的——洗洗涮涮，伴随着唠唠叨叨，偶尔写写弄弄。有一次，妈妈在杭州看一场演出，突然被两个哑剧演员请上舞台，让妈妈坐上太师椅客串母亲的角色。事后，他们对妈妈说，那天演妈妈角色的女演员因故缺席，他们只好在观众席中迅速"扫描"，一眼就看中了妈妈，还说："你一看就是个当妈的！"

于是我看到《北京青年报》上刊出了一张照片——一对来自北京、曾获国际最像人物比赛大奖的双胞胎弟兄，正在表演哑剧《出生》。照片上的妈妈很安详地弯曲着背，享受着这哥俩孝顺的捶击。我看了照片还哭了鼻子，大声责问妈妈，怎么又多了两个大儿子。事实上，妈妈给我留下的最深印象就是那弯曲着的背。她自己也说："妈妈的背理应是你童年的摇篮。"因为我小时候多病，一生病就趴到妈妈的背上。那时候，妈妈的背是一副担架，把我一次次抬进医院。当我遇到一些跨不过去的"河流"

时，妈妈弯曲的背又变成一座桥，让我渡过难关……

在北京，一位阿姨给妈妈送来一辆自行车，说骑车带儿子吧，别背着，太累。于是妈妈就去买架在车上的宝宝椅。谁知一连转了三天也没见到。她只好弯着腰，去敲一个个邻居家的门，像一个要饭的，去讨一把别人用过的宝宝椅。遗憾的是仍然没有。原来，北京人爱用一种固定在自行车后面的金属宝宝椅，而妈妈想要的是用竹条编的那种，因为她怕铁椅子凉着我的屁股，使我容易生病。妈妈继续不屈不挠地弯着背向别人讨，结果妈妈的精神感动了一位胖阿姨。有一天，突然传来了一声脆亮的吆喝："如姐，我给你讨来了！"只见那位阿姨两手各举着一把宝宝椅，像举着两面胜利的旗。那胖阿姨也是跑了十来户人家讨来的。

从此，妈妈在自行车后面驮着我，前面装着一个搁菜的兜兜。我总是看到妈妈弯曲着的背。北京的路那么长，我常常坐着坐着就趴在妈妈背上睡着了。我感觉这背上有家的温暖，也有单亲妈妈支撑这个家的许多无奈。那时我们住在筒子楼里，什么电器也没有。没洗衣机，我就跟妈妈去买搓衣板，记得至少跑了七八家杂货店才买到一块。至今我还记得妈妈弯曲着背，坐在一张小板凳上，前面是装满脏衣服的小木盆，盆中搁着那块搓衣板。妈妈正卷起袖子，在搓衣板上用力搓着……

当时我不知道，妈妈其实在中央电视台工作，偶尔出现在镜头里，妈妈很从容地采访着众多名流。听说妈妈年轻的时候，还有点傲气。因为有才有貌，所以头昂得挺高。自从有了我，头就一点点低下去，背就一点点弯下来……

直到现在，妈妈还经常为我弯下腰。上次我在学校闯祸弄破了手，血流不止。妈妈得知后，立即赶到学校。只见她弯下腰，对老师说："对不起，我家孩子又给你们添乱了。"到了医院，又弯下腰问医生："要不要紧？需要缝针吗？"我突然感到很对不起妈妈。因为是我，让妈妈操了太多的心。那天回家后我主动弯下腰对妈妈说："对不起，让您弯了太多次腰。我读了史铁生的书，他写书的全部动力最初来自一个愿望——要让妈妈骄傲一下。我也一定要让您重新直起腰，昂起头！"

妈妈笑容里含着泪，说："史铁生的妈妈可没等到让她骄傲的一天。妈妈并不是为了让你报答才来当这个妈妈的。我只想你将来成为一个站立着的人！只要某一天你在我的墓碑上写着：一个尽力当妈的……"

感谢你，我的母亲

——佚名

在人生崎岖坎坷的旅途上，是谁给予你最真诚、最亲切的关爱，是谁对你嘘寒问暖，时刻给予你无私的奉献；是谁不知疲倦地教导着你为人处世的道理；是谁为了你的琐事而烦恼？是伟大的母亲们。母爱是无私的，是永不停息的。没有一位母亲是不爱自己的子女的。不管怎样，母爱终究都是生命中最真挚、最难以割舍的感情。

母亲将你带到这个世界上，随即你便有了生命，有了生存的寄托。随着年龄的增长，对于母亲的啰嗦与唠叨也开始厌烦了。然而，当你以一个有理方呵斥母亲时，你曾作何感想？母亲倾注了半生的精力来哺育你、教导你，至死方休，如果在她年迈时，你不孝敬她，反而对她不理不管、大发雷霆，她会有多么地伤心、绝望啊！哪个母亲不望子成龙、望女成凤？哪个母亲会对自己的孩子索要什么回报？

唐代诗人孟郊的《游子吟》中写到：“谁言寸草心，报得三春晖。”美国“9.11”灾难中一名美国公民的生命留言：“妈妈，我爱你！”……多少个事实证明亲情无价！我们应当珍惜此刻的温馨啊！

母爱，感化一切。

当你已经承受不住外界所带来的种种压力时，母亲为你顶起一片天空，抵挡所有风雨；当你心无慰藉时，她开导你、教育你，教给你“退一步海阔天空”的哲理；当你遇到困难与挫折或因情绪不好而对她大发脾气时，她默默承受但仍坚强地开导你；当你因学习而疲劳、心烦时，她会送上一杯热茶，不需任何语言，一切感情均化为泪水落于掌心……

母爱，真挚无私。

当你遇到危险时，她不顾一切地救助你，即使失去生命也毫无怨言；当你感到伤痛绝望时，她比你更加痛心悲伤，却必须要坚强地劝慰你，让你安心；当你欢心愉悦时，她会陪你一起分享心中的喜悦，但是绝对不会多霸占一点，让你的心变得空虚无物……

母爱，不求回报。

当你过生日时，她显得多么激动、紧张，为你操办了一切，每年都不落下，总记得比你还清楚。而每当到了她的生日时，却从未见她大大操办过，只是依旧保持着那一脸的微笑，默默地接受你对她生日的淡忘与对她的漠不关心……

母爱，永不停息。

在家里，母亲的关爱如泉涌般包围着你；学校里，母亲的思念如丝网般牵动着你；陪伴时，母亲的真情与温馨时刻感染着你……

母亲对我们的恩情千千万万，实数难以报答，但是仍有许多人不知其中深义，对自己的母亲毫无感恩之心，而儿女对父母的孝敬应是有实际行动的，只顾自己而不为父母着想，是十分令人愤恨的行为。

回想起成长道路上与母亲的种种片段：带我牙牙学语，背书识字，生病时对我的守护，上学前的叮咛，放学后的欢乐与忧愁；春日里的风筝和草地上的滚闹，夏日里的游泳，秋日里的郊游，冬日里灯下伴我读书。这一切的一切，都是母亲对我的爱所构成的温情。谢谢你，母亲！是你教会了我做人的基本原则，是你给予我生命，是你……当今天你在电话那头对我说，女儿，你在那边还好吗，工作顺利吗，不用牵挂家里，我和你爸爸都很好，不用担心家里，好好工作，好好爱惜自己，好好注意身体，此时，我的泪水已经忍不住流出来了，谢谢你，妈妈，谢谢你总是那么了解女儿，谢谢你总是一如既往地支持女儿。

永远祝福你，我敬爱的母亲。

当我们想家的时候……

——毕淑敏

常常想家。

当我们想家的时候，其实是想起了母亲。当我们想起母亲的时候，其实是想起了无边无际云蒸霞蔚的爱。当我们想起爱的时候，其实是想起了如天宇般宽广淳厚的温暖和一种伟大神圣的责任。当我们想起责任的时候，其实是在宁静致远地思索人生的真谛和生命的尊严。

世上没有关于“家”的节日，好在有一个“母亲节”，让我们飘荡的心有所附丽。每年这一天，人们心心相印地隆重纪念这个民间节日，感念一种饱含沧桑的爱。

最初发起为母亲设定一个节日的人，定是一位成年的男人或是女人。太小的孩子，我以为是无法理解母亲的。婴儿的热爱的涌起，更多的是源于一种生命本能的驱动。孩子从母亲那里，得到最初的食物和衣着，看到世上第一张欢颜，听到人间第一句笑语……小小的心，像一只薄而透明的钵，盛满了乳色的爱，悄悄涟漪着。以孩子的智力，必认为这些都是上天无缘无故倾倒的玉液琼浆，是与生俱来的赠品。

作为施与的一方，母爱有时也是本能以至盲目愚蠢的代名词。母爱单纯也复杂，清澈也浑浊，博大也狭窄，无偿也有偿。体验这种以血为缘的爱，感知它的厚重深远，纪念它的无私无畏，弘扬它的旗幡，播撒它的甘霖，需要灵敏的悟力和细腻的柔情。世人只知给予艰难，其实接受也非易事，需要虚怀若谷的智慧。只有容纳得多，才有可能付出得多。对于早年无爱的生命来说，就像没有河溪汇入的干涸之库，无法想见在旱魃猖獗时会有泉眼喷涌。

母亲于是成了一种象征。

她是低垂的五谷，她是无尽的蚕丝，她是冬天的羽毛和夏天的流萤。她是河岸的绿柳依依，她是麦田的白雪皑皑。她是永不熄灭的炉火，她是不肯降下毫厘的期望标杆。她是成绩单上的一枚签名，她是风雨中代人受过的老墙。她是记忆中永恒年轻的剪影，她是飓风中无可撼动水波不兴的风眼。

母爱并不仅仅从生育这一生理过程中得来，她是心灵的产物而不是子宫的产物。生育只是母爱的土壤，它可以贫瘠也可以富饶，可以繁衍灵芝也可滋生稗草。

我愿把人类那种最崇高而结晶的挚爱，无论来自男女，统称为母爱。母爱如盐。盐主要是来自大海，母爱最主要的蕴含地，当然是母亲了。但世上还有湖盐、井盐、岩盐、池盐……母爱并不是母亲的专利，它是人类所有最美好最无私最博大的爱的总命名。比如未生育的女子，也会富含母爱，像医家泰斗林巧稚大夫，她的双手，便是摆渡万婴安达人世的慈航。在人类的发展史上，更有无数志士仁人，把无边的爱意和关怀倾泻人寰。

那爱的纯正灼热，至今散发着炙烤肺腑的力度，促人们警醒，激人们向前。

无论我们是男人还是女人，成人还是少年，我们都曾欢欣地接受过母爱，我们也都可以成为辐射母爱的源泉。

不要伤了好人的心

我常觉得，生命是一项奇迹。

一株微不足道的小草，竟开出像海洋一样湛蓝的花。

一双毫不起眼的鸟儿，在枝头唱出远胜小提琴的夜曲。

在山里完全没有人看见的地方，一棵大树几千年自在地生长。

在冰雪封冻的大地，仍有许多生命在那里唱歌跳舞，保有永不枯竭的暖意。

当我们在星夜里，抬头望向无垠的天际，感于宇宙之大真要叫人落泪，这宇宙里有无数的星球，我们的地球在星球之中有如整个海岸沙滩的一粒沙，那样不可思议地渺小。

但在这样渺小的地方，有着生命、有着爱、有着动人的歌声，这样落实下来，就感到人是非常壮大而庄严的，生活在我们四周的生命也一样地庄严而壮大。

生命是短暂的，然而即使不断地生死，也带不走穿过意识的壮大与庄严之感。

今天在乡下的瓜棚看见几个绿色的瓜成熟了，我怀着感恩之心看着这几个瓜。看呀！一切都是现成的。这世界从不隐瞒我们，它是那样地简单和纯粹！就是一个瓜，也是明明白白，感恩地来面对世界。

那年，我二十四岁，为了逃避父母安排的婚姻，在和父亲大吵一次后，赌气从家里搬了出来。父母无力阻拦我，又不放心他们双腿瘫痪了的女儿独自出来闯荡，只好让小妹跟出来，照顾我的生活。

在一栋灰旧的楼里，我们租了很小的一间房，长长的走廊，并排住了很多家，大都是这个城市的穷人。他们在通道里堆满散煤、炉渣或者木块儿，常为柴米油盐拌嘴。

妹妹在超市做营业员，每天从早上八点一直站到晚上九点半，回来就把自己扔在床上，不想再动。我每天待在那间光线昏暗的小屋里，晕头晕脑地写字，做着一个缥缈的作家梦。

生活很艰难，小妹的薪水很低，加上我微薄的稿费，付了房租，生活费所剩无几。稿子投出去，又多半音信杳无，我遥遥无期地等待着，心情灰暗无比。

附近一个小型菜市场，有对年轻夫妻带着个女孩儿守着摊位。那女孩五岁左右，是盲童。每次从菜市场经过都能看到那家人，夫妻俩忙碌，女

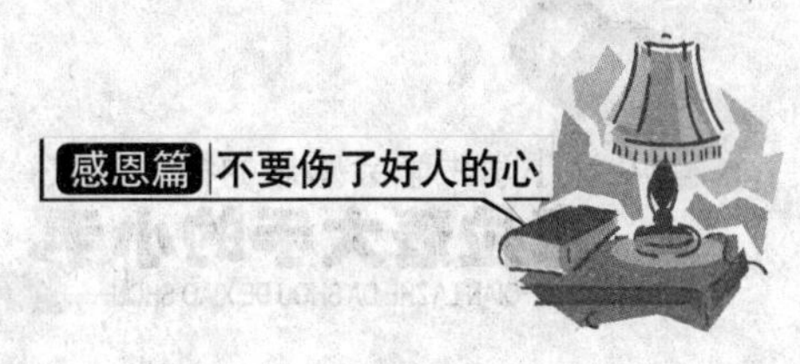

孩安静地坐着，说话声音细细柔柔，特别爱笑。

我总是熬夜写作，去菜市场差不多是中午了。这时摊上没什么人，那位年轻的父亲拉着小女孩的手，在面前各种蔬菜上来回抚摸，耐心地说："这是黄瓜，长长的，皮上有刺。豆角呢，扁扁的，光滑点。番茄很好看，圆圆的……"小女孩一面用手摸，一面咯咯地笑，妈妈也在旁边笑。

每次看到这一幕，我的心就觉得温暖起来。

时间久了，就和这家人熟了。小女孩叫明明，生下来眼睛就看不见。当时夫妇俩就傻了。一想到孩子永远看不到太阳，看不见世上的一草一木，甚至永远看不到自己的父母，他们就痛苦万分。听亲戚说城里大医院可以换角膜，让孩子复明，他们就带着孩子到城里来了。

如果不是盲童，明明挺漂亮的，乌黑的头发，象牙色的皮肤，精致的眉和下巴，笑起来像个天使。看着她，让人隐隐心疼。

明明突然问我："阿姨，你是用双拐走路的吗？"

我一愣，这聪明的孩子，她一定听出了我拐杖的声音。

我笑笑说是。她又问："阿姨，你小时候是不是也不听话，才不能好好走路了？妈妈说我就是因为不听话才失明的……"

我的心酸酸的，不知道怎样向她解释命运的无常。明明却在大声笑，说："原来阿姨以前也是一个不听话的孩子……"

接连下了几场雨，终于晴了。阳光很好，碧空如洗，树叶绿得发亮，明明的妈妈感叹道："天气真好啊！""是啊！太阳总算出来了。"我说。

明明好奇地问："阿姨，太阳是什么样的？"

我想了想："太阳有热度，很大很圆。早晨和傍晚是红色的……"我忽然想到明明根本不可能知道颜色，就住了口，不知道该怎么说下去。

明明的爸爸挑了一个大大的番茄放在明明手上，说："太阳就是这样的，你摸摸看。"

明明一面用手摸一面笑："真的吗？太阳像番茄吗？那我就叫它番茄太阳。"明明咯咯的笑声银铃样清脆，一串一串地追着人走。

日子暗暗的，明明像小屋里的光线，是唯一带给我快乐的人。她问我许多奇怪的问题，比如天上的云是怎么飘的，雨什么形状，肯德基好不好吃……我耐心地回答着她，看着她的笑脸，觉得那就是最美的"番茄太阳"。

有一天我去买菜，明明的妈妈兴高采烈地告诉我，他们要走了，有人为明明捐献了眼角膜，医生说复明的机会很大。

我从口袋里掏出一大把钱来，零零碎碎的，却是我的全部。我说，别嫌少，给孩子一个看太阳的机会吧。明明妈妈推辞着说，你也不容易，一个女孩子住在这样的地方……

要走的时候，明明轻轻地拉住了我的袖子说，阿姨你过来，我和你说句话。我弯下腰，她附在我的耳边轻声说："阿姨，妈妈说我的眼睛是好心人给我的，等我好了，等我长大了，我把我的腿给你，好不好？"她的小嘴呼出的温热气息拂过我的面颊，我的泪哗地一下子流了下来。

那个正午我坐在窗口，看城市满街的车来车往，眼前总浮现出明明天使般的笑脸。如同一轮红红的"番茄太阳"一直挂在我的心中，温暖和光明永不会落。

挑水肥的人

——林清玄

昔时乡间有一种专门挑水肥的人，他们每隔一星期会来家里“担肥”，也就是把粪坑的屎尿挑到田野去施肥，因此我们常会和他们在田间小路不期而遇。

小孩子贪甜恶咸，喜香怨臭，很讨厌水肥的味道，我们只要看见挑水肥的人走近，就捏着鼻子往反方向逃走，跑很远了才敢大口呼吸。

有的挑水肥的人喜欢捉弄孩子，远远地就说：“香的来了，要闻香的孩子紧来喔！”那语调好像他就要挖一块分给人闻香一样。

有一次，我与爸爸同行，不巧遇到挑水肥的人，我不敢跑开，只好捏着鼻子把头别到一边去，好不容易熬到水肥的味道错身而过。

爸爸立刻叫我立正站好——每次他有什么严重的教训总是叫我们立正站好——然后严肃地问我：“为什么遇到担肥的人捏鼻子转头？”

“因为真的很臭嘛！”我委屈地说。

“他们挑肥的人难道不会臭吗？”

我说：“大概会吧！”

爸爸说："他们忍着臭，帮我们把水肥倒在田里，我们应该感谢他们呀！知不知道？"

我点头说："知道。"

爸爸忽然以一种十分感性的语调说："这担肥的人，在家里也是人的儿子，也是他儿子的爸爸，我们应该尊重人、疼惜人，以后你在田里遇见他们，不可以把头转开，不可以捏鼻子，知道吗？"

"可是真的很臭呀！"

爸爸说："你可以深呼吸、憋住气，等他们走过再呼吸呀！"

后来，我每次遇到担肥的人，总是深呼吸、憋住气，想到他们也是人子，也是人父，就感觉那样的憋气使我有一种庄严之感。

我后来肺活量大，可能与那深呼吸和憋气有关。

现在，父亲虽然过世了，但他那一天对我说话的情景还历历在目，讲完话，我们一起在夕阳下的田园漫步回家，田园流动着的金黄色的光到如今还照耀着我。

这世间的每一个众生，彼是人子，亦是人父，应善待之！

深深一躬

——王国华

郊外的一个别墅小区里，有一位老花匠。老花匠每天种花、浇花、修剪花，日出而作，日落而息。他服务的对象，是这个城市里最有身份和地位的人。那些人腰缠万贯，一呼百应，每天开着轿车往来于城市中心和这个别墅群之间。那些人脚步匆匆，左右着上海前进的步伐。老花匠则不紧不慢，穿梭在花丛之间，树枝之下。

他向西装革履、高贵优雅的先生女士们微笑、点头，甚至还和他们打招呼，那些人很有礼貌，对他的问候总是报以矜持的微笑。但老花匠明白，自己和人家永远是两个世界的人。他不知道那些人在忙些什么，想些什么，自己只是一个从乡下到城里来打工的人，没资格认识他们。自己只要照料好每一块泥土，让泥土上的鲜花愉悦那些匆忙的人，就足够了。

有一天，老花匠倒在了泥土上。他得了急病，昏迷过去。保安赶紧报告物业公司的经理。“老花匠病了，需要送医院，现在他身上没有一分钱，请大家伸一把手吧！”小区的广播里立即播出了这个消息。一些门打开了，一些急匆匆的脚步停下了，就在等救护车的几分钟里，一张张票子

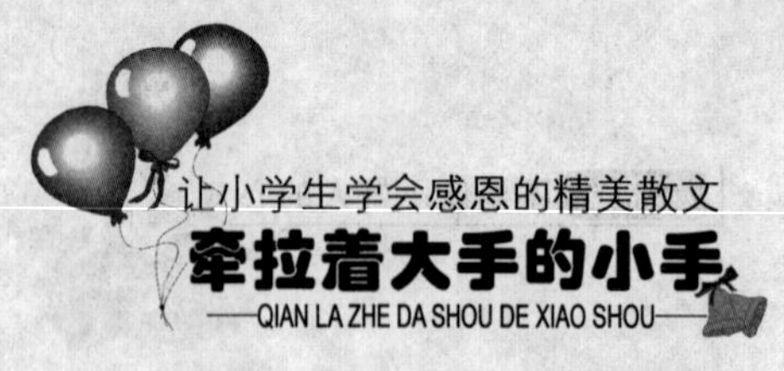

放进了老花匠的衣袋里。

几天后，老花匠顺利出院了，从乡下赶来的女儿把他扶回小区。那些西装革履的业主，见到他，依然矜持地对他笑笑，和他擦肩而过。但老花匠感到自己和他们不再有距离。他找到物业经理，找到保安，要谢谢那些解囊相助的人。可是，没有人能提供一份名单。显然，他也不能挨家挨户敲开门去询问。

女儿搀着老人，徘徊在小区的楼群之间。天色渐晚，灯光亮起来了。昏黄的、明亮的，整个小区星星点点的光亮，晃在老人的脸上。他在每一栋楼前停下，认真地站好，深深地弯腰，鞠躬！

坚硬的城市，在坚硬的外表下还有这么多柔软的地方。

他向这永不蜕变的柔软鞠躬！

感恩的回报

——佚名

在一个闹饥荒的城市，一个家庭殷实而且心地善良的面包师把城里最穷的几十个孩子聚集到一块，然后拿出一个盛有面包的篮子，对他们说："这个篮子里的面包你们一人一个。在上帝带来好光景以前，你们每天都可以来拿一个面包。"

瞬间，这些饥饿的孩子仿佛一窝蜂一样涌了上来，他们围着篮子推来挤去大声叫嚷着，谁都想拿到最大的面包。当他们每人都拿到了面包后，竟然没有一个人向这位好心的面包师说声谢谢，就走了。

但是有一个叫依娃的小女孩却例外，她既没有同大家一起吵闹，也没有与其他人争抢。她只是谦让地站在一步以外，等别的孩子都拿到以后，才把剩在篮子里最小的一个面包拿起来。她并没有急于离去，她向面包师表示了感谢，并亲吻了面包师的手之后才向家走去。

第二天，面包师又把盛面包的篮子放到了孩子们的面前，其他孩子依旧如昨日一样疯抢着，羞怯、可怜的依娃只得到一个比头一天还小一半的面包。当她回家以后，妈妈切开面包，许多崭新、发亮的银币掉了出来。

妈妈惊奇地叫道："立即把钱送回去，一定是揉面的时候不小心揉进去的。赶快去，依娃，赶快去！"当依娃把妈妈的话告诉面包师的时候，面包师面露慈爱地说："不，我的孩子，这没有错。是我把银币放进小面包里的，我要奖励你。愿你永远保持现在这样一颗平和、感恩的心。回家去吧，告诉你妈妈这些钱是你的了。"她激动地跑回了家，告诉了妈妈这个令人兴奋的消息，这是她的感恩之心得到的回报。

一杯牛奶

——佚名

一个生活贫困的男孩为了积攒学费，挨家挨户地推销商品。

傍晚时，他感到疲惫万分，饥饿难挨，而他推销得却很不顺利，以至他有些绝望。这时，他敲开一扇门，希望主人能给他一杯水。开门的是一位美丽的年轻女子，她却给了他一杯浓浓的热牛奶，令男孩感激万分。

许多年后，男孩成了一位著名的外科大夫。一位患病的妇女，因为病情严重，当地的大夫都束手无策，便被转到了那位著名的外科大夫所在的医院。外科大夫为妇女做完手术后，惊喜地发现那位妇女正是多年前，在他饥寒交迫时，热情地给过他帮助的年轻女子，当年正是那杯热奶使他又鼓足了信心。

结果，当那位妇女正在为昂贵的手术费发愁时，却在她的手术费单上看到一行字：手术费=一杯牛奶。

没有一种给予是理所应当的

——佚名

老人是菲律宾华侨，在海外跋涉半生。几经浮沉，衣锦还乡的他萌生了济世助人、造福乡梓的念头。

于是，老人分别给家乡几所学校的校长写了信，希望每个校长能提供十来个学生名单，他从中选定人，作为他资助的对象。家人嗔怪他的愚昧，既是捐赠，何必把程序搞得这样复杂？不如来个快捷方式，譬如通过“希望工程”或者“春蕾计划”，干净利落地了却一桩心愿，岂不是更好？

老人摇摇头说：“我的血汗钱只给予那些配得到它的孩子。”哪些孩子才有资格得到资助？是那些家庭贫困的孩子，还是优秀生亦或是特长生？谁也不知道老人心里的答案。

名单很快就到了老人手里。老人让家人买来了许多书，有《泰戈尔诗集》《纪伯伦诗集》《十万个为什么》等等，分门别类地包装好，准备寄给名单上的孩子。家人面面相觑：这样微薄的赠予是不是太寒碜了？家人断定书中自有“黄金屋”。可翻来覆去也没有找到夹在书中的纸钞。只

是，在书的第一页看到了老人的亲笔：赠给品学兼优的学生×××，落款处是老人的住址、姓名、电话和电子信箱。

家人大惑不解，却也不愿忤逆老人的旨意，只好替他一一寄出那些书。

夕晖来去匆匆，老人常常对着电话发呆，又莫名其妙地唉声叹气。从黄叶凋零到瑞雪飘飞，谁也猜不透老人所为何事。

终于读懂老人的心，缘于新年的一张贺卡。它很普通，上面写着：感谢您给我寄来的书，虽然我不认识您，但我会记着您。祝您新年快乐！没想到老人竟然兴奋地大呼小叫："有回音了，有回音了，终于找到一个可资助的孩子了。"

家人恍然大悟，终于明白老人这些日子郁郁寡欢的原因，他寄出去的书原来是块儿"试金石"，只有心存感激的人才会有资格得到他的资助。

老人说：土地失去水分的滋润会变成沙漠，人心没有感激滋养会变得荒芜，不知感恩的人，注定是个冷漠自私的人，不知关爱别人，纵使给他阳光，日后也不会散发出自身的温暖，且也不配得到别人的爱。

不要伤了好人的心

——佚名

故事发生在加拿大魁北克省的一个小城。

一个风雪飘飞的傍晚，鲁尼兹小心翼翼地驾车赶往医院，看望因高烧住院的儿子。车开出不远，鲁尼兹便看到在前边不远处，有一个蹒跚的身影在晃动。鲁尼兹想都没想，就把车子缓缓地停在那个身影旁边。“请问，需要我的帮助吗？”他探出头大声问道。上车的是一位老者，说前面不远处的农场就是自己的家，上午出来办事，没有想到回来时，公共汽车因雪大停运了，他只好徒步走回去。

主动搭载与人方便对鲁尼兹来说是再寻常不过的一件事了，可他没有想到这一次的善举却非比寻常。

车在一个长长的斜坡上滑行，迎面有一辆轿车摇摇晃晃地驶了过来。为避让来车鲁尼兹下意识地踩了刹车，然而，意想不到的事情发生了，因急刹车和雪地打滑，整个车身不听使唤，向路边一棵大树撞去……

等鲁尼兹醒来，他已经躺在医院里，所幸，他只是断了两根肋骨，而搭车老人做了开颅手术，还在昏迷中。

老人的家人来到病房，很友好地握了握鲁尼兹的手，感谢他对老人的帮助。即便如此，老人的家人请来的律师还是如期而至。按照当地的法律，鲁尼兹要为自已的过失负责，承担老人百分之七十的医疗费。

老人在昏睡了二十多天后奇迹般地醒过来了。谁也没有想到，老人清醒后说的第一句话竟是：“要感恩，不要赔偿，善意都是美好的，不要伤了好人的心。”老人的肺腑之言在人们心里引起了共鸣。小城被感动了，人们纷纷走上街头，打着“让善意不再尴尬”“拯救爱心”的条幅，为仁慈的老人募捐。一时间，爱心像空中飘飞的雪花纷至沓来，收到的善款之多，超出了人们的想象。更令人钦佩的是，老人把这些善款全部捐出来，成立了“爱心救助基金”，专门用来帮助那些因爱而遭遇尴尬的好心人。

多少年过去了，老人早已离开人世，但以老人名字命名的基金却像雪球一样越滚越多。在魁北克省举行的“最受爱戴的人们”评选活动中，人们纷纷写上老人的名字——卢森斯。人们这样评价老人：爱原本就是喜悦的关怀和无求的付出，当爱心遭遇法律的碰撞，善意被扭曲时，是老人还原了善意的本来模样，让人们可以毫无戒备地去爱，再没有什么比生活在和谐有情的社会更能让人愉悦和欢欣的了。

每一颗爱心都是真诚的，都应该得到尊重和赞赏；每一个善意都是美丽的，都应该馥郁芬芳。

只能陪你一程

——佚名

在每个人的生命历程中，总要经历不同的相聚与分离。

国庆节第二天，好友说要走了，我坚持要送他到车站。然而，他拦住我："送君千里终有一别，反正你也只能陪我一程，就到学校门口吧。"我不再说什么，只是感觉眼中有东西在转动，眼前也变得模糊了。

或许，每一个人都只是穿插在他人生活中的一个片断吧，这就注定了永远只能陪别人一程。你爱你的父母，希望他们长命百岁，但你再孝顺，他们也会走在你的前面，你只能陪他们一程；你爱你的弟弟妹妹，希望他们健康成长，并时刻想用自己的身躯为他们遮风挡雨，然而你再高大，总有一天要走在他们的前面，也只能陪他们一程；你看重朋友间两肋插刀的友谊，可最后不是朋友离开你就是你离开朋友，你只能陪朋友一程……

因为只能陪人一程，你就要学会去关心他人。他们饥饿时，你的一个苹果就是最好的关爱；他们失败时，你的鼓励就是最大的慰藉；他们成功时，你的笑容应该是最灿烂的……黑夜因为灯火的加入而变得明亮；天空因为繁星点缀而变得更加迷人；别人的生活因为你的加入将变得更加丰富

多彩。

因为只能陪人一程，你就应该学会珍惜。父母只能抚养你长大，你不要期待他们是你永远的支柱，可以支撑你整个人生，你要好好地孝顺他们，不要等走过了才知道后悔；朋友可以给你温暖，但这种温暖是开放的，而不是独有的，所以你不是让友情从你身边溜走了；大学四年很快就会过去的，你要好好你珍惜你身边的一切，别等分离了再苦苦相思。

因为只能陪人一程，你就应该学会放弃。为了分享朋友的快乐，也许你得缺席一个与情人的约会；为了分担朋友的忧愁，也许你将彻夜不能睡；为了孝顺父母，也许你将没有时间去旅行；为了……虽然你放弃了一些，但你得到的远比放弃的要多。

因为只能陪人一程，你就得学会照顾自己。人生的航标是掌握在我们自己手中的，我们不能总是依靠别人，而且别人也只能陪你一程。我们在自己的人生道路上，要学会照顾自己，做自己的主人。

好友的话让我突然间明白了很多。你只是别人生命中的匆匆过客，只能与他们共走一段路，这就注定了你给予别人的有限性，那你又怎能要求别人的无限付出呢？

“滴水之恩，涌泉相报”，这是感恩的至高境界。

感恩是心田流出的蜜汁。对生活时时怀一份感恩的心情，则能使自己永远保持完美的人格和健康的心态。

学会感恩，就不会一味地索取，一味地膨胀自己的私欲。感恩是一种品位，是与人为善的处世哲学，是人生参悟的大智慧，是生活真谛的大智能。

知恩图报是人生的欢乐，知恩不报是人生的悲剧。

一个毫无感恩之心的人，与冷血动物无异。由此，感恩不仅是一种心态，更是一种美德。

“农夫与蛇”这则寓言是恩将仇报的典型案例。

知恩是良心的发现，感恩是良心的再现。

感恩父母，因为父母给了血肉之躯；感恩祖国，因为祖国给了生命之根；感恩组织，因为组织给了培育之汁；感恩老师，因为老师给了做人之本；感恩社会，因为社会给了立身之处；感恩他人，因为他人给了帮助之

便；感恩自然，因为自然给了生存之果……

一个有感恩之心、无感恩之力的人，与一个有感恩之力、无感恩之心的人相比，前者是心有余而力不足，后者是力有余而心不足。

在水中放进一块小小的明矾，它能沉淀水中所有的杂质；在心中培植一种感恩的理念，它可以沉淀许多浮躁和不安，可以消融许多不满和不幸。